亞太文學、語言與社會

劉阿榮◎主編

王潤華、鍾怡雯、吳翠華、鄒淑慧、
廖秀娟、林淑璋、薛芸如、劉阿榮、
謝登旺、王佳煌、楊長苓、 ◎等著
中澤一亮、谷口一康

代　序

　　長期以來，國內學術界一直存在重視歐美、輕忽亞太的現象；關心並瞭解已發達國家的文化與制度，而對後發展地區顯得相對陌生與冷淡。產生這種心態或現象的原因，固然與後發展地區的資訊不足有關，但不容諱言的是，這和本地政經領袖及知識精英的教育背景、學術傾向，也有密切的關係。

　　然而，世局丕變，歐美固然仍執世界政經文化之牛耳，但亞太地區的崛起，已是不爭的事實。亞太地區指的是亞洲東部（東亞）太平洋西部的廣大區域，包括東北亞的日韓、東南亞各國，以及與我們關係最為密切的兩岸四地（台灣、香港、澳門、中國大陸）。亞太地區人口眾多，經濟潛力甚大，更有豐厚的文化底蘊，在未來的國際舞台上，扮演日益重要的角色。尤其是亞太諸國與我們有親近的歷史文化淵源，有毗鄰的地緣關係，非常值得吾人重視並探索之。

　　有鑑於此，本書邀集對這些地區各領域較為熟悉的專家學者，提出論述，完成《亞太文學、語言與社會》一書，作為瞭解亞太社會文化的基本圖像。

　　在文學與藝術方面，長期任教於新加坡國立大學的王潤華教授以〈新加坡國家文學：多元種族與多元語文聲音的建構〉為題，論述了新加坡的種族、語言與文學。出生於馬來西亞，在台灣唸完博士的年輕作家，長期以來關注馬華文學的鍾怡雯教授，撰寫〈從大系的編選視野論馬華雜文的演變及接受〉一文，是瞭解馬華文學變遷的重要材料。擁有日本東京大學文學博士的吳翠華教授發表〈日本童謠運動的發展及其精神〉一文，對《赤鳥》、《金船》、《童話》三大雜誌的童謠精神，有深入

探討，非常清新且有啟發性。戰後迄今，若干台灣人的日本意識，一直糾葛難理，畢業於日本大阪大學的廖秀娟教授，藉由日治時代台籍作家王昶雄〈奔流〉一文中，所描繪的兩個殖民地代表人物（伊東春生、林伯年）在「成為日本人」方法上的衝突與對立，有相當精采的敘述。在美國獲得藝術博士學位的鄒淑慧教授，對西洋及東洋藝術均有相當涉獵，其〈日韓裝置藝術的發展與風貌〉一文，揭示了「裝置藝術」具有形式的自由性、表現的極致性、意涵的開放性……等特質，而成為當代亞洲極為盛行的創作類式，文中對日韓不同時期的藝術發展有精闢的論述。

在語言與社會方面，畢業於日本東京大學的林淑璋教授，從社會語言學的觀點，就日、華訪談語料做比較分析，作者不僅就學理探討，還進行實證的質性訪談分析，頗具創意與功力。同為留日背景的薛芸如教授以「我教過一個學生很聰明」一詞為例，分析語言的變化性與複雜性。擁有台灣及美國雙重博士學位的王佳煌教授，從資本主義的市場邏輯，揭露了 "i pod" 的成長所依賴的全球商品鏈理論，進而批判其剝削現象與商品拜物教。楊長苓教授以其所僱菲裔幫傭（家務助理）的跨國（越境）就業和僱用關係的互動，進行社會學、人類學的考察，而寫出〈越「境」：菲裔家務助理的「家」〉一文，饒富趣味，更隱含深意。劉阿榮、謝登旺教授合撰之〈東亞的國家與社會：兩岸第三部門之比較〉，從國家與社會由同根於 "polis" 而分衍為「兩橛」，再演變為「第三部門」：國家（政府）、市場（企業部門）、第三部門（非政府、非營利部門），並專就「兩岸第三部門」的發展與現況進行比較，不論就理論之闡述或實踐之比較，均有精到之處。最後，兩位日本學者分別以英文和日文撰述，中澤一亮教授為美國普渡大學博士，他透過問卷調查若干台灣大學生，對於使用「部落格」（Blog），來完成中級日文寫作及閱讀課程的看法，撰寫〈透過部落格網誌讓台灣大學生們有個有趣的日文閱讀及寫作〉一文，頗能呈現當代大學生學習語法的概況。谷口一康教

授則探討二次大戰前移民到日本的韓國人及其後裔與日本社會的關係，並觀察日本對待近代歷史的態度，思考日韓語言文化互動中邁向多元文化社會的可能性。

　　以上各篇論文的作者，在性別、年齡、國籍、學術背景與專長，均呈現多元且豐富的特色。大家在繁重的研究、教學壓力下，願意參與《亞太文學、語言與社會》之論述，令人敬佩。尤其每一篇文章均經過學者專家之審查，再由作者修改後，才獲刊登，作者與審查人投入之時間與心力極多，特致謝意。而本書之出版，獲得元智大學重點計畫經費之補助，亦一併誌謝之。

劉阿榮　謹識於元智大學人文社會學院
2008 年 7 月

目　錄

1 新加坡國家文學：多元種族與多元語文聲音的建構

■殖民話語仍然控制著歷史文化

■只有霸權語言的聲音

■發現新加坡的存在，首先尋找她的聲音

■國家是抽象的，透過藝術家敍述才存在

■以文學選集建構多元系統的新加坡國家文學

■新加坡終於在選集中找到自己完整的聲音

■新加坡後殖民文學的現代性

■華文文學的多元系統：多元共生的新加坡國家文學共同體

王潤華　元智大學人文社會學院客座教授兼國際語文中心主任

摘　要

　　一個國家經由獨立宣言而獲得獨立，但是這個國家的存在是抽象的、想像的神話；只有藉由藝術家的敍述，這個國家才會存在。大約到了一九七〇年，新加坡開始尋找自己本土的語言與聲音，企圖建構新加坡人的政治與文化認同身分。最真實的歷史由藝術家的敍述所建構，單靠其政治經濟的解讀，新加坡會遺失很多東西。一九七〇年代，中學教科書開始本土化，同時新加坡政府頒發了「新加坡文化獎」（Singapore Cultural Medallion）給予不同種族與語言的文學家，突破很多國家堅持單語的國家文學模式。

　　一九八〇年的同時，包含共同語言的翻譯的新加坡文學選集開始出現了。這類文學選集帶來許多建構多元的國家文學的經驗。在一個多元種族、多種語文的社會裏，當作品完成與出版後，它還沒有完成其完整的生命成長，它還需要翻譯、還需要收入多語文（如中英雙語）的選集中，這時候它的文學生命才開始成長，作為國家文學的意義才能完全顯現。本文研究如何發現及建構新加坡國家文學的多元聲音。

- -

關鍵詞：新加坡，殖民話語，國家文學，多元文化，種族與語言

一、殖民話語仍然控制著歷史文化

　　英國軍官萊佛士（Stamford Raffles, 1781-1826）於一八一九年一月二十五日在新加坡河口登陸後，新馬便淪為英國殖民地。馬來亞在一九五八年獨立，成爲馬來西亞，新加坡則拖延到一九六五 年才擺脫殖民統治（Chew and Lee; Turnbull; Purcell）。新馬就像其他曾受英國統治的國家如印度、巴基斯坦，從殖民時期一直到今天，雖然帝國統治已遠去，經濟、政治、文化上的殖民主義卻仍然繼續存在，話語被控制著，歷史、文化與民族思想已被淡化，當他們審思本土文化時，往往還不自覺的被殖民主義思想套住。「後殖民」一詞被用來涵蓋一切受帝國霸權文化侵蝕的文化（Ashcroft, et al., pp.25-27）。

　　當我們討論後殖民文學時，注意力都落在以前被異族入侵的被侵略的殖民地（the invaded colonies），如印度；較少思考同族、同文化、同語言的移民者殖民地（settler colonies），像美國、澳大利亞、紐西蘭的白人便是另一種殖民地。美國、澳大利亞、紐西蘭的白人作家也在英國霸權文化與本土文化衝突中建構其本土性（indigeneity），創造既有獨立性又有自己特殊性的另一種文學傳統（Ashcroft, et al., pp.25-27）。在這些殖民地中，英國的經典著作被大力推崇，結果被當成文學理念、品味、價值的最高標準。這些從英國文學得出的文學概念被殖民者當作放之四海而皆準的模式與典範，統治著殖民地的文化產品。這種文化霸權（cultural hegemony）藉由它所設立的經典作家及其作品的典範，從殖民時期到今天，繼續影響著本土文化與文學（Ashcroft et al., pp.6-7）。

　　我在〈從反殖民到殖民者：魯迅與新馬後殖民文學〉一文中指出，由於當時新馬的文化教育界的中國人／華人，多數是新移民或華僑，不是華裔，透過他們，中國文化所建立的威力，最後對落地生根的華人來

說，也變成一種殖民的霸權文化。魯迅便是當時被南來的中國人建構成這樣的一種霸權文化。以魯迅為例，我當時就指出，當五四新文學為中心的文學觀成為殖民文化的主導思潮，只有被來自中國中心的文學觀所認同的生活經驗或文學技巧形式，才能被人接受，因此不少新馬寫作人，從戰前到戰後，一直到今天，受困於模仿與學習某些五四新文學的經典作品。來自中心的真確性（authenticity）拒絕本土作家去尋找新題材、新形式，因此不少人被迫去寫遠離新馬殖民地的生活經驗。譬如當魯迅的雜文被推崇，成為一種主導性寫作潮流，寫抒情感傷的散文，被看成一種墮落，但魯迅罵誰，即使在新馬，也要跟着罵，如林語堂的幽默與汪精衛賣國（王潤華，頁 51-76）。

二、只有霸權語言的聲音

　　一九六五年新加坡脫離英國殖民統治，成為獨立的國家。這個小島只有七百零四平方公里，這是亞洲面積最小的國家。在西方霸權的殖民時代，除了英語與西方文化，其他族群的語言與文化都被邊緣化，甚至被壓制。新加坡是一個移民社會，除了原來的英國統治者及其他東西方移民，最多的人口由華人、印度、馬來人構成。受了後殖民主義政策與思想的影響，新加坡在一九六五年以後繼續推行殖民時代遺留的文化政策，企圖將不同的文化整合，融入與創造一種新的所謂新加坡新文化（Purushotaman, pp. 6-11）。這種政治性很強的所謂建構國家認同、消除民族傳統文化根源的政治文化政策，也反映在不少純受殖民地英文教育的本土作家的作品裏。譬如新加坡英文詩人唐愛文（Edwin Thumboo）在一九七九年發表了一首〈魚尾獅旁的尤利西斯〉（Ulysses by the Merlion）的詩（Thumboo, 1979: 31-32），被新加坡英文文壇喻為新加坡的史詩（Patke）。這首詩透過希臘神話中的英雄尤利西斯〔即奧德賽（Odysseus）

的拉丁名〕飄洋過海的傳說，來象徵英國人遠赴海外探險與爭奪殖民地的競爭精神。這一段歷史書寫，完全是以歐洲為中心，把世界歷史擁為己有，控制了歷史的真假，然後控制住殖民地的老百姓。唐愛文的這一段新加坡史詩，是被殖民地歷史文化洗腦的結果，還是反諷？學者可以作各種不同的詮釋（Patke）。其中一段書寫關於英國殖民者如何消滅亞洲各民族的傳統文化，打造新加坡人的理想：

雖然方式不同
他們一起改變自己
探索和諧的邊緣
尋找一個共同的中心
把他們的神也改變了
種族的傳統回憶保存在
祈禱裏、笑聲中和
女人的服飾與迎客的姿態上
他們把燦爛又美麗的
祖父美好的夢
放進新的遠景中
讓它繼續發揚光大
充滿眼前的世界

在擁有過多的物質之後，
心靈開始渴望其他的意象，
在龍鳳、人體鷹、人頭蛇
日神的駿馬外，
這頭海獅
就是他們要尋找的意象。

殖民主義經過長期的霸權文化與教育，獨立以後，一直到今天，還有很多新加坡人認爲，在文學創作上，只有透過英文，才能納入新加坡各民族社會的景象（vision），其他族群的語言，如華文、淡米爾文、馬來文，不能跨越族群，只能成爲各自的族群文學。所以要打破英文霸權話語的迷思，還需要走完一段去殖民的路程。

三、發現新加坡的存在，首先尋找她的聲音

　　以筆者的後殖民經驗來説，在新馬獨立的前後，初中與高中的文學課本，英語課本的教材，全是英國作家的作品，本土非白人作家的作品都被排除在外。同樣的，華語課本，開始都在香港的中華書局與商務印書館編印與出版，後來有星洲、世界、友聯等書局編印與出版，都只收中國作家的作品，一直到一九七〇年代末期，才開始收入本土作家的作品（王潤華與朱純深）。

　　發現新加坡的存在，首先尋找她的聲音，這需要經過漫長的文化重整的歷史的過程，而進入一個國家的教育文化核心價值象徵的教科書，就需要更強大的軟權力的形成，才能被接納。這裏就以一個更具體的實際例子來觀察。二〇〇三年以前出版的，新加坡教育部審定的中學中華語文教科書中，以中國古典文學爲重，現代文學的篇章只有二十一篇，占全書的 17.5%，大陸五四以來作家的作品，共有十篇，本地華文作品只有三篇，可見五四文學還是具有典範性：[1]

---

[1] 本文的資料與統計資料，根據新加坡國立大學中文系研究生吳慧菁（2007）修讀 CH5222「中國代文學專題」的論文《從中學課文中的現代文學作品看新加坡本土化傾向》。

2003年以前的中學課本中的現代文學				
課程	中	港	台	新	其他[2]
中一	4	—	—	—	1
中二	3	—	—	—	2
中三	2	—	—	2	1
中四	1	—	—	1	4
總數	10	0	0	3	8

　　到了二〇〇三年以後，中學的華文課本現代文學的篇數激增為三十五篇，占全部的 34.3%，中國的古典文學減少了，中國大陸自五四以來的作品與新加坡本土華文文學作品比例總數大大減少了，前者十五篇，新加坡現代文學竟有八篇，這說明本土認同與價值的轉型：

2003年以後的中學新課本				
課程	中	港	台	新	其他
中一	3	—	1	—	4
中二	3	—	1	2	1
中三	4	—	—	2	3
中四	5	—	1	4	1
總數	15	0	3	8	9

　　到了二〇〇三年以後，高中華文課本中，文言文大減，大陸現代文學篇數也只有十五篇，新加坡本土化文學作品激增到十七篇，爲了多元化的文學視野，臺灣文學共有十篇，香港二篇，翻譯及其他語文的作品

---

[2]「其他」的範圍包括來自美國、法國、義大利等等非亞洲國家作家的中文翻譯作品。

也有十三篇：[3]

2003年以後的高中華文課本現代文學作品					
課程	中	港	台	新	其他[2]
中一	6	1	3	2	3
中二	3	1	2	7	3
中三	4	—	1	4	3
中四	2	—	4	4	4
總數	15	2	10	17	13

這些現代文學篇章數目字的改變，説明本土社會國家意識的成長。

四、國家是抽象的，透過藝術家敍述才存在

每個國家在她的作家身上找到自己的聲音。一個國家藉由獨立宣言而獲得獨立，但是這個國家的存在，是抽象的、想像的神話。只有透過藝術家的敍述（narrative），這個國家才會存在（Renan Ernest: 19）。很多政治家在競選的時候，會朗誦或引用作家的作品，以表示他們對其土地與人性的瞭解。從國家權力形成的思想意識形態去瞭解一個國族是愚蠢的，文學藝術是社會文化、政治經濟、歷史記憶所創造出來的符號，在這裡才可尋找到真正國族的聲音。

大約到了一九七〇年中期，除了上述的教科書，新加坡開始尋找自己本土的語言與聲音，企圖建構新加坡人的政治與文化認同身分。最真實的歷史由藝術家的敍述所建構。透過藝術家及其作品來解讀新加坡是

---

[3]新加坡的中學制度設四年制，初級學院二年。少數學生華語文程度優秀者，可選讀高級華文，其他讀一般的中學華文。

急切需要的，單靠其政治、經濟的解讀，新加坡會遺失很多東西。所以一九七七年新加坡政府頒發「新加坡文化獎」（Singapore Cultural Medallion）給藝術家，而且四大語言（英語、馬來語、華語、淡米爾語）創造的七大藝術類（歌劇、舞蹈、文學、音樂、攝影、戲劇及視覺藝術），一視同仁，平等對待，只求藝術水準，各種語言與種族文化受到同等重視。在文化獎中的文學獎的部分，由於四大語文的文學作家在平等的看待的條件下，自一九七七年以來，各語文、各種族作家都有獲得國家這項最高的榮譽，目前獲得新加坡文化獎的作家共有十六位（Purushotaman: 46-77）：[4]

1. 英文作家：唐愛文（Edwin Nadason Thumbo, 1979）、吳保星（Goh Poh Seng, 1982）、葉緯雄（Arthur Yap, 1983）、李子平（Lee Tzu Pheng, 1985）、何明方（Ho Minfong, 1997）。

2. 華文作家：黃孟文（1981）、王潤華（1986）、周國粲（周粲，1990）、劉寶珍（淡瑩 1996）、英培安（2003）。

3. 馬來作家：Hj Muhammad Ariff bin Ahmad（1987）、Abdul Ghani Bin Abdul Hamid（1999）、Isa Kamari（2007）。

4. 淡米爾文作家：N Abdul Rahman（Singai Mukilan,1988）、Rama Kannabiran（1998）、M. Balakrishnan（MA. Ilangkannan, 2005）。

這份名單強有力的說明新加坡的國家文學由四大語文的文學構成，也是世界上唯一承認國家文學由多種族群、多種語言的文學作品構成，同時具有最典型的後殖民文學的大特色，各族群的作家，很多採用非自

---

[4] 參考完整的得獎名單：http://www.nac.gov.sg/awa/awa02.asp。各位得獎人的成就與著作，見 Venka Purushotaman (ed.), *Narratives: Notes on a cultural Journey: Cultural Medallion Recipients* (Singapore: National Arts Council., 2002), pp.48-77.

己的族群語文寫作，如唐愛文是印度華人混血後裔，他是英文作家，吳保星、葉緯雄、李子平是華人，他們也都是英文作家，但是他們的書寫視野，都包含了四大族群組成的新加坡人經驗與新加坡的社會歷史，像上述唐愛文的〈魚尾獅旁的尤利西斯〉的詩，他用希臘神話來書寫新加坡多元種族的建國過程，就是一個例子。華文作家中像黃孟文的小說集《再見惠蘭的時候》、周國粲（筆名周粲）的詩歌〈騎樓下〉都有跨越族群的描寫。葛巴星（Kirpal Singh, 1992: 117-127）曾分析新加坡的詩歌，他認為建國以後，多元民族的社會產生了跨文化的詩歌，他舉出的例子包括我的〈皮影戲〉，皮影戲在東南亞是各民族都喜歡的民間娛樂，中國也有。這首詩便運用一個多元種族意象，來進行跨文化書寫。新加坡各民族在建國過程中，都共同經驗了被人控制與玩弄的難忘記憶（Kirpal Singh: 117-127）。

　　建立新加坡多元種族、多種語文文學，被暗喻為建國的一種宗教儀式。法國布爾迪厄（Pierre Bourdieu）《文化生產場域》（*The Field of Cultural Production*）的文化再製理論深深影響了新加坡的文化政策，尤其以社會經濟的文化功能說（Bourdieu）為最。所以七〇年代以後，新加坡的文化政策逐漸形成文化是一種資本（capital）的理論，所以文化獎的建構，有好幾層的資本意義。它是法定的資本（judicial capital），因為這些得獎藝術家的傑出作品得到肯定，它把國族的生活文化歷史變成藝術，創造了文化傳統；這也是一種社會資本（social capital），這些藝術作品反映社會經驗，將國家人民凝聚起來，是建國基礎上的主要結構；作為一種基礎性的文化生產，這些藝術家的敘述更構成象徵性的資本（symbolic capital），象徵著一種成就與榮譽，他們為社會建構了新的知識文化（Purushotaman: 8）。

　　國家是抽象的，通過藝術家的敘述才存在的觀念，使得一向自古以來為東西方交通、商業的要道與中心的新加坡，重新認識文學藝術的重要。

五、以文學選集建構多元系統的新加坡國家文學

　　所以到了一九八〇年代，在國家認同與支持下，新加坡突破很多國家堅持單語的國家文學的模式，在社會與文化的複雜語境中，更覺得需要重新尋找自己的語言與聲音。從這個時候開始，多種族、多語文，同時包含共同語言的翻譯的新加坡文學選集開始出現了，目前比較重要的多種語文的選本有以下幾種：

1. Edwin Thumboo, Wong Yoon Wah, Lee Tzu Pheng, Masuri bin Salikan , et. al.(eds). *Anthology of ASEAN Literatures: The Poetry of Singapore.* vol. I, Singapore: ASEAN Committee on Culture and Information Committee, 1985. 560 pp.

2. Edwin Thumboo, Wong Yoon Wah, Shaharuddin Marrup, Elangovan, et. al.(eds). *Anthology of ASEAN Literatures: The Fiction of Singapore.* (*Singapore*, vol II). ASEAN Committee on Culture and Information Committee, 1990. 675 pp.

3. Edwin Thumboo, Wong Yoon Wah, Shaharuddin Marrup, Elangovan, et. al.(eds), *Anthology of ASEAN Literatures: The Fiction of Singapore.* (Singapore, vol IIa). ASEAN Committee on Culture and Information Committee, 1990. 675 pp.

4. Edwin Thumboo, Wong Yoon Wah, Shaharuddin Marrup, Elangovan, et. al.(eds). *Anthology of ASEAN Literatures: The Fiction of Singapore*, vol. II. Singapore: ASEAN Committee on Culture and Information Committee, 1990. 685 pp.

5. Edwin Thumboo, Wong Yoon Wah, Bankah Choon, Naa govindasamy,

et. al.(eds). *Journeys: Words, Home and Nation: Anthology of Singapore Poetry* (1984-1995). Singapore: Uni Press, 1995, 482pp.

6.Robbie B. H. Goh, Chitra Sankaran, Sharifah Maznah syed Omar, robin Loon (eds). *Memories and Desires: A Poetic History of Singapore*. Singapore: Uni Press, 1998. 285pp.

7.Kirpal Singh, Wong Yoon Wah (eds). *Rhythms: A Singapore Millernial Anthology of Poetry*. Singapore: National Arts Council and Landmark Books, 2000. 173 pp.

　　上述的書目中，單單從書名，就看出這些選集具有建構新加坡國族敍述的企圖，如「新加坡」（Singapore）、「記憶與欲望」（Memories and Desires）、「旅程、家園、國族、歷史」（Journeys，Home and Nation）的標題字都是有所象徵，而編者由四大語文的作家組成，也說明其多元文化精神。第一至四本是同屬於《亞細安文學選集》中新加坡文學選集的出版計畫。當時的東南亞國協（ASEAN　當時只有六位成員國）[5]計畫由各國自己編輯與出版各自國家的文學選集，從最早到現代，其宗旨不但成為一部東南亞各國具有代表性的文學作品，同時也展示東協作為一個政治體系的文學成就。由於亞細安包含新加坡、馬來西亞、泰國、印尼、文萊、菲律賓，地域廣大，民族與文化複雜，其所產生的文學集合起來，成為一體，勢必引起世界的注意。可惜這個計畫至今並沒有完成，像原計畫中的戲劇始終沒有出版，看來是不會繼續進行了。

　　以上的選集作品收錄了英文、馬來文、華文與淡米爾文四種語文書寫的作品，其中編號第 1、5、6 選集中的淡米爾文、華文、馬來文作品都有英文翻譯，正如總序所言，從自我放逐到擁抱本土，從移民時期到

---

[5] 一九六七年八月初成立，包括印尼、菲律賓、新加坡、泰國、馬來西亞、汶萊六國，現在共有十國，包括後來加入的緬甸、寮國、柬埔寨與越南。

獨立，認同新加坡的土地，是整個敘述的主調。而編號第 7 的《韻律》
（*Rhythms: A Singapore Millennial Anthology of Poetry*）那部詩選，每一首
詩都有另外三種語文的翻譯，比如每一首華文詩，都會有英文、淡米文
與馬來文的翻譯，這恐怕是世界上唯一的最多種語言的詩選。它代表各
種族，不管用什麼語言書寫，彼此都能透過其中一種語言，走進其他的
語文的國家文學。

六、新加坡終於在選集中找到自己完整的
聲音

　　在四大語文（華、印、馬來及英文）、三大族群作家的作品中，華、
印及英文作家，藉由不同的語文，作出共同的敘述：從自我放逐到落地
生根到擁抱本土、從被殖民到反殖民到去殖民，爲了承載異域的生活經
驗與自然環境及事物，英國的英文（English）變成新加坡英文（Singlish）、
中文變成華文、印度的淡米爾文變成馬來化的淡米爾文。

　　當我們把四種文本一起閱讀，即是透過翻譯，我們才發現我們的聲
音，不管用華語文還是馬來語文還是英文，都是一樣。我們注意到很多
通行已久的新加坡本土華語文辭彙，不少是借詞，譯自馬來文或英文，
求音不求義，詞形怪異。然而這些辭彙帶有特殊的熱帶風味或南洋色彩，
如峇峇（baba）、娘惹（nyonya）、奎籠（kelong）、仄（cheque）、牙
蘭（geran）、禮申（licence）、甘榜（kampung）、亞答（atap）、律（road）、
惹蘭（jalan）、咕哩（coolie）。隨著中國的崛起，許多辭彙開始以中文
為準而進行規範化，但一些通行已久的新加坡本土辭彙，在規範辭彙的
衝擊下，還是被人大量使用。例如羅厘（lorry）、必甲（pick-up）、的
士（taxi）、巴剎（pasar），這是超越族群的辭彙，它反映新加坡是一個

馬來、華人、印度族群的多元社會，也是一個擁有英國殖民地生活經驗的地方（王潤華，2004：443-461）。

其實新馬的華文文學在第二次大戰前，已開始走向本土化，尋找跨越種族文化文學寓言或意象的。譬如在一九三七年，雷三車寫了一首反殖民主義的詩〈鐵船的腳跛了〉（雷三車）[6]，雷三車的幻想力非常的後殖民化，顛覆了中國新詩的語言，他創造的「鐵船」意象，是英國在馬來亞發明的一種開採錫礦的機器，很適當的象徵英殖民者霸占吞食的土地，把殖民地剝削得一乾二淨，雷三車以鐵船開採錫礦後，所遺留下的廣闊的沙丘湖泊，狀似草木不生的沙漠破壞了大地榮景作為借喻：

> 站在水面，
> 你是個引擎中的巨魔；
> 帶著不平的咆哮，
> 慢慢的從地面爬過。
> 你龐大的足跡，
> 印成了湖澤，小河，……
> 地球的皮肉，
> 是你惟一的食糧。
> 湖中濁水
> 是你左腦的清湯。
> 你張開一串貪饞的嘴，
> 把地球咬得滿臉疤痕。

鐵船是被殖民的各民族生活中熟悉的怪物，用它來表現英國殖民者

---

[6] 指三〇年代雷三車在新加坡的副刊寫作，後雷三車大約在一九四五年前回返中國，其出生背景不詳。

的侵略與剝奪，既魔幻又現實，它是跨文化的一個象徵符號。（王潤華，2004：435-438）

　　本土作家利用其東南亞的想像改造語言與意象，讓它能承擔新的本土經驗，譬如一棵樹，它居然也具有顛覆性的文化意義，一棵樹它就能構成本土文化的基礎。被英國人移植到新馬的橡膠，也象徵性的說明它是開墾南洋勤勞華僑之化身。我在〈橡膠園內被遺棄的人民記憶：反殖民主義的民族寓言〉（王潤華，2001：121-135）曾說，新馬作家們發表的許多描寫橡膠園生活的詩歌、散文、小說作品，不但把華人移民及其他民族在馬來半島的生活經驗呈現得淋漓盡致，而且還同時把複雜的西方帝國殖民主義海盜，歷久不衰的成為抒發個人感傷，結構移民遭遇、反殖民主義的載體（王潤華，2001：121-135）。

　　浪花的《生活的鎖鏈》（1930年）（Thumboo, 1990: II, pp.124-134）的橡膠園在黑夜中，而且下著雨水，膠林正落葉、刺骨的寒風吹在膠園的亞答屋裏。在一個微寒的清晨，膠林裏彌漫了朝霧，黑暗還沒有消逝時，一個化學工程師兼督工的紅毛人趁一位膠工的女兒來借錢為母親治病時，將她姦污。下面是透過膠工亞水的眼睛敘述的故事：被誘姦的少女是暹羅妹，這說明了殖民地主義者最愛強姦土著的歷史，作者刻意將故事從緬暹交界處一直延伸到馬來亞與新加坡，人物包括華人、印度人、泰國人、馬來人及混血的人，這是東南亞被英國殖民主義及資本家奴役與剝削的東南亞各民族之民族寓言。作者透過第一代所有華人移民亞龍與亞李的回憶來追述英國人經營的橡膠園內的窮苦生活，而不是由第二代土生的福來，因為後者已逐漸脫離這個人間地獄，代表逐漸走向獨立的馬來亞，所以作者故意安排他因「夜學下課後，給雨阻著不能回去，所以也在膠園裏工人住的亞答屋過夜」，才聽到上述母親與白人督工發生關係，結果生出他這個混血兒。福來帶著白人血統，也有特別的涵義，他是白人留下的餘孽。後來從緬暹交界流浪到新加坡，吸收了新知識。參加工運，從事顛覆殖民地的白人資本家的壓迫，這是一種報應。亞龍

在橡膠樹園因參加罷工而失業，轉而成為街頭的報販，因此他含有傳播革命種子的使命（王潤華，2001：121-135）。

七、新加坡後殖民文學的現代性

從這些多種族、多語文的作品中，新加坡國家文學創造了自己的現代性的模式。從這些選集裏的後殖民的文學經驗，我可以籠統的歸納出以下的現代性特點（王潤華，2006：468-510）：

1. **本土幻想**：從這個角度來重讀新加坡作品的書寫，這種種想像力創造的魚尾獅、榴槤、鐵船、橡膠樹便是本土幻想的具體多元文化結晶。

2. **邊緣性**：當時是一種企圖顛覆中國或歐美的經典作品進而產生的另類文學思考，現在他們邊緣性的、多元文化的思考文學作品，逐漸為世界所認識到是一種文學新品種；他們的邊緣性實際上就是創意動力的泉源。

3. **重置語言，本土化的華語**：語言本身是權力媒體，語言就是文化意識。當年西方或中國移民作家把自己的語言文字帶到環境與生活經驗都很異域的南洋，這種進口的英文或中文企圖用暴力征服充滿異域情調的、季節錯誤、又受異族統治的熱帶。因此邊緣、後殖民作家為了完整地詮釋自己，把來自中華文化中心的中文搶奪過來，置於南洋的土地上於英殖民主義統治中加以改造，這種重構過程，後殖民文學理論稱為重置語言（re-placing language），是後殖民寫作的重要策略。這種策略以棄用和挪用（abrogation and appropriation）為手段。棄用是用來拒絕以中國中心位為準的某些文化類別、美學、規範性語言（Ashcoft, et al., pp.38-77）。挪用的

程式是改變中文的性能，使它能承載與表達新加坡新的異域與殖民生活經驗。尤其在東南亞，這是一個多元種族、多種語言、多元文化的社會，即使是華文文學，它也要進行本土、跨種族、多元文化的書寫。因此邊緣文學是在一種衝突中形成的：拒絕且反抗以中國為中心的中文，另一方面將它放置在本土上，讓它受方言、馬來、英文的影響而起變化。當我們閱讀上述這些選集中的詩歌或小說，便能強烈的感覺到何謂重置語言後的本土化的華語。跨越族群文化的書寫：在新加坡與馬來西亞很多以英文寫作的華人、馬來人、印度人作家，他們認為用英文寫作擁有最大的優點，即英文能突破種族的藩籬（cut across ethnic boundaries），因為不同種族的人都能使用英文，這是各族共同的語言，加上他們作品的視野也是跨越族群與社區，譬如新加坡的英文文學也是多元族群、多元文化的文學，而這點的確是英文文學的優勢。

4. 交融性（syncreticity）與駁雜性（hybridity）：我在《華文後殖民文學》（王潤華，2007），與《魚尾獅、榴槤、鐵船與橡膠樹》（王潤華，2007A）裏討論過，新馬很多小說與詩歌是後殖民社會各族文化傳統與本土文化的交融（syncreticity）與駁雜（hybridity）性的產品。以上的特點。相互之間有重複的地方，但也有許多特性未能包含在內，但至少能說明其中一些本土現代性。

5. 新加坡多元的文學選集帶來許多建構多元的國家文學的經驗：這個理想是複雜困難的。在一個多元種族、多種語文的社會裏，當作品出版後，它還沒有完成其完整的生命成長，它還需要翻譯、還需要收入多語文的選集中，這時候它的文學生命才開始成長。上述這些選集帶來種種重要的啟示：在一個多元種族、多種語文的社會裏，各種語文的文學作品收集在一部選集中，它的意義才能完全顯現。

八、華文文學的多元系統：多元共生的新加坡國家文學共同體

　　二〇〇七年新加坡藝術理事會舉辦「新加坡節在中國」（Singapore Season in China），我被委任為團長，帶領十一位新加坡作家到中國，分別在北京大學、中國作家協會、上海復旦大學與上海圖書館與中國作家座談與朗誦作品。我一開始就建議，既然來到中國，就應該展現新加坡作家的多元種族、多元語言與文化的文學。而當我們朗誦作品時，我們的作家呈現出多樣性的臉孔：如馬來人、華人、印度人，非常具有易文—左哈爾（Itamar Even-Zohar）的多元系統（或譯複系統）理論（polysystem theory）（Itamar Even-Zohar, 1978, 1979, 1990, 2005）[7]的複雜性，我們十一人分別攝影，但最後組合成代表新加坡的作家代表團，請看下面的圖片：

圖為2007年「新加坡節在中國」時11位作家的合影，由左至右依序為函函、依沙·卡馬里、淡瑩、英培安、王潤華、唐愛文、黃孟文、蔡志禮、尤今、希尼爾、林得楠

---

[7] 目前的中文翻譯有張南峰譯（2002），伊塔馬埃文—佐哈爾。〈多元系統論〉，《中國翻譯》。第 7 期，頁 21-27。

從上面的華文姓名，我們也難以分辨其種族及其寫作的語言，及作品所包含的傳統，如唐愛文是印度與華人混血，面貌酷似印度人，但他不懂印度的任何語言，英文為其母語，他的名字希尼爾非常的洋化，而他卻是一位華人文化傳統極強的華文作家。

　　這些都是典型的後殖民產物，一個族群之間，或不同族群之間的文化差異性之存在，都同樣極端不同，所以易文—佐哈爾的多元系統理論用生物化學的名詞原子多價（染色）體（polyvalent）來形容後殖民／移民社會社群的文學形成的複雜構成元素。這張照片最能說明易文—佐哈爾所說：文學、文化等社會符號現象都是由一系列不同卻又互相關聯、互相依存的系統組成（Itamar Even-Zohar, 1979）。

　　當我們朗讀作品，我們文學作品的多種語言聲音：英語、華語、馬來語、淡米爾語，多元性的語言文化上的差異，深深吸引住中國人。新加坡以不同種族的臉孔與不同語言的聲音建構的國家文學，成為世界上國家文學的異類，在多元的世界裡是一個美麗創新的文化符號。

　　曹惠民教授在他的文學史《多元共生的中國現代文學》（曹惠民）中提出一個多元共生的現代中華文學的大視野的重要見解，現代文學在大陸、臺灣、香港與澳門，甚至世界各地，雖然政治認同感不同，但是文化／文學大傳統永遠繼承在所有用中文／華文的文學之中，所以研究任何地區的中華文學，都不能完全與其他地區的文學隔離或孤立，否則會失去很多意義，也將看不見很多華文文學的變異與獨創性。

　　周策縱教授與我曾提出多元文學中心／雙重文學傳統論說（周策縱、王潤華，1994）。中國本土以外的華文文學的發展，已經產生「雙重傳統」（double traditions）的特性，同時目前我們必須建立起「多元文學中心」（multiple literary centers）的觀念，這樣才能認識中國本土以外的華文文學的變異與重要性。我認為世界各國的華文文學的作者與學者，都應該對這兩個觀念有所認識。任何有成就的文學都有它的歷史淵源，現代文學也必然有它的文學傳統。在中國本土上，自先秦以來，就

有一個完整的大文學傳統。東南亞的華文文學，自然不能拋棄從先秦發展下來的那個「中國文學傳統」，沒有這一個文學傳統的根，東南亞、甚至世界其他地區的華文文學，都不能成長。然而單靠這個根，是結不了果實的，因為海外華人多是生活在別的國家裏，自有他們的土地、人民、風俗、習慣、文化和歷史。這些作家，當他們把各地區的生活經驗及其他文學傳統吸收進去時，本身自然會形成一種「本土的文學傳統」（native literary tradition）。新加坡和東南亞地區的華文文學，以筆者的觀察，都已融合了「中國文學傳統」和「本土文學傳統」而發展著。我們目前如果讀一本新加坡的小說集或詩集，雖然是以中文創作，但中文已轉型為華文，字裏行間的世界觀、取材、甚至文字之使用，對內行人來說，跟大陸的作品比較，是有差別的，因為它容納了「本土文學傳統」的元素。而這個「本土文學傳統」便結合了我上述其他語文的新加坡文學。

新加坡華文文學是多元共生的新加坡國家文學共同體，過去研究新加坡華文文學的學者，幾乎都是將其孤立地切割開來研究，這樣的學術研究具有極大的缺陷，因為新加坡文學的構成，錯綜複雜，除了各民族用母語寫作，新加坡華人，印度、馬來及其他少數民族人也有很多用英文書寫的作家，各個小系統構成一種多樣性的多元（複）系統文學。其他東南亞的國家如馬來西亞、菲律賓、泰、越南幾乎一樣，要深入研究這些文學，也應該具有其他語文作家與文學的訓練與知識，要不然將會流於膚淺。現在的學者中，其實已開始開拓這樣的高要求的學術研究。以不同的話語進行探索至今不為人所知的、未發現、未理解的共同體的文學，種種不同的面向。像蔣淑貞、張錦忠、葉玉慧等人就會去注意、研究東南亞的英文作家，尤其是華人華文與英文作家的種種面向。[8]在馬

---

[8]蔣淑貞這方面的著作很多，如"How to De-imagine Chineseness: Ethnic Chinese Writers in Southeast Asia," The 36th International Congress of Asian and North African Studies, Montreal, Canada.二〇〇〇年八月；〈馬

來西亞年輕學者中莊華興甚至開始把研究馬華文學的視野延伸到與其他族群與語言文學結合的開路人。[9]我相信這是二十一世紀研究華人文學，尤其東南亞這一塊的新趨勢。

來西亞華文和英文文學的華人屬性〉，中國符號與臺灣圖像研討會，輔仁大學，一九九九年十二月；〈失去自我的痛：馬來西亞華文文學和英文文學的華人屬性〉，《中外文學》29.2（July 2000）：272-287；張錦忠關於這方面的研究也有不少，如張錦忠（2003），《南洋論述：馬華文學與文化屬性》。臺北：麥田。他從文學複系統理論易文－佐哈爾（Itamar Even-Zohar）的複系統理論（polysystem theory）研究臺灣文學中的馬華文學是最早的，他這方面的研究從博士論文開始：《文學影響與文學複系統之興起》（英文撰寫：Literary Interference and the Emergence of a Literary Polysystem, 1996，國立台灣大學／外國語文學系／85／碩士／085NTU00094011。葉玉慧的《國家文學的生物符號學架構：新加坡作品舉隅》（英文撰寫：A Biosemiotic Approach to Singaporean Literature（臺灣大學／外國語文學研究所／93／博士／093NTU05094004）也是新的嘗試。

[9]中文著作有《端倪：大馬譯創會中文文集一》（主編，1998）、《寂寞求音：林天英詩選（1972-1998）》（編譯，2000）、《伊的故事：馬來新文學研究》（2005）、《綿延：大馬譯創會中文文集二》（主編，2006）、《國家文學：宰製與回應》（編著譯，2006）及馬來文著作 Putik（新蕾：大馬譯創會馬來文集》（主編，2003）、Cerpen Mahua dan Cerpen Melayu: Suatu Perbandingan（馬華－馬來短篇小說比較研究）（2006）、Salam Malaysia: Antologi Terjemahan Puisi Mahua（問候馬來西亞：馬華詩歌選譯）（編譯，2006）及博士論文 "Sastera Mahua Dalam Gejala Kritikan dan Pensejarahan: Satu Proses Penerokaan Jati Diri"（文學批評與文學史現象：馬華文學主體性探索）。

參考書目

一、中文部分

王潤華，朱純深（1999）。〈新加坡中高等院校中華現代文學教材研究〉。
　　1999 完成的新加坡國立大學中文系研究計畫成果。

王潤華（2001）。《華文後殖民文學》。臺北：文史哲出版社，頁 51-76。

王潤華（2004）。《越界跨國文學解讀》。臺北：萬卷樓。

王潤華（2007A）。《魚尾獅、榴槤、鐵船與橡膠樹》。臺北：文史哲。

王潤華（2007B）。〈魚尾獅、榴槤、鐵船與橡膠樹〉，《臺灣文學的東
　　亞思考》。臺北：文建會。

雷三車（1971），方修編。〈鐵船的腳跛了〉，《馬華新文學大系》。
　　新加坡：星洲世界書局，第 6 冊，頁 198-200。

曹惠民（1997）。《多元共生的中國現代文學》。北京：中國華僑出版
　　社。

周策縱（1989）。〈總評〉，《東南亞華文文學》。新加坡：作家協會
　　與歌德學院，頁 359-362。

王潤華（1994）。《從新華文學到世界華文文學》。新加坡：潮州八邑
　　會館。

二、外文部分

Bill Ashcroft and others (1989), The Empire Writes Back: The Theory and
　　Practice in Post-colonial Literatures. London: Routledge.

Bourdieu, Pierre (1993). *The Field of Cultural Production.* Cambridge: Polity
　　Press.

Chew, Ernest and Edwin Lee (eds.) (1991). *A History of Singapore.* Oxford:

Oxford University Press.

Patke, Rajeev (2000). "Singapore and the Two Ulysses," *Interactions: Essays on the Literature and Culture of the Asia-Pacific Region.* Nedlands: University of Western Australia.

Purushotaman, Venka (ed.) (2002), *Narratives: Notes on a cultural Journey: Cultural Medallion Recipients.* Singapore: National Arts Council.

Renan Ernest (1990), "What is a Nation", *Nation and Narration*, Homi Bhabha (ed.), New York: Routledge.

Thumboo, Edwin (1979). *Ulysses by the Merlion.* Singapore: Heinemann Educational Books.

Thumboo, Edwin, Wong Yoon Wah, Lee Tzu Pheng, Masuri bin Salikan , et. al. (eds) (1985). *Anthology of ASEAN Literatures: The Poetry of Singapore,* vol. I. Singapore: ASEAN Committee on Culture and Information Committee.

Thumboo, Edwin, Wong Yoon Wah, Shaharuddin Marrup, Elangovan, et. al. (eds) (1990). *Anthology of ASEAN Literatures: The Fiction of Singapore (Singapore*, vol II. Singapore: ASEAN Committee on Culture and Information Committee.

Thumboo, Edwin, Wong Yoon Wah, Shaharuddin Marrup, Elangovan, et. al. (eds), *Anthology of ASEAN Literatures: The Fiction of Singapore (Singapore*, vol IIa (1990). Singapore: ASEAN Committee on Culture and Information Committee.

Thumboo, Edwin, Wong Yoon Wah, Shaharuddin Marrup, Elangovan, et. al. (eds) (1990). *Anthology of ASEAN Literatures: The Fiction of Singapore*, vol III. Singapore: ASEAN Committee on Culture and Information Committee.

Thumboo, Edwin, Wong Yoon Wah, Bankah Choon, Naa govindasamy, et. al.

(eds) (1995). *Journeys: Words, Home and Nation: Anthology of Singapore Poetry* (1984-1995). Singapore: Uni Press.

C. M. Turnbull (1988). *A History of Singapore*. Oxford: Oxford University Press,

Goh, Robbie B. H. Goh, Chitra Sankaran, Sharifah Maznah syed Omar, Robin Loon (eds.) (1998). *Memories and Desires: A Poetic History of Singapore.* Singapore: Uni Press.

Singh, Kirpal, Wong Yoon Wah (eds) (2000). *Rhythms: A Singapore Millennial Anthology of Poetry.* Singapore: National Arts Council and Landmark Books.

Singh, Kirpal (1992), "Inter-Ethnic Responses to Nationhood Identity in Singapore Poetry", in ed. Anna Rutherford, *From commonwealth to Post-colonial* (Sydney: Dangaroo Press), pp. 117-127.

Victor Purcell (1967). *The Chinese in Malaya*. Oxford: Oxford University Press.

Even-Zohar, Itamar (1978). Papers in Historical Poetics. Tel Aviv: Porter Institute.

Even-Zohar, Itamar (1979). "Polysystem Theory." *Poetics Today* 1(1-2, Autumn) pp. 287-310. Even-Zohar, Itamar 1990. Polysystem Studies. [= Poetics Today 11: 1]. Durham: Duke University Press.

Even-Zohar, Itamar (2005). Papers in Culture Research. [Electronic Book, available from Even-Zohar's Website.

2

從大系的編選視野論馬華雜文的演變及接受（1919-2008）

■七首和投槍的全盛時代

■雜文和散文的消長

■結　論

鍾怡雯　元智大學中國語文學系副教授

摘　要

　　本文論述雜文在馬華文學的演變及接受情況，從主編的編選視野觀察雜文和散文的消長，探論雜文在馬華文學的發展及其問題。二〇到五〇年代是雜文的全盛期，它繼承雜感的傳統，魯迅匕首和投槍的理念，見證時代的發展和轉變。六〇年代以後，抒情文和敘事文興起，逐漸取代雜文成為創作的主流。然而雜文感時憂國的傳統並未消失，馬來西亞華人複雜的文化處境是雜文的溫床，因此更能發揮雜文的特色。雜文的存在，跟現實主義美學傳統有著密切的關係，雜文的式微，卻不必然跟現實主義傳統的消退有關，時代的外延因素，散文美學的內部條件，以及對文體概念的改變等都是要因。

關鍵詞：編選視野，馬華雜文，現實主義，感時憂國

方修在《馬華新文學大系‧散文卷》（1972）的〈導言〉指出，馬華現代散文的源頭，是以戰鬥的姿態出現的。換而言之，就文類而言，馬華現代散文的母體，是雜文；就精神譜系而言，則是來自魯迅那種兼具匕首和投槍的批判性文體。[1]方修主編的《馬華新文學大系‧散文卷》收錄一九二〇到一九四二年近兩百篇散文，抒情／敘事散文不超過二十篇。二〇年代的馬華資料多已散佚，我們無法還原當年的創作全貌，然而方修的觀察跟中國白話散文興起的狀況相似，散文最早以雜感或隨感錄，我們名之為雜文的形式出現，以便針砭時弊，發揮意見，這些文字蘊含了後來理論上對於「散文」的確認，因此雜文便成為現代散文的基礎。比較特別的是，一九二一年周作人提出「美文」的概念之後，中國的現代散文迅速開展出抒情傳統，馬華散文的雜文作為主流則持續了近三十餘年之久。

　　趙戎主編《新馬華文文學大系‧散文》（1971）跟方修的《馬華新文學大系‧散文卷》幾乎同時出版，收錄一九四五到一九六五約近兩百篇作品，雜文近四十篇僅占五分之一，抒情散文成了主流。趙戎在〈導論〉中提到，戰後二十年的馬華散文，前十年以雜文和敘述文為大宗，後來的十年則是抒情文的世界。因此方修的序以雜文為論述案例，趙戎的序則多抒情文。如果以廣義的散文定義而論，這是散文內部的質變。

---

[1]雜文在五四白話文運動史上，亦稱為雜感、隨感。當時報刊以「雜感」、「評壇」、「亂談」、「雜感錄」為名的欄目，刊登的都是針砭時弊的雜文，頗類今日的新聞評論、言論或輿情版，具有魯迅所謂的匕首與投槍的批判作用。雜文初起時，文學性和藝術性不高，甚而成為叫囂和謾罵的工具，乃有跟雜文相對而生的周作人所提倡的美文。美文強調敘事和抒情兩個特質，以此區隔雜文的批判性的雜文。廣義的現代散文定義則包含雜文、純散文（文學性散文）、報導文學、小品文、傳記、書信、日記等一切在詩與小說之外的敘述性文體。然而隨著文類分工漸細，今日所謂的現代散文概念其實已經剩下純散文（或狹義的散文），其他則各自獨立，自成一類，但仍可以散文統稱之。

到了第三套碧澄主編的《馬華文學大系‧散文（1965-1980）》[2]，則更多的朝抒情文傾斜，這套大系的兩卷散文以抒情文為主軸，碧澄並在〈導言〉指出抒情散文是在六〇年代初流行起來的，跟趙戎的觀察略有出入，雖然如此，他們不約而同指出：雜文不再是散文的主流寫作類型。到了鍾怡雯、陳大為編《馬華散文史讀本（1957-2007）》，收入三十家散文約兩百三十篇作品，雜文僅得張景雲和麥秀二家。這套選本以史的脈絡編選，以人為本，呈現五十年來馬華散文發展的樣貌，編選理念和規模等同大系。從編者的編選視野可知，雜文已成旁枝，狹義的散文，也就是所謂的純散文成為主流。

　　本文擬以上述四套大系為主軸，討論雜文在馬華散文史的接受及其問題。以大系為論述基礎，乃是因為早期的馬華散文創作，缺乏完善的資料保存，散見各陳年報刊的零散篇章，大多散佚難尋，無法有效遍覽。幸而有方修、趙戎等主編的大系，保存了珍貴的資料，此其一；其二，除了資料保存的意義之外，最重要的是，大系是各年代創作的精華版本，固然每一位編者均受限於時代因素和個人偏見，各自有其美學考量，然而從主編的選文亦可看出雜文在散文發展上的接受史，主編個人的視野同時也具有一定的時代意義。從最早的兩本大系可以讀到，馬華散文的發展的現實主義傳統，文學跟時代和社會的關係非常密切，「有所謂而為」或「扣緊時代的脈動」都是評價散文的重要指標，也是古典散文興起的重要原因及其存在意義。雜文的存在跟現實主義美學傳統有著密切的關係，雜文的式微，卻不必然跟現實主義傳統的消退有關，時代的外延因素，散文美學的內部條件，以及對文體概念的改變等都是要因。

---

[2] 第三套馬華文學大系共兩冊，第一冊由碧澄主編，於二〇〇一年出版；第二冊由陳奇傑（小黑）主編，於二〇〇二年出版。

一、匕首和投槍的全盛時代

　　馬華文學跟中國文學的關係一直是難離難棄的。從發源到勃興，或影響或對話，現代文學（或新文學）的新興尤其跟中國五四運動不可分離[3]，方修在《馬華新文學大系・散文集・導言》開宗明義指出馬華散文起始於一九一九年：

> 散文是馬華新文學史中最早誕生的一種文體。一九一九年十月起，隨著馬華新文學史的發端，它就是以戰鬥的姿態出現。其中最活躍的是政論散文和雜感散文，作品散見於各報的「時評」，「社論」，「來件」等專欄以及新聞版，副刊版等。而政論散文比起雜感散文來尤顯得更成熟，更豐富，差不多成了馬華新文學萌芽前期（一九一九至一九二二）的散文寫作以至各種文學創作的主流。[4]

　　這段引文所引的散文，實為雜文。首先，它的「戰鬥姿態」先驗地說明了它不可能是抒情或敘事文，當然更不可能是後來溫任平等戮力於發揚的現代主義散文；其次，政論散文或雜感在中國白話文運動興起之時，同樣是放在「散文」這個文類底下。早在一九一八年《新青年》第四卷第四期即有「隨感錄」的專欄，當時隨感、雜感、亂談等均指向今日我們所理解的廣義的散文，雜文的出場姿態帶著濃厚的現實主義色彩，跟時代有密切的關係，充滿「文章合為時而著」的批判精神，體現了戰鬥性的特色。即便後來提倡美文，以閒適沖淡風格著稱的周作人，

---

[3] 大體上以一九一九年五四運動發生為起始點，至於是五月或十月則略有爭議。詳見楊松年（2000），《新馬華文現代文學史初編》，新加坡：教育出版社，頁 10-11。

[4] 方修（1972）。〈導言〉，《馬華新文學大系・散文集》。新加坡：星洲世界書局，頁 1。

寫起雜文依然勁道十足，批判復古倒退、崇拜國粹、國民劣根性、以及日本侵華野心，跟魯迅辛辣的風格十分相似。要而言之，雜文作為散文的原始類型，無論在中國或馬華皆然。

早期馬華作家多來自中國，他們的文學養分亦來自中國。方修認為當時的政論散文特別發達，跟當時中國軍閥割據、列強侵略的政局有關，因此所謂的政論散文，強調的是「對中國的政治評論」，當時的隨感錄，則多論中國的社會風氣，以及批判中國國民性，南來文人的愛國（中國）之情躍然紙上。方修論及雜文出現在新聞版上，並不足怪，一開始，雜文就體現了魯迅在〈小品文的危機〉所說的匕首和投槍特質：

> 生存的小品文，必須是匕首，是投槍，能和讀者一同殺出一條生存的血路的東西；但自然，它也能給人愉快和休息，然而這並不是「小擺設」，更不是撫慰和麻痺，它給人的愉快和休息是休養，是勞作和戰鬥之前的準備。[5]

〈小品文的危機〉寫於一九三三年，正是中國政局動盪之際，一九三〇年左翼作家聯盟成立，魯迅提出要堅持戰鬥的路線，以免成為右翼作家。左聯當時曾和新月派諸人論爭多次，〈小品文的危機〉除了是對小品文的一次美學論戰，也是魯迅跟林語堂、梁實秋、徐志摩等自由派在意識型態的交鋒。這篇文論所說的小品文固然是指廣義的散文，其概念和對應內涵則指向今日的雜文。現實主義者方修的編選理念和美學觀點，無疑服膺魯迅「戰鬥文學」的理念，從入選篇數較多的丘康、陳南、郁達夫等人的選文可知，散文在方修那裡，是作為諷喻時事的實用性文體，上承古典散文發生的原始意義。

丘康的〈由「今人志」說起〉批評陳鍊君要像《人間世》的「今人

---

[5] 魯迅，王鍾陵編（2000）。〈小品文的危機〉，《二十世紀中國文學史文論精華（散文卷）》。石家莊：河北教育，頁54。

志」那樣寫名人傳記，完全是魯迅口吻。《人間世》是林語堂創辦的刊物，提倡「以自我為中心，以閒適為格調」，主張幽默和超脫，抒寫性靈等個人主義的寫作風格，魯迅評之為麻痺性的作品，是幫閒的文臣筆鋒，想將粗獷的人心，漸漸磨得平滑[6]。丘康則批評《人間世》的閒適風格只合於有閒階級，不合於國難當頭的救亡時代。〈關於批判幽默作風的說明〉則認為幽默文學應當隨著救亡自然而然消滅，否則便是「非使作者放棄積極的救亡不可」[7]，幽默文學等同於消極文學，是魯迅所謂的「撫慰和麻痺」，此文寫於一九三七年，正是日本侵華之際，亦可以看出早年馬華散文的中國性。〈說話與做人〉言必稱魯迅，魯迅是道德和做人的指標，換而言之，這是一篇魯迅信徒歌頌魯迅的雜文。就批判和反省的角度而言，是非常不符合雜文精神的。不過，魯迅對馬華文壇的影響力可見一斑。

陳南〈究竟比麻醉藥好些〉則要求以筆以槍，批判侵略祖國（中國）的罪行，對陳南而言，即便是千篇一律的口號文章，也比在地（馬來亞）書寫有價值。也就是說，陳南認為「文壇清客」的風花雪月式的抒情，或者藝術性並不是當前文學的重要條件，在國難當頭的時代，文學應該鼓吹愛國：

> 除奸肅匪，也是目前中華兒女們神聖的任務！難道丟掉活生生的材料而去讚歎檳城升旗山的巖石怎樣怎樣崢嶸，熱帶少女怎樣怎樣結實，才稱是藝術最高的成就麼？[8]

---

[6] 魯迅，王鍾陵編（2000）。〈小品文的危機〉，《二十世紀中國文學史文論精華（散文卷）》。石家莊：河北教育，頁53-54。
[7] 丘康，方修主編（1972）。〈由「今人志」說起〉，《馬華新文學大系・散文集》。新加坡：星洲世界書局，頁274。
[8] 陳南，方修主編（1972）。〈究竟比麻醉藥好些〉，《馬華新文學大系・散文集》。新加坡：星洲世界書局，頁304。

陳南這段話代表三、四〇年代南來文人的普遍心態，固是一家之言，然而，從編者角度觀之，這何嘗不是方修的視野和觀點？編選者有其選文策略和考量，亦有其一家之言的美學偏見。方修在〈導言〉稱讚陳南和丘康為：「始終體現著時代的思想精神，幾乎是這個歷史時期中最具代表性的兩位雜文作者」[9]，顯然認同兩位作者的觀點。方修雜文和純散文不分，一律名之為散文，亦是時代背景使然。

雜文和散文的分道揚鑣始於周作人〈美文〉。周作人後來親日，語絲派文人則是自由主義者，跟魯迅文學干預現實的意識型態相去甚遠。南來文人亦分為兩派，各有擁護者，從方修選文的觀點來看，他的現實主義色彩頗為濃厚，是魯迅的擁護者。陳南的〈談「雅」與「俗」〉乃是關於「通俗文藝」和「文藝性文藝」的論辯。在中國，禮拜六派和嚴肅文學作家已經展開過轟轟烈烈的討論，陳南的觀點是，通俗未嘗沒有文藝性，通俗自有其大眾魅力，這種現實主義式的觀點，亦可視為方修的意見。陳南在〈論「今天天氣好呀」之類〉所言：「現在雖然大家都喊著向魯迅學習，但真正走上『為被侮辱和被損害者申訴』的路是很少的。」[10]而陳南言必稱魯迅，或者打倒汪精衛，大肆撻伐賣國賊，則是遵循魯迅「匕首和投槍」的雜文教誨。方修的文學史觀透過入選者和選文不言而喻。

方修的現實主義色彩充分顯示在選文上，縱觀三、四〇年代的重要主題之一，便是抗戰，云覽的〈漢奸往見上帝記〉、蕭克〈征服這悲哀的時代〉、郁達夫的〈略談抗戰八股〉、〈抗戰兩週年敵我的文化演變〉、〈戰時的憂鬱症〉、〈敵我之間〉等文，均圍繞著戰爭的主題，顯然刻意讓雜文為時代留下見證，發揮「匕首和投槍」的功能。他的文學史分

---

[9]方修（1972）。〈導言〉，《馬華新文學大系‧散文集》。新加坡：星洲世界書局，頁 17。

[10]陳南，方修主編（1972）。〈論「今天天氣好呀」之類〉，《馬華新文學大系‧散文集》。新加坡：星洲世界書局，頁 323。

期亦朝現實主義取向，譬如他對馬華新文學的低潮時期（一九三二至一九三六）的論斷是：

> 小說方面出現了許多新的舊的鴛鴦蝴蝶派的作品，詩歌方面出現了大批的形式主義的什篇，散文部門也相應地產生了多量的林語堂式幽默閒適的小品以及由此發展開來的題材煩瑣，油腔滑調的「雜感」。[11]

一九三四年《星洲日報》的「晨星」副刊、「繁星」、「遊藝場」等版面相繼鼓吹幽默、閒適等風格，方修對這種「林語堂風格」非常不以為然，評之為「毒害當地的文風」[12]，所謂的鴛鴦蝴蝶派、形式主義或林語堂式幽默閒適的小品，均在抨擊之列。至於被稱為繁盛期（一九三七至一九四二）的文學特質則是文學反映生活：

> 記事、抒情、說理……各種體裁都在這時候充分的發展。此外還有一些新的文體如報告文學、文藝通訊等的興起，加以作者陣容鼎盛，各展所長，因而呈現了百花爭妍，多姿多采的壯觀。當然，基本主題還是抗戰救亡，以及戰時人民生活面貌的描寫。[13]

無論引文所言的「抗戰救亡」或「戰時人民生活面貌的描寫」，基本上都是文學反映現實的理念，論者對方修現實主義式的文學史觀或文學理念已多所發揮[14]，本文想突顯的是，這種立足於現實主義式的思考在

---

[11]方修（1972）。〈導言〉，《馬華新文學大系·散文集》。新加坡：星洲世界書局，頁11。
[12]方修（1972）。〈導言〉，《馬華新文學大系·散文集》。新加坡：星洲世界書局，頁13。
[13]方修（1972）。〈導言〉，《馬華新文學大系·散文集》。新加坡：星洲世界書局，頁15。
[14]多篇相關論述詳見甄供編（2002）。《方修研究論集》。吉隆坡：董教總教育中心。

編選大系時，同時也可能排除了不同流派的作品。早期出版不易，新馬一帶的作家作品尤其缺乏完善保存機制，那個時代的大系，具備留存資料之功。從另一個角度而言，它亦可視為馬華文學史圖像之體現。我們很難評估因為在現實主義美學為前提的考量下，究竟淘汰或流失了多少作品，只能根據留下的散文斷定，當時的馬華文壇深受中國文壇影響，從主題、類型、意識型態，乃至批判現實主義式的美學觀，都是中國文壇在海外的支流，特別是魯迅那種直面現實的書寫風格，尤為主流。

二、雜文和散文的消長

　　方修以選文建構了一個牢固而強大的現實主義傳統，並且以雜文實踐了他的文學史圖像。這個文學理想不是單向道，它得以成立的前提是，那個時代必須有足夠的作品供他實踐文學想像。顯然，方修和他的時代取得了共識，因此《馬華新文學大系》以雜文建構了一個匕首和投槍的全盛時代。方修之後的第二套大系由趙戎主編，乍看之下，他的文學觀跟方修並無二致：「文藝是社會的產物」、「他們的作品，或多或少反映了當時的社會生活，是可以當作一面鏡子來看的」[15]；「第二代的馬華散文家，他們都是土生土長的。……他們的愛國主義底精神，就反映在愛鄉土，愛人民，愛風物底篇什上。這將長遠地影響我們的廣大的讀者群，促使他們擁抱這塊土地，昂揚起熱愛家邦底浪潮。」[16]

　　趙戎的文學觀大抵跟方修相同，認為文學跟現實的關係是密不可分的，文學具有教育民眾／讀者的作用，在這個相似的文學觀點下，《新

---

[15] 趙戎主編（1971）。《新馬華文文學大系·散文（1）·導論》。新加坡：教育，頁 1-2。

[16] 趙戎主編（1971）。《新馬華文文學大系·散文（2）·導論》。新加坡：教育，頁 21。

馬華文文學大系》雜文的入選比例卻大幅度下降。誠如本文的緒言所說，這套大系的雜文比例約占五分之一，趙戎對這個現象的解釋是政治性的，因為中國一九四九年後由共產黨執政，不少書籍禁止入口，因此僑民意識轉弱，而使馬華作家轉而正視本土，加上不少土生土長的創作者出現，「他們以熱愛土地底激情，抒發對山河風物的愛戀。所以後期我們有了很多優秀的抒情作品。」[17]趙戎把抒情作品的大量湧現視為「在地視野」和「愛國主義」的雙重效果，因此大系的編選結果反映了創作成果。他的現實主義文學觀落實在抒情文上，那些風土人物的書寫，以及個人情感的吟哦遂成了這套大系的主要特色。

苗秀是當時的重要雜文作者，這套大系總共收入其十三篇作品，其中九篇是雜文，可謂雜文入選篇數最多者。其中〈關於雜文〉（1947）和〈雜文餘談〉（1947）兩篇是雜文論述，從苗秀的觀察可知，戰後雜文的數量銳減：

> 當我們還嗅到濃厚的火藥味，當炸彈還在我們生根的土地上不停地爆炸，當「勝利」變成大多數人的災難的時候，文藝寫作人文下雜文這犀利的武器，是不該的。

> 尤其是我們——星馬的文藝寫作人，必須重新拾起這枝投槍，這匕首，利用我們無從發表長篇作品經濟篇幅，狹小的副刊地盤，打擊人民大眾的狐鬼。[18]

苗秀的文學觀和對雜文的要求均來自魯迅，以上引文無論思想或用詞都籠罩在魯迅的影子下，他跟陳南一樣奉魯迅為圭臬，文學不是桌上

---

[17]趙戎主編（1971）。《新馬華文文學大系・散文（1）・導論》。新加坡：教育，頁1。

[18]苗秀，趙戎主編（1971）。〈關於雜文〉，《新馬華文文學大系・散文（1）》。新加坡：教育，頁35。

的小擺設，而是打擊敵人的利器。〈談文章〉諷刺文人的通病，開頭便提魯迅；〈藝術至上主義的破產〉則仍是五四時期文學研究會和創造性曾爭辯過的「為人生而藝術」，抑或「為藝術而藝術」的老生重彈，把唯美主義和現實主義對立起來，最後得出「應該熱烈的擁抱人生」之類的老掉牙結論。〈藝術家的態度〉亦以魯迅為典範，批評跟魯迅不同風格的作家：

> 回頭看看時下一些所謂作家，卻盡粗製濫造之能事，對於求名趨利，則如蟻之赴羶，甚至為了取得更多的版稅，跟一時的虛名，不惜大寫其色情小說，以低級趣味媚悅讀者，像徐訏，像無名氏，沈從文一流文人的行徑，不由不使人感慨萬千。[19]

以上這段文字近乎謾罵，被點名的徐訏、無名氏、沈從文等的小說無論如何也無法編派到色情小說一類，沈從文容或寫水手和妓女的愛情，然而扣之以「低級趣味媚悅讀者」的罪名，無乃太過。何況色情之罪從何而來麥秀並未多加說明。苗秀站在魯迅的立場，以魯迅的口吻罵人，卻沒有跟魯迅相同的見識和胸懷，反而成了魯迅的末流。這並非個案，而是當時的普遍現象，亦是雜文在五〇年代以後走下坡的原因。

苗秀和蘇夜在一九五四針對雜文的論戰[20]，如今看來，則是雜文欲振乏力的最後一擊。苗秀〈這還是雜文時代〉（1954）繼續鼓吹「發揚馬華文藝這種優良的（雜文）傳統」[21]；同時，蘇夜發表的〈馬華文藝現階段三大任務〉則表示：「有人以為這還是個雜文時代，因為拼命地專向

---

[19]苗秀，趙戎主編（1971）。〈藝術家的態度〉，《新馬華文文學大系‧散文（1）》。新加坡：教育，頁23。

[20]兩人的論戰均收入苗秀編（1971）。《新馬華文文學大系‧理論》。新加坡：教育。

[21]苗秀，苗秀編（1971）。〈這還是雜文時代〉，《新馬華文文學大系‧理論》。新加坡：教育，頁67-68。

這方面致力……這都是錯誤的。我們固然要運用雜文的潑辣尖刺惡劣的傾向，但不能完全地倚重之作為唯一的創作形式」[22]，因而引來苗秀〈再談雜文〉的回應。蘇夜在〈駁《文藝報》——讀夏凝霜[23]的〈再談雜文〉後〉則一再強調他的論點是提醒創作者「不要完全倚重雜文作為唯一的創作的形式」[24]，而非反對雜文。然而此文引發苗秀尖酸強烈的反批，譏之為「巴兒狗」[25]。

嬉笑怒罵皆文章是建立在眼界上，沒有這等高度，雜文便成為罵人的工具。此其一。其二，針砭時弊之外，雜文最重要的功能是直視人生的黑暗面，然而發展到了最後卻成了潑婦罵街，苗秀〈巴兒狗的論調〉一文的情緒性措辭，以及叫囂文字，可視為雜文時代終將結束的象徵。雜文的弊端之二，則是變成教誨文字。譬如杏影〈趁年輕的時候〉、〈談暗黑〉、〈關於挑擔子〉、〈說到機會〉等收入在《新馬華文文學大系·散文（1）》的雜文，其勸世功能則流於膚淺、說教，識見不高，諷喻功能更是闕如，雜文走到這個階段，幾乎是末流了。《新馬華文文學大系·散文（2）》中雜文完全消失，趙戎的現實主義文學圖景，最終被他所謂的「歌頌我們國土與人情底美麗和可愛」[26]的抒情文和敘事文所取代。他的現實主義文學不再是「仿魯迅」式的雜文，而是充滿浪漫情懷的激情和個人主義式的低吟，這些個人主義式的浪漫情懷和感傷植根於赤道，以感性筆觸抒寫現實生活，抒情文最終取代憤世和嫉俗的雜文，告別教

[22] 苗秀，苗秀編（1971）。〈再談雜文〉，《新馬華文文學大系·理論》。新加坡：教育，頁 69。

[23] 夏凝霜即苗秀。

[24] 苗秀編（1971）。〈駁《文藝報》——讀夏凝霜的〈再談雜文〉後〉，《新馬華文文學大系·理論》。新加坡：教育，頁 72。

[25] 苗秀，苗秀編（1971）。〈巴兒狗的論調〉，《新馬華文文學大系·理論》。新加坡：教育，頁 74。

[26] 趙戎主編（1971）。《新馬華文文學大系·散文（2）·導論》。新加坡：教育，頁 3。

誨文字，同時亦終結了以雜文為主流的世代，宣告馬華散文和雜文的分道揚鑣。

馬華第三套大系收錄一九六五到一九九六年的作品，「集中於抒情或抒發個人感受一類」、「在文章中看不到作者的崇高理想或對國家社會的大不滿」[27]，從《馬華文學大系·散文卷（一）》主編碧澄的觀察可知，六〇年代以後，雜文成了散文中的邊緣文體，碧澄期許的現實主義圖景跟實際創作狀況背道而馳，所謂「崇高的理想和對國家社會的大不滿」的雜文，五〇年代以後逐漸逸出散文的範疇。

這套選集的編選模式並非在主編的主動出擊之下完成，乃是由入選者自由提供，選文蕪雜，自然更談不上編選者視野和美學觀。然而正因為作品為作者主動提供，反而呈現「創作者如何看待散文」的觀點。從文類觀念的角度來看，大部分作者把「散文」定位在非雜文書寫，不到十分之一的作者認同雜文等同散文。這是一個非常有趣的觀察。七〇年代以後的馬華文壇，報刊雜誌比起五、六〇年代相對發達，文類也因此走上更細緻的分工，純散文，也就是狹義的散文，或者周作人所謂的美文，遂成為散文的代稱。

鍾怡雯、陳大為編選《馬華散文史讀本》則以一九五七年馬來亞聯合邦獨立建國以降的五十年作為選取範圍，以編年史的角度，選入三十位作家的一、兩部產生過重大影響，或較具討論價值的散文集，企圖以散文史的架構呈現獨立後的散文版圖。三十位作家裡面，以雜文入選者共有麥秀和張景雲兩位。

麥秀的作品寫於一九七一到一九七六年，選自《黃昏雨》，非常抒情的書名，一如麥秀筆下感情和理性兼具的雜文，有時讀來更像西方的隨筆（essay），一種帶著知識性的文人筆調，因此入選的十一篇作品雖

---

[27]碧澄主編（2001）。《馬華文學大系·散文卷（一）導言》。吉隆坡：彩虹，頁 viii-ix。

以雜文居多，然憶舊之作則更見感情。麥秀的雜文文字溫厚，沒有馬華早期雜文咄咄逼人的語調，或是四、五〇年代風行的油腔滑調，他的雜文文人氣息重，〈我們的作家〉一文中批評馬華作家陋習，心平靜氣，既無叫囂，也無居高臨下的傲氣；另外，〈這裡沒有瓊瑤〉一文則披露馬華創作者的銷售困境，同時指出在馬來西亞想以寫作為生是夢想，馬來西亞的現實環境不可能產生暢銷作家，文中的沉痛比批判多。

張景雲的雜文則更接近散文，馬華知識分子的閱世態度和淑世情懷，加上精準乾淨的文字，風格接近香港的董橋，文字好、感性足；同樣長時間在報刊雜誌寫專欄，品評時事，月旦人物。董橋的溫文儒雅是在中西文化薰陶之下，在舊學、舊人、舊事中成長的傳統中國文人筆調，文體擺盪在散文和雜文之間。張景雲是充滿危機意識的馬來西亞華人，複雜的文化處境是雜文的溫床，因此更能發揮雜文的特色，政治時事、文化課題、文人處境，乃至最根本的人性，都是張景雲的觀察課題。

〈怎樣侮辱文化人〉一文則處理馬華文人處境，這是伴隨雜文而生的古老主題；〈個人在至大至小之間〉則是一個新聞工作者的觀察，所謂新聞報導的準則，沒有所謂至大或至小，端在清醒一事而已。這樣的洞見其實不止是品評時事，而是上昇到哲理散文的層次。這篇介於散文和雜文的長文，以自身的經驗為底，在感性和理性之間獲得平衡，把雜文的形式發揮到最理想的狀態。議論和敘事之外尚有情感，它離開了早期雜文的謾罵和尖酸，看似溫和，實則沉重，充滿知識分子的人文關懷；〈一個讀書人的感恩辭〉一文從自身苦學的經驗談圖書館之用為大，前半篇是個人經驗，後半筆鋒一轉，忽然論起圖書館的設置種種，從個人而社會，然則主題仍然不離對圖書館的感恩和禮讚。它是雜文，亦是周作人所謂的美文，或許更正確的界定是：它是馬華雜文從二〇年代發展以來最好的範例。

《馬華散文史讀本》以散文為主選，卻沒有割捨雜文，乃是因為這種文體一直是馬華文學最重要的一環。它跟馬華現實的關係十分密切，

匕首和投槍的意義仍在。然而隨著作者和編者對散文概念的轉變，雜文與文學性漸行漸遠，且實用性增強。一般的政論或社會批評已經脫離散文的範疇，歸入雜文一類，雜文和散文遂成為兩種截然不同的類型。而張景雲的雜文說明，文學性和雜文並不相悖，任何一種文類發展到它的極緻，都有一種跨界的特色，張景雲的雜文便是。

三、結　論

　　本文論述雜文在馬華文學的接受情況，從主編的編選視野觀察雜文和散文的消長，探論雜文在馬華文學的發展及其問題。二〇到五〇年代是雜文的全盛期，它繼承雜感的傳統，魯迅匕首和投槍的理念，見證時代的發展和轉變。六〇年代以後，抒情文和敘事文興起，逐漸取代雜文成為創作的主流。然而雜文感時憂國的傳統並未消失，馬來西亞華人複雜的文化處境是雜文的溫床，因此更能發揮雜文的特色。

　　周作人的美文觀念在一九二一年提出，至今仍然為人引用，甚至誤用。所謂美文，指的是記述的、藝術性的，又可分為敘事與抒情，但也有很多是兩者夾雜的[28]。美文的相對概念是雜感，換而言之，它並非單指文字的美感，而同時涉及文類的觀念。然而雜感和美文相對的觀點，卻不適用於馬華雜文，至少九〇年代以後，張景雲以其兼具美文特質的雜文，說明雜文可以吸收美文的長處，仍有可為。

---

[28] 周作人，王鍾陵編（2000）。〈美文〉，《二十世紀中國文學史文論精華（散文卷）》。石家莊：河北教育，頁2。

參考書目

方修（1996）。《馬華文學史補》。新加坡：春藝圖書。

方修（1963）。《馬華文學史稿》。新加坡：星洲世界書局。

方修（1986）。《馬華新文學簡史》。吉隆坡：董總。

方修（1978）。《戰後馬華文學史初稿》。新加坡：自印。

方修主編（1972）。《馬華新文學大系·理論批評》。新加坡：星洲世界書局。

方修主編（1972）。《馬華新文學大系·散文集》。新加坡：星洲世界書局。

方修編（1988）。《馬華文學作品選·散文（戰前）》。吉隆坡：董總。

方修編（1991）。《馬華文學作品選·散文（戰後）》。吉隆坡：董總。

王鍾陵編（2000）。《二十世紀中國文學史文論精華（散文卷）》。石家莊：河北教育。

范培松（1993）。《中國現代散文發展史》。南京：江蘇教育。

范培松（2000）。《中國散文批評史》。南京：江蘇教育。

陳奇傑編（2002）。《馬華文學大系·散文卷（二）》。吉隆坡：彩虹。

楊松年（2000）。《新馬華文現代文學史初編》。新加坡：教育。

甄供編（2002）。《方修研究論集》。吉隆坡：董教總教育中心。

碧澄主編（2001）。《馬華文學大系·散文卷（一）》。吉隆坡：彩虹。

趙戎主編（1971）。《新馬華文文學大系·散文（1），（2）》。新加坡：教育。

鍾怡雯、陳大為編（2007）。《馬華散文史讀本 I，II，III》。台北：萬卷樓。

3 日本童謠運動的發展及其精神

吳翠華　元智大學應用外語學系助理教授

摘　要

　　明治維新以後，日本政府受到西洋文化的影響，認為傳承童謠對於兒童沒有教育意義，而在明治五年（1872）頒布新學制時，開始以小學以下孩童為對象，推動「唱歌」教育，以取代兒童所傳唱的傳承童謠。但鈴木三重吉（1882-1936）認為，學校唱歌在曲調上採用風俗習慣不同的西洋音樂，內容上無視於兒童的生活情感，是一項錯誤。他認為以兒童為對象的歌謠，應該尊重兒童生活情感、紮根於民族傳統，因此於大正七年（1918）創辦兒童雜誌《赤鳥》，揭開了日本創作童謠的序幕。接著大正八年（1919）《金船》、大正九年（1920）《童話》創刊，成為日本大正、昭和時期的三大兒童雜誌。

　　這三種雜誌不只邀請當時日本著名作家執筆，為兒童創作童話、童謠，同時也接受讀者投稿，分別由大正時期的三大童謠作家北原白秋、野口雨晴、西條八十擔任童謠詩的選稿，培育出許多童謠詩人及童話作家，可說是日本童話、童謠的黃金期。

　　本文即從童謠運動時期的三大雜誌《赤鳥》、《金船》、《童話》，對大正時期的童謠運動的精神及童謠觀作一整理、探討。從中發現北原白秋、野口雨晴、西條八十對於詩，在寫作上各具風格，對於詩的評選也各有標準，不但使《赤鳥》、《金船》、《童話》所刊載的童謠作品呈現不同的特色，所傳達的童謠觀、提倡的主題也各有不同：

1. 北原白秋主持的《赤鳥》：主張「童心」主義及童謠的藝術性。其所謂的「童心」是「兒童中心主義」，即重視兒童立場的兒童觀。同時強調兒童歌謠，必須能夠豐富兒童的生活，讓兒童感到快樂，同時歌詞必須如詩般優美、感動人心；此外，還要具有日本精神。
2. 野口雨晴主持的《金船》：重視教育性及兒童性，主張「童心藝術」、

「鄉土童謠」的振興。野口雨晴認為，童心並不是兒童的心，而是人先天所具有的感受性，具有童心、童眼的作品才能稱之為童心藝術。此外，雨晴提倡以方言創作及歌詠故鄉風物，希望培養真正的日本國民及國民的愛國心。

3. 西條八十主持的《童話》：是給大人的童謠，是以「適合兒童」、兒童能夠理解的形式，將詩人的真實感動單純化表達出來，使大人和兒童的情感能夠交融成一體。

關鍵詞：日本童謠運動，鈴木三重吉，北原白秋，野口雨晴，西條八十，《赤鳥》，《金船》，《童話》，童謠，童心主義

一、導　論

　　現在所謂的「童謠」是指兒童歌謠，包含大人為小孩子作、為小孩子唱，以及兒童自作、自唱的歌謠。而日本在明治時代之前，史書中所載與政治、社會相關的「童謠」讀作"わざうた"（"wa-za-u-ta"），意為災謠、禍謠，其內容與產生都與中國史書所載童謠相同，內容都與兒童生活無關，都是神、星君託兒童之口或傳達神意，或預言、諷刺政治，具有占驗性及神秘色彩[1]。

　　日本自古以來傳唱的遊戲歌、母歌、生活歌謠等兒童歌謠讀作"わらべうた"（"wa-ra-be-u-ta"），因為沒有文字記錄完全是由口耳相傳，因此作者及地區不明，歌謠的內容、形式亦隨著地方、時代的不同而有些許的改變。為與日後由作家所創作的童謠作區分，日本將這類"わざうた"和"わらべうた"統稱為「傳承童謠」。

　　明治維新以後，日本政府受到西洋文化的影響，認為傳承童謠對於兒童沒有教育意義，為了涵養日本兒童的德性，根植尊王、愛國心，以達富國強兵的目的，而在明治五年（1872）頒布新學制時，開始以小學以下孩童為對象，推動「唱歌」教育，以取代兒童所傳唱的傳承童謠[2]。

---

[1]日本文獻中所載最早的「童謠」，是《日本書紀》卷廿四〈皇極紀〉「皇極天皇二年十月戊午」（西元643年10月12日）條所載：「岩の上に　小猿米焼く　米だにも　食(た)げて通らせ　山羊(かましし)の老翁(おじ)」（小猿正在岩石上煮著米飯，至少吃了這米飯再走吧！山羊公公）。據《日本書紀》記載，童謠流行的當年年末，即發生蘇我入鹿火攻聖德太子王子山背大兄王的政變，因此世人將這首童謠視為這場政變的預言。

[2]明治五年（1972）學制頒布時，雖仿外國制度在小學以下設「唱歌」課程，但當時因教材、教學法以及教師都未作好準備，而在明治五年八月三日文部省布達第十三号「唱歌」一項下，附加「当分之ヲ欠ク」（暫

《尋常小學唱歌》發行不久，鈴木三重吉（1882-1936）[3]認為，學校唱歌在曲調上採用風俗習慣不同的西洋音樂，內容上無視於兒童的生活情感，是一項錯誤。他認為以兒童為對象的歌謠，應該尊重兒童生活情感、紮根於民族傳統，因此於大正七年（1918）開辦兒童雜誌《赤鳥》（《赤い鳥》），開始了日本童話、童謠運動，「童謠」一詞至此時才具有現今所謂「為兒童創作的歌謠」的意思。

以《赤鳥》為中心而展開的童話、童謠運動，是日本「最早的創作童話和童謠的文學運動」[4]。除了有森鷗外、芥川龍之介、小川未明、北原白秋等有名作家，開始嘗試為兒童創作適合兒童閱讀的文學外，也培育了巽聖歌、與田準一等許多重要的兒童文學作家。不但在當時文壇上形成重要的一股潮流，同時也為日本兒童文學史開啟了新頁，也引起日本對兒童的重視及研究，對日本的兒童文學、兒童文化發展具有重要的影響，也影響到中國及台灣兒童文學的發展。因此，對大正時期童謠運動的精神及童謠觀的釐清將有助於對日本、中國、台灣童謠發展的研究。

有關日本童謠運動的介紹書籍、文章雖然不少，但因大多不是就整個文學環境作介紹，而是針對某一作家作介紹，且少有針對童謠觀部分作整理。國內目前日本童謠運動的相關研究論文，主要有游珮芸《植民地台湾の児童文化》（日本：明石書店，1999），該論文探討了日本童

缺）的說明。明治十二年（1879）音樂調查機構「音樂取調掛」（音樂調研所）成立後，才開始進行《小學唱歌集》的編輯。

[3]鈴木三重吉為日本廣島出身的小說家、兒童文學家。一九〇五年初次創作的短篇小說《千鳥》，得到夏目漱石的讚賞，而成為文壇上的明日之星。之後，三重吉又陸續發表了《山彥》等傑出作品，但在大正四年（1915）因寫作遇到瓶頸而停筆。大正七年（1918）創辦了兒童雜誌《赤鳥》，開始了日本的童話、童謠運動，被認為是日本兒童文化運動之父。

[4]在《赤鳥》之前，雖然明治時期的巖谷小波（1870-1933）已展開傳說故事的改寫、創作運動，但近代的童話童謠、近代的兒童文學創作運動，《赤鳥》可說是最早的運動。見於鈴木三重吉所作《赤鳥》宣傳文。

謠運動的二大旗手北原白秋及野口雨晴,在日治時期來台灣作童謠演講、宣傳的情形,研究精闢,但主要集中在日本兒童文學家在台灣推動兒童文化的相關情況。

　　如前所述,日本童謠運動對於中國、台灣童謠的發展、研究,都有很重要的影響,值得作一全面的瞭解。因此,本文擬由童謠運動時期的三大雜誌《赤鳥》、《金船》、《童話》,對大正時期的童謠運動的精神及童謠觀作一整理、探討。

二、童心主義的北原白秋與《赤鳥》

(一)《赤鳥》的創刊與童謠運動的興起

　　如前面所提到,日本童謠運動是以鈴木三重吉(1882-1936)創辦兒童雜誌《赤鳥》[5]為契機,而展開的兒童文學改革運動。正如三重吉在創刊時所印製的宣傳單的標題——「最早的創作童話和童謠的文學運動」[6]所指出,這是個童話及童謠二者並行的兒童文化運動。

　　關於《赤鳥》創刊的緣起,以及童話、童謠運動發起的目的,鈴木三重吉在〈最早的創作童話和童謠的文學運動〉中作了以下的說明:

　　實際上,似乎每一個人都對小孩的讀物感到很傷腦筋。現在在市面

---

[5]《赤鳥》於大正七年(1918)七月創刊,昭和四年(1929)三月第一百二十七冊出刊後,便因經濟的不景氣,以及很多廉價雜誌的模倣而休刊,直到昭和六年(1931)一月才再復刊。三年後,鈴木三重吉逝去,之後由其兒子繼續主編。在昭和十一(1936)年十月發行了〈鈴木三重吉追悼號〉後停刊。全部共十二卷一百九十六冊。

[6]〈童話と童謡を創作する最初の文学的運動〉,《赤い鳥》第十二卷第三號〈鈴木三重吉追悼號〉,日本近代文學館一九七九年複刻版。

上流通的少年少女的讀物及雜誌，大部分光是看到庸俗的封面，我們也絕對不會想買給小孩子讀。這些書及雜誌，不僅全是充滿功利、煽情刺激、莫名其妙的哀傷的低俗內容，而且表達方式也甚為粗俗，一想到這樣的東西是不是會直接影響到小孩的品格、品味及文章，心裡便覺得很不舒服。與西洋人不同，我們日本人很可憐的是還沒有一位為兒童創作的藝術家。即使只是回想到我們自己小時候讀這樣的東西過來，便想要為我們的孩子創作優良的讀物。同時，現在小孩子唱的歌，從藝術家的眼光來看，全是低級而愚蠢的東西。其次，即使只是作為作文的範本，也希望能提出《赤鳥》的所有文章。[7]

鈴木三重吉認為當時流行的兒童雜誌和讀物，編輯風格低俗，內容充滿功利主義、煽情而低級，對兒童的品味、趣味及文章寫作等都有不良的影響；而兒童所歌唱的童謠，低級而令人覺得愚蠢。因此，三重吉

---

[7]原文為：「實際どなたも、お子さん方の讀物には隨分困つてお出でになるやうです。私たちも只今世間に行はれてゐる、少年少女の讀物や雜誌の大部分は、その俗惡な表紙を見たばかりでも、決して子供に買つて與へる氣にはなれません。かういふ本や雜誌の內容は飽くまで功利とセンセイショナル刺戟と變な哀傷とに充ちた下品なものだらけである上に、その書き表はし方も甚だ下卑でゐて、こんなものが直ぐに子供の品性や趣味や文章なりに影響するのかと思ふと、まことに、にがにがしい感じがいたします。西洋人とちがつて、我々日本人は哀れにも未だ嘗て、ただの一人も子供のための芸術家を持つたことがありません。私どもは、自分たちが子供のときに、どんなものを讀んで來たかを回想しただけでも、我々の子供のためには、立派な讀物を作つてやりたうなります。又現在の子供が歌つてゐる唱歌なぞも、藝術家の目から見ると、實に低級な愚かなものばかりです。次に單に作文のお手本としてのもでも、この「赤い鳥」全體の文章を提示したいと祈つております。」

決定創辦兒童雜誌《赤鳥》[8]，並邀集當時有名作家[9]及傑出藝術家，共同為兒童創作「感情純麗」且具有藝術性的兒童文學、兒童讀物。

《赤鳥》在籌劃之時，活躍於明治末期、大正初期詩壇，被合稱為白露的北原白秋（1885-1942）和三木露風（1889-1964），是三重吉心目中《赤鳥》童謠欄理想的編輯人選。在三重吉與他們討論到《赤鳥》的構想時，三木露風婉拒了三重吉的邀請並推薦北原白秋，而北原白秋也積極的提出自己的構想，因此，最後決定由北原白秋負責《赤鳥》童謠欄的編輯[10]。

在《赤鳥》創刊號，白秋發表了「栗鼠栗鼠小栗鼠」（りすりす小栗鼠）及「雉雞車」（雉ぐるま）二則童謠，之後，北原白秋便全心投入童謠創作[11]，不只在《赤鳥》，在《藝術自由論》、《大觀》、《女性》等大人的雜誌中也經常發表作品，大正十一年一月號（1922）《大觀》更一次登載北原白秋的童謠四十五首。北原白秋一生共留下千餘首童謠，其中發表在《赤鳥》的有三百多首，這些都是北原白秋全心投入童謠創作時期的作品，可說全是北原白秋的代表作。這些大量而傑出的童

---

[8]又有另一說為大正五年鈴木三重吉在迎接長女的誕生之際，在為女兒找將來適合閱讀的兒童讀物時，很驚訝的發現當時的兒童讀物、兒童雜誌的低俗，因此決定自己創作童話，並動員文壇的文學作家共同發行新雜誌。

[9]〈「赤い鳥」の標榜語〉：「「赤い鳥」の運動に賛同せる作家は、泉鏡花、小山内薫、德田秋声、高浜虚子、野上豊一郎、野上弥生子、小宮豊隆、有島生馬、芥川龍之介、北原白秋、島崎藤村、森林太郎、森田草平、鈴木三重吉、其他十数名、現代の名作家の全部を網羅してゐる」。《赤い鳥》創刊號，日本近代文學館一九七九年複刻版。

[10]清水良雄、深澤省三、鈴木淳插畫，童謠欄由山田耕作、成田為三、近衛秀麿負責作曲。

[11]在此之前，北原白秋在其成名作《思い出》中，曾寫「骨牌の女王」十一篇，並在旁邊注明為「童謠」。但這十一篇並不是兒童歌謠的童謠，而是北原白秋回憶兒童時代的回想詩。

謠作品，不僅呈現出北原白秋在《赤鳥》童謠中的中心地位，也可以看出當時日本童謠創作的蓬勃發展情形。

　　童謠創作之外，北原白秋也對於童謠的選稿工作極為用心，透過《赤鳥》童謠的讀者投稿，培育出與田準一、巽聖歌、佐藤義美、藤田圭雄等很多優秀的作家。

　　除了北原白秋，《赤鳥》初創之時，三重吉還力邀許久未再寫詩的詩人西條八十（1892-1970）為《赤鳥》創作童謠。西條八十感於三重吉對兒童文學運動的熱情，而從大正七年九月號開始發表創作童謠「遺忘的玫瑰」（「忘れた薔薇」），此後便持續為《赤鳥》創作，直到大正十年（1921）八月號的「人偶的腳」（「人形の足」）為止，期間共發表了童謠四十二則，其中大正七年十一月號的「金絲雀」（「かなりや」）可說是西條八十的代表作。

　　大正十一年四月號開始，西條八十便離開《赤鳥》，而轉到大正九年由島木赤彥所主辦的《童話》。西條八十在《赤鳥》的三年間，可說是西條八十的童謠的顛峰期，在《赤鳥》的童謠欄中，創作出北原白秋所沒有的優美、有深味、獨特的抒情詩[12]，和北原白秋的童謠觀也有差異，藤田圭雄認為也許這就是西條八十離開《赤鳥》的原因。

　　《赤鳥》的童謠，在開始的三年間是北原白秋和西條八十互競創作，三木露風等作家也經常發表作品的豐富、多彩時期。自大正十年八月西條八十告別《赤鳥》，《赤鳥》童謠欄便成為北原白秋一人的專欄。雖然如此，北原白秋仍能以他個人的詩才，給予讀者不同的清新印象，並且利用投稿欄提攜、培育後進，而能在與《金の船》、《童話》等同質雜誌競爭時，一方面保持領導的地位，一方面帶動童謠運動的發展。

---

[12]藤田圭雄（1979）。〈「赤い鳥」の童謠と音楽〉，《「赤い鳥」復刻版解説》。日本近代文學館，頁25。

(二)《赤鳥》童謠的精神

■藝術性

　　前面曾經提到，鈴木三重吉發行《赤鳥》的動機之一，是因為他認為當時兒童所唱的「童謠」極為低級、愚劣。他在這裡所說的「童謠」並不是指在兒童之間傳唱，不知作者的傳承童謠，也不是詩人所作的創作童謠，而是指小學唱歌。

　　日本為了兒童教育而有意識地創作歌謠，是從明治時期（1867-1912）開始。明治四年（1871）日本文部省成立，文部省在教育兒童品德、培育國民高尚情感、杜絕民謠的傳唱政策下推動唱歌教育。明治五年八月學制頒布，在課程中已設有「唱歌」的名目。明治十二年「文部省音樂取調掛」[13]成立，明治十四年由音樂取調掛編寫的《小學唱歌集初篇》發行。其內容大多是歐美傳來的民謠曲調，「歌詞優雅但內容空泛，與兒童的趣味及理解相距甚遠」[14]。

　　田村虎藏、納所弁次郎等人，不滿於這樣的童謠，他們認為兒童有兒童的語言，應該給兒童適合他們生活情感的歌謠，而提出「言文一致唱歌」的主張，並且編寫了《幼年唱歌》及《少年唱歌》，為小學唱歌教育帶來很大的變革。但因為明治末期到大正初期的日本，兒童觀仍很薄弱，田村虎藏等人所謂的給兒童的歌謠，也只是將斷句排列成語調優美的七五調，並不具有詩的藝術性。

　　對於唱歌，三重吉也是相當的不滿。大正四年一月某日，三重吉在小巷中看到綁著西式髮形的女童一邊拍羽毛毽，一邊用英文數著一、二、

---

[13]明治二十年（1887）改稱為「東京音樂學校」，為現在東京藝術大學之前身。

[14]藤田圭雄（1979）。〈「赤い鳥」の童謠と音樂〉，《「赤い鳥」復刻版解説》。日本近代文學館，頁22。

三，而不是唸唱傳統的手毬歌時，心中感到非常憤怒而作〈俗謠的滅亡及學校的唱歌〉投書《國民新聞》。其內容如下：

> 就我所見，唱歌在曲調和詞方面足取的很少。特別是詞的部分，大都很糟糕，淨是些拙劣的東西。詩不該是感受性低的學校老師，以及欠缺真正詩人素質的舊式人類寫的東西。我對於他們盲目的將自己創作的詩歌，給幾十萬的小孩子唱的勇氣感到驚訝。世上的人，為自己的子女，竟然能夠對於大多數沒有價值的歌可以不作任何批評地接受而毫不在乎。但是，最主要的還是當局者的根本錯誤。他們應當請真正的詩人寫詩。例如，不應該不邀請北原白秋這樣的第一流詩人，並在「讓小孩子唱的歌」的限定或要求下，請他們作真正能成為我們一般國民的驕傲的唱歌。……（略）我想要將現行唱歌的大部分消滅掉。[15]

三重吉批評小學唱歌的詞、曲足取的作品極為少，而詞的部分尤其拙劣。他認為歌謠不應該是由較不感性的學校教師，及欠缺詩人素養的

---

[15]轉引自桑原三郎（2002）。《児童文学の心》，慶應大學出版會，頁165。原文：「私の見る処では、唱歌には曲謠と詩章との二つに於て真に取るに足るものは極めて少ない。特に詩章の方は大抵がひどい。拙いものばかりである。謠といふものは、感情的に低能な学校の教師や、真の意味の詩人的素質の少ない旧型的な人間なぞの作るべきものではない。私は彼等が詩に盲目な自己の作歌を何十万といふ子女に謠はせる勇気があるのに愕いてゐる。世間の人間も、よくあして自分等の子女のために多くの下らない歌を何等の批判もなしに受け取って平気でゐられることだと思ふ。併し誰よりも、当局者が根本に誤ってゐる。彼等は当然に真個の詩人に頭を下げて作って貰ふ筈である。例えば北原白秋のやうな第一流の詩人を頼んで、子供に謠はせる歌といふ制限と或注文との下に、真に我々国民一般に誇りとなり得るやうな唱歌を作って貰はなければ嘘である。……（略）私は現行の唱歌の大部分を滅して了ひたい。」

舊人類創作，應該要委託北原白秋之類的第一流詩人，創作讓國民能感到榮耀的歌謠。

　　文部省的唱歌幾乎都是文言體，是以涵養兒童帝國國民精神為目標，希望能將日本精神從小深植在腦海中，而不是要培養兒童對詩的鑑賞能力。而三重吉則認為兒童歌謠，必須能夠豐富兒童的生活，讓兒童感到快樂，同時，歌詞必須如詩般優美、感動人心。這也是三重吉發行《赤鳥》，展開「作為藝術的童話童謠運動」[16]的原因。

　　此外，西條八十對唱歌也有所批評，他在《童謠的意義及作法》中說：

> 以往的唱歌主要是以露骨的教訓，及知識的傳授為目的，是功利性的歌謠，因此和兒童們的感情生活沒有任何相關，這點讓人感到遺憾，為了補足這個缺陷而決定創作內容形式上具有藝術氣息的新唱歌，這是這個童謠運動最初的目的。[17]

　　他認為唱歌是以教化及知識的傳授為目的的功利歌謠，與兒童生活毫不相干，這是最大的缺點。而童謠運動最初的目的，即是創作形式上充滿藝術氣息的新唱歌，以補足這個缺陷。因此，八十認為「童謠是藝術的唱歌，是詩」。

---

[16]〈童話と童謠を創作する最初の文学的運動〉。

[17]福田清人，山主敏子編（1983）。《日本兒童文藝史》。三省堂，頁140。原文：「從來の唱歌が主として露骨な教訓乃至は知識を授けるのを目的として功利的歌謠で従って兒童等の感情生活には何等の交渉を持たないのを遺憾とし、この欠陥を補うに足るべき内容形式により芸術的香気のある新唱歌を生みだそうとしたが、この童謠運動の当初の目的であったのである。」

■童心主義

童心主義可說是《赤鳥》藝術性童話、童謠創作的精神主軸。所謂的童心主義，是「兒童中心主義」或「兒童心理主義」的略稱。童心，即是重視兒童立場的兒童觀。

較之對藝術性的要求，北原白秋更強調童心主義。他在〈童謠私觀〉中說到：

新的日本童謠是將根本置於日本童謠之下。與忘了日本的風土、傳統、童心的小學唱歌不同的地方就在這裡。[18]

北原白秋認為，唱歌和創作童謠的最大差異，在於小學唱歌仿自外國的歌謠，忘了日本的精神，也不具兒童性，所以不是好的作品。他又說到：

童謠不應只是在唱漫無邊際的兒童美麗幻想，必須根據情況、事物，始終將真實的情況正確地置於童心及其感覺之中，經常保持真純樸直。而且必須要想到面對此一萬物相通的新生命的兒童的精神上快樂。同時，大人更以深深的法喜和感謝，瞻仰高坐於青空的神。[19]

童謠不能只是重視形式、情境的美，必須常保純真的心，以觀照兒

---

[18]北原白秋（1986）。〈童謠私觀〉，《白秋全集》20。岩波書店，頁38。原文：「新しい日本の童謠は根本を日本の童謠に置く。日本の風土、伝統、童心を忘れた小学唱歌との相違はここにある。」
[19]北原白秋（1986）。〈童謠私觀〉，《白秋全集》20。岩波書店，頁39。原文：「童謠は単にとりとめのない児童の美しい幻想を歌うのみである筈はない。時により物に応じて実相の観照を飽迄も正しく、童心とその感覚とに於いては常に真純素朴であらねばならぬ。而して此の万有流通の新生命に直面する児童の精神的歓喜を思はなければならない。而も成人は更に深き法悦と感謝とを以て、その蒼空に高くまします彼等の神を瞻仰する事を。」

童的心情、感受。因此，北原白秋又說：

> 我將童心作為童心來尊重，同時將童謠的價值視為藝術的價值。創
> 作童謠最重要的應該是根據自己的童心，當作自己而寫出真純的歌
> 謠。在這種情形下，童謠既不是教育的工具，也不該是為了其他的
> 目的而作。[20]

北原白秋視純真之心為童心，將童謠的價值視為藝術的價值，由自
己的童心自然成就純真的歌謠，而不是為了其他的目的。

在《赤鳥》創刊之時，鈴木三重吉對童謠的想法是「兒童的歌」，
即結合音樂的兒童歌曲。因此，在〈「赤鳥」的緣起〉中作曲家山田耕
作、成田為三及近衛秀麿也被列為邀集的對象。對於此，白秋最初是持
反對的意見，他認為：

> 童謠是童心童語的歌謠。但是，歌謠是歌謠，因此有應該音韻整齊，
> 或在作曲上以兒童自然以手腳打拍子而唱的節奏為準的創作規定。[21]

童謠是童心童語的歌謠，應該順任兒童的情感自然歌唱、擺動，而
不是為它作人為的加工。

---

[20]北原白秋（1986）。〈童謠私觀〉，《白秋全集》20。岩波書店，頁
45。原文：「私は童心を童心として尊重する。而も童謠の価値を芸術
の価値とする。童謠制作の第一義は自己の童心により自らにして真純
の歌謠を成すべきである。かかる場合に於て、童謠は教育の方便でも
なく、他の目的の為に成される訣ではない。」
[21]原文：「童謠は童心童語の歌謠である。但し歌謠は歌謠であつて、
その為に調律を整斉し、作曲の上より、若しくは兒童本然の手拍子足
拍子を以つて歌ふべきものとする制作上の規約がある。」

三、鄉土風的野口雨晴與《金船》

(一)《金船》的創刊

　　大正十一年（1922）《金船》的創辦人之一齋藤佐次郎（1893- 1983），看到《赤鳥》的發行不但帶起日本兒童文學新運動，也為長久以來死氣沉沉的日本兒童讀物注入了生氣，提昇兒童讀物的詩情及藝術性。但可惜的是，新兒童文學運動所產生的兒童讀物，缺乏兒童所不可缺的道德性、教育性。同時，表現的方式、內容程度太高，不像兒童讀物。因此，決定與金角社（キンノツノ社）社長橫山壽篤合辦兒童雜誌，一方面跟隨著《赤鳥》推動一個有意義的運動，一方面補其不足[22]。

　　大正八年十一月《金船》（《金の船》）創刊，由藤藤自任編輯，島崎藤村、有島生馬監修，野口雨晴、岡本歸一等任顧問。齋藤在創刊號的發刊詞中，揭示了《金船》的發行的兩大中心目標——教育性及兒童性：

> ……因為修身的道理在學校每天都講給孩子聽，已經足夠了。因此，我們希望發表各種像法國的教科書一樣，從有趣的童話中教導孩子做人應懂的道理的作品。但是，我們並不是只刊載這類的內容，因為優雅、快樂、幽默的故事，是小孩子所不可缺少的，因此這方面當然也會盡力去做。
>
> 此外，我們的雜誌為了讓它完全以兒童的讀物呈現，不只是讀物的內容儘可能的讓它具有兒童味，用詞也要求以兒童的語言來書寫。同時，雜誌的體裁也考慮到兒童味，在編輯方式上也相當的注意。

---

[22] 《金の船》創刊號發刊詞，1919 年 11 月，頁 1（《金の船》復刻版，ほるぷ出版，1983 年）。

因為，以前的很多兒童雜誌所採用的是與大人的雜誌幾乎相同的編排方式。[23]

齋藤希望以有趣的童話方式，讓兒童透過童話的閱讀，自然培養出良好的品德。為符合兒童讀者的品味，在內容上除了修身教育外，齋藤也力求高雅、快樂、幽默，在形式上則希望能使用適合兒童的語言及編排方式。

《金船》在形式上仍仿《赤鳥》，分成童話及童謠二大部分，並接受讀者投稿。評選者方面，童話由齋藤佐次郎自己擔任、童謠則由野口雨晴、自由畫由山本鼎、詩由若山牧水擔任。

野口雨晴在《金船》創刊號發表了〈鈴蟲的鈴〉（〈鈴虫の鈴〉）之後，便每月持續在《金船》發表一至二首童謠。自大正九年三月號開始，本居長世加入《金船》的作曲行列，形成日本童謠史上有名的雨晴・長世組合，兩人在《金船》、《金星》共發表了七十五首童謠，這些童謠不管是在當時或現在，都受到廣大日本民眾的喜愛。

除了創作、童謠選稿之外，為使童謠運動普及於社會，雨晴從大正十一年開始接受《金船》演講部的安排，到日本本土各地及殖民地作旅

---

[23]原文：「……修身的お話は、学校で毎日聞かせるので沢山です。それ故吾々は仏蘭西などの教科書の様に、面白い童話の中から自ら人として学ばねばならぬ事を教へて行く様なものを発表したいと考えてゐます。併し、此の種の話ばかりを掲げやうとするのではありません。上品な、快活な、ユーモラスな話は、子供になくてはならぬものですから、此の方面にも力を尽くして行く事は勿論です。

此の外、吾々の雑誌は何処までも子供のものであらしめたい為に、読物の内容を出来るだけこどもらしい物にしたばかりでなく、言葉も子供の持つてゐる言葉で書いて貰つた積りです。また、雑誌の体裁もこどもらしくと思つて組方などにも相当に注意しました。今迄の多くの子供雑誌は大人の雑誌と殆ど同じ様な活字の組方をしてゐたのです。」

行演講、朗誦，一方面推展童謠、民謠運動，一方面為《金船》作宣傳，在全國帶起一股童謠熱。日本創作童謠雖然開始於《赤鳥》，但帶動童謠普及運動《金船》的貢獻應該是最大的。

大正十一年六月，因財務問題，齋藤佐次郎與橫山壽篤拆夥，另設金星社（金の星社），《金船》也改名為《金星》。昭和四年（1929）七月，隨著童謠人氣的減弱而停刊。

(二)野口雨晴及其童謠觀

野口雨晴（1882-1945）本名英吉，明治三十五年（1902）三月進入東京專門學校高等預科（現今早稻田大學）後，即師事坪內逍遙，開始詩歌創作。明治三十八年（1905）自費出版他個人的處女作，也是日本最早的創作民謠集──《枯草》，但並沒有受到詩壇重視。明治四十年（1907）三月，雨晴與相馬御風、三木露風等人合組早稻田詩社，五月便到北海道進入札幌北鳴報社，之後輾轉各地從事過各種工作，直到大正六年（1917）才又復出文壇。

大正八年（1919）四月，雨晴在長久保紅堂所主辦的《茨城少年》擔任選稿人，開始在兒童雜誌上發表童謠詩，展開童謠運動。大正九年（1910）重返東京，經由西條八十的介紹而進入金角社（キンノツノ社），十一月在《金船》創刊號發表了〈鈴蟲的鈴〉之後，便以《金船》、《金星》為主要舞台，每月持續發表童謠作品。

本為民謠詩人的雨晴，創作出許多膾至人心的童謠作品，如〈十五夜月〉（〈十五夜お月〉）、〈小烏鴉〉（〈七つの子〉）[24]、〈紅鞋〉

---

[24]「七つ」是指「七隻」還是「七歲」至今仍論爭不已。因為烏鴉一次無法生七隻小烏鴉，而日文的「子」一般指幼兒，七歲的烏鴉應該不能稱作「子」，由雨晴的童謠詩來看，「七つ」應該只是「幼小」的意思，因此翻成「小烏鴉」。

（〈赤い靴〉）、〈藍眼睛的洋娃娃〉（〈青い眼の人形〉）等。這些童謠主要由本居長世、中山晉平譜曲，至今已成為國民歌被廣為傳唱。雨晴的童謠之所以能夠深植人心，藤田圭雄認為最主要是他的作品具有一種不可思議的「大眾性」。藤田圭雄在《日本童謠史》（あかね書房，1971 年 10 月，頁 373）中說：

> ……〈小烏鴉〉等所具有的不可思議的大眾性，現在仍然深深的印在人們的心底，作為日本的聲音、日本的心，在與藝術評價不同的時期，為人所喜愛唱，形成特別的氣氛。[25]

雨晴作品的大眾性，讓讀者有一種親切感，也是他的作品能廣受日本大眾喜愛，甚至與北原白秋並稱童謠作家雙璧的主要原因之一。

大正十年到昭和初期，雨晴出版了多種童謠理論專書[26]，歸納這些理論書中所呈現出的童謠觀，除了童謠運動時代的共同主張——「童心」之外，還有「鄉土童謠」的振興[27]。

---

[25] 原文：「……七つの子等の持つ不思議な大衆性は、今日なお、人々の心の奥に深くしみ渡り、日本の声、日本の心として、芸術的評価などとはちがった時点で、愛唱され、特別なムードを形成している。」
[26] 《童謠作法問答》，交蘭社，1921 年；《童謠十講》，金の星社，1923 年；《童謠と児童の教育》，イデア書院，1923 年；《童謠教育論》，米本書店，1923 年；《童謠作法講話》，米本書店，1924 年；《民謠と童謠の作りやう》，黒潮社，1924 年；《童謠と童心芸術》，同文館，1925 年；《童謠及民謠研究》（共著），金星堂，1930 年。
[27] 畑中圭一在《文芸としての童謠——童謠の歩みを考える》（世界思想社，1997 年，頁 142）中，歸納野口雨晴的童謠論有二個特點：一是「鄉土童謠」的振興、一是「正風童謠」的確立。而畑中圭一所謂的「正風童謠」的確立，是指雨晴對當時街巷中所出現的似童謠而非童謠的批判，並未形成一個明確的理論系統。因此，此節僅針對「鄉土童謠」部分作說明。

■童心藝術

野口雨晴在〈童謠與童心藝術〉（《金星》大正十三年八月號，「童
謠選後」欄）中，首先指出童謠不單只是兒童的歌或兒童的詩，而是童
心藝術。他接著說明：

> ……兒童的歌或詩並不就直接是童謠，而是在達到「童心藝術」的
> 境界時才被稱為童謠。……又因為童謠是「童心藝術」，所以對於
> 教育是有益的，也是有意義的存在。探究「童心藝術」之根本，即
> 是純情藝術。……然而，所謂的「童心藝術」，當然是從心傳到心
> 的藝術，而不是受到一定形式限制的藝術。[28]

雨晴認為兒童的歌、兒童的詩並不等於童謠，必須要達到「童心藝
術」的境界才能稱之為童謠。然而，雨晴所謂的「童心」為何？雨晴在
《金星》大正十四年（1925）十一月號中作以下的說明：

> ……這個童心，是可以直接看到事物的心，而不是受到知識所桎梏
> 的不自然的心，同時也不是兒童的心的意思，因為是先天上許多人
> 天生具有的本來的、自然的心，因此隨著心性的發展，而能夠造就
> 出不帶偏頗、病態的心，而具有純正的心的人。……[29]

---

[28] 原文：「……兒童の歌や詩が直に童謠でなく、この『童心芸術』の
境地に觸れて初めて童謠と名づけられるのであります。……又童謠が
『童心芸術』であるからこそ教育上にとつても有益であり、意義もあ
るのであります。一体『童心芸術』と云ふことをつき詰めれば、純情
芸術と云ふことになります。……尚『童心芸術』と云ふことは心より
心への芸術であって、一定した形の上の限られた芸術でないことは勿
論です。」
[29] 原文：「……この童心と云ふことは、真直ぐに事物を見ることの出
来る心で、智識に囚はれた不自然な心でなく、又、子供の心の意味で
もなく、先天的に何人も持つて生まれてゐる本然的、自然の心のこと

在大正十五年八月號，雨晴進一步說明：

……因為童心藝術，只有在映照在童心、童眼的事物被藝術化時存在，因此，未必能說兒童是具有童心童眼的人。即使是大人，只要是具有童心童眼的人，他的作品便能成為童心藝術。而不是以兒童、大人等，依年齡作區分的。童心對於兒童和大人都是相同的，若將它視為先天所賦與的感受性，亦不為過，但是，因為到了大人的時候，對於相同事物的感覺，容易偏向理智，而與童心遠離。[30]

由以上可知，雨晴所認為童心並不是兒童的心，而是人先天所具有的感受性。若不具童心童眼，即使是兒童創作的作品也不能稱之為童心藝術；相反地，若具童心童眼，即是大人的創作也可稱之為童心藝術。

■「鄉土童謠」的振興

雨晴所謂的「鄉土童謠」，是透過童心充分感受的故鄉歌謠、土地的自然詩。雨晴提倡鄉土教育，主要是因為土地的自然詩可以孕育出對

でありますから、この心を伸ばしてゆくことによつて、偏した心や、病的な心を持たない正しい心を持つた人を作ることが出来ます。……」

[30]原文：「……童心芸術は、童心なり童眼なりに映じた事物が芸術化されたときに限つて存在があるので、児童必ずしも童心童眼の持主であると云ふことが出来ないからであります。大人であつても、童心童眼の持主であつたならば、その作品は童心芸術となつて生まれるのであります。児童であるからとか大人であるからとか年令によつて童心なるものは区別されるものではありません。童心は児童にも大人にも同一性のものであつて、先天的に賦与された感受性のことと思へば大過はないのでありますが、大人になれば、同じ事物に対して感ずるにも理智的に感じやすくなるから、この童心とは遠いものになるのであります。」

故鄉依戀、想念的心。因此，童謠教育也是一種維護國民性的基礎教育[31]。

　　雨晴所提倡的鄉土童謠的內容，主要為以下二點：

◎以故鄉的用語（方言）寫童謠

　　野口雨晴認為標準國語、統一的語言，都是因為政治、功利或其他因素的考量，由文藝的角度來看，往往會形成不好的作品。而方言根植於各個地區生活及風土之中，具有獨特的味道，所以依寫作的必要，適當地使用方言，將能使作品更具風味。因此，雨晴積極的鼓勵後輩將方言視為詩的語言，使用在詩歌創作上。

◎寫故鄉的風物

　　除了使用方言之外，雨晴也鼓勵吟咏故鄉的風物。所謂的風物，是風景等外在的自然，以及與生活相關的風俗，可以喚起人的思鄉之情，給人感動。透過這些感情的喚起，能使人產生對鄉土的愛，是培養國民愛國心的方法。他在《童謠と童心芸術》中說：

> 在培育真正的日本國民時，非得依靠立足於日本國民的精神、日本的土地氣息的鄉土童謠不可。[32]

　　要培養真正的日本國民，一定要立足於日本國民魂及日本土地的鄉土童謠不可。而由鄉土民謠所養成的愛國心、愛鄉心，才會是無可動搖的愛國心、愛鄉心。

---

[31]《童謠と兒童の教育》自序，イデア書院，1923，頁1。
[32]原文：「ほんたうの日本国民をつくりますには、どうしても日本国民の魂、日本の国の土の匂ひに立脚した郷土童謠のちからによらねばなりません。」

四、都會情調的西條八十與《童話》

(一)《童話》的創刊

　　《童話》於大正九年（1920）四月，由木元平太郎創刊，兒童社（コドモ社）發行，大正十五年七月停刊，共發行七十五集。
　　《童話》在雜誌外觀上雖然與《赤鳥》、《金船》相近，但與前兩者邀集當時文壇上有名的作家執筆不同，《童話》是以培養真正能投入童話、童謠創作的新人，及提倡對由日本土地產生之具鄉土性童話、童謠的尊重為宗旨。因此，在創刊初期無法給讀者好的童謠作品，第三期開始藤森秀夫登場，第七期島木赤彥加入，第三年的第四期西條八十離開《赤鳥》來到《童話》，而使《童話》的「童謠」與《赤鳥》的白秋、《金星》的雨晴，共同成為童謠運動中的三大支柱。

(二)西條八十及其童謠觀

　　西條八十（1892-1970）從小受到醉心於幻想小說家泉鏡花作品的姐姐兼子的影響而喜歡夢想，並且從十二、三歲開始學習創作及欣賞詩。明治四十五年（1911），西條八十在《早稻田文學》七月號發表了象徵派風格的長詩〈石階〉，大正三年（1914）加入三木露風的《未來》。大正八年（1919）年自費出版第一本詩集《砂金》，奠定其象徵詩人的地位。
　　大正五年（1916）結婚後，西條八十持續寫作，但因無法維生，便轉而經營餐飲店。大正七年（1913）夏天的某日，因《赤鳥》而風靡一

時的鈴木三重吉來訪，邀請他為《赤鳥》創作新童謠[33]，八十便為《赤鳥》寫了〈薔薇〉及〈金絲雀〉（〈かなりや〉）。《赤鳥》大正八年九月號發表了〈黃昏〉（「たそがれ」），由成田為三譜曲，傳唱於日本全國，成為日本最早的新藝術童謠[34]。大正十年八月號，八十發表了〈人偶的腳〉（〈人形の足〉）之後便離開《赤鳥》，轉到《童話》擔任童謠的評選人。

對於童謠，西條八十在《童話》大正十一年十月號中，發表的〈寫作童謠的態度〉（〈童謠を書く態度〉）中指出，他所認為的童謠，是「具有藝術內容的唱歌」，所謂的「藝術內容」即是「詩」，也就是童謠是一方面具有詩的藝術價值，而且適合兒童，能讓兒童快樂歌唱的歌。

對於詩人的童謠寫作態度，西條八十也不主張大人應返回童心的作法，他認為：

大人創作童謠，主要是大人要與兒童交流。所以，大人只要貫徹大人的愛，與小孩交流就可以了。如此，彼此的情感應該就能融合而趨於一致。大人所作的童謠，我認為是由大人與小孩的情感融合所產生的。[35]

西條八十的意思是，大人在創作童謠時，應該努力將大人的愛傳達給兒童，讓大人和兒童的情感能夠彼此交融，而不是回到童心。

西條八十在《現代童謠講話》一書中，將童謠分為三類[36]：

---

[33]西條八十（1997）。《唄の自叙傳》。日本図書センター，頁11。
[34]畑中圭一。《文芸としての童謠——童謠の歩みを考える》。頁52。
[35]原文：「大人が童謠を作ると云ふのは、何処までも大人が子供と交通することである。大人は大人の愛を突き詰めて子供と交通してゐればいいのである。そのに相互の同情が融然として合致して来べきである。大人の作る童謠は、大人と子供の同情の融合から生まれると私は思うてゐる。」
[36]西條八十（1924）。《現代童謠講話》。新潮社，頁149。

1.童話歌謠：是以傳說及寓言故事為基礎的詩，是一種具童話性的詩。
2.追憶詩：是詩人回想自己的往事而寫的詩。
3.象徵詩：將作者自身的感動單純化、象徵化。

西條八十認為，「童話歌謠」雖然是能以快樂的歌唱方式，達到教化兒童目的的歌，但卻很難滿足詩人的藝術良心；「追憶詩」能夠滿足詩人，但無法讓兒童感到興趣；唯有「象徵詩」不但以詩人自身的感動為中心，同時也能夠給予兒童感動，是最好的童謠。亦即，象徵詩是以兒童能夠理解的形式，將詩人的感動單純化、象徵化，而成為象徵詩式的童謠，因此可以將詩人的自我表現和「適合兒童」作統合，所以是最好的形式。

五、童謠運動的衰退

大正十四年（1925），日本開始了收音機的廣播，大正末、昭和初年，隨著廣播及唱片的普及，日本童謠開始進入了一個新的發展。在此之前的童謠，因為是發表於雜誌等出版品上，文學性、藝術性較強；而透過廣播、唱片所傳送的童謠，重視的聽覺感受，必須要能讓兒童即聽即懂，因此歌詞的內容要求容易瞭解。這種形式的童謠，受到接受大正時期童謠的大人的強烈反彈，而將這類失去藝術性，由唱片產業的商業主義所帶起的童謠運動，稱為「唱片童謠」運動。

「唱片童謠」剛開始主要是由歌手歌唱，之後，漸漸變成由兒童透過實況轉播的方式歌唱童謠。其中最具代表的是海沼實，以透過音樂給予兒童的心養分的信念，而創立了名為「音羽搖籃會」的兒童合唱團，由此合唱團培育出許多的兒童童謠歌手，而進入現代童謠的時代。

唱片童謠的興起，雖然取代了大正童謠，使大正時代的創作童謠衰

退，但也因為唱片產業的興起，使得大正童謠能夠被記錄、留傳至今而仍廣受傳唱。

童謠運動的衰退的原因，除了唱片產業的興起之外，還有以下三個主要原因。

(一)童謠運動者的瓶頸

誠如山住正己所言：

尊重兒童歌謠的民族性傳統以及日本兒童的生活感情，成為當時以《赤鳥》為首的童謠運動之基調。[37]

自大正七年（1922）《赤鳥》發刊以來，以北原白秋為首的童謠運動者，不斷地對於「小學唱歌」和洋折衷的作法加以批評，他們認為日本傳統兒歌的歌詞與西洋曲調的不協調，是小學唱歌難以傳唱的主要原因。因此，為了使日本兒歌的傳統正確、真實地傳承下去，他們主張應該讓日本的兒童回來唱日本的兒歌，即符合日本兒童生活感情及音律的兒歌。

為了要達到符合日本兒童的音律喜好以及《赤鳥》所要求的「藝術性」，鈴木三重吉及北原白秋邀請自柏林留學歸國的成田為三（1893-1945）[38]為《赤鳥》、野口雨晴邀請中山晉平（1887-1952）[39]為

---

[37]《日本の子どもの歌》，岩波書店，1962 年 11 月，頁 98。原文：「わらべ唄という民族的伝統と日本の子どもの生活感情とを尊重することは『赤い鳥』をはじめとする当時の童謠運動の基調となっていた。」
[38]成田為三為秋田縣出身的作曲家，大正三年時進入東京音樂學校（現為東京藝術大學），師事留德音樂家山田耕筰，大正五年創作〈浜辺の歌〉。與鈴木三重吉交流密切，為《赤鳥》的兒童詩寫了多首曲子。
[39]中山晉平為長野縣出生的作曲家，童謠曲代表作有：〈兎のダンス〉、〈蛙（かはづ）の夜回り〉等，並有許多有名民謠曲的創作。

《金船》的創作童謠譜曲。成田為三接受《赤鳥》的邀請後，不但全力投入於童謠詩的譜曲工作，同時也試圖將當時德國所流行的分部合唱引進日本國內，致力於日本兒歌的改革。因為成田為三等優秀作曲家的努力，據山住正己所述，當時童謠不但在城市近郊的新興文化住宅區受到喜愛，在農村的兒童間也大受歡迎[40]。

但是另一方面，這些具有歐洲音樂素養的優秀作曲家，在童謠運動開始之初雖然都很樂意於協助日本童謠的創作，但如近衛秀麿、山田耕筰等人，在經過一段時間之後，漸漸無法滿足自己的創作而脫離童謠運動，轉入以大人為對象的樂壇，追求更高的藝術水準。與野口雨晴合作的中山晉平，大正十年（1921）創作了〈船頭小唄〉，成功的表現了日本式的悲歌，深深打動自心底喜愛古三味絃音樂的日本人的心之後，開始投入流行歌、新民謠的創作。

《童話》的主宰西條八十在大正十二年（1923）關東大地震時，與眾多的受災者一起逃到上野的山上避難時看到大家著迷地聽著一個少年用笛子吹奏的日本悲歌，受到很大衝擊，而開始反省自己的都會創作風格。同樣的，《金船》的主宰野口雨晴也在大正末年開始感到無力於自由創作兒童歌謠。

(二)唱歌教育指導者的童謠批判

大正十二年（1923）小山作之助及田村虎藏等人，強烈主張兒童應該要有兒童的歌，一方面認同童謠運動的童心主義，但另一方面又認為童謠運動的童謠，不論是詞或曲程度都很低，且太過情緒性、頹廢、軟弱，因而成立了日本教育音樂協會，提倡「言文一致」的唱歌，推動小學唱歌的改革。

---

[40] 《日本の子どもの歌》，岩波書店，1962 年 11 月，頁 106。

此外，文部省唱歌的作者之一高野辰之，認為學校唱歌太過功利、沒有詩意、不具藝術性，而發起「童謠詩」運動。唱歌教育的指導者，重新返回日本童謠界，主導日本童謠的改革及發展。

(三)無產階級文學運動的興起

一九二〇年代後半日本無產階級文學興起，昭和五年（1930）前後受此影響，在童謠方面也興起了無產階級童謠運動。童謠詩人認為，雖然童謠應該是在歌唱兒童的純真，但是地主、資本家的小孩，和農民、勞動者的小孩並沒有都過著相同的生活，懷抱相同的夢想。無產階級的小孩，他們必須分擔家計，沒有餘力享受兒童的純真，一般的童謠所呈現的並不是他們的生活、情感。因此，無產階級童謠運動者，從階級性的立場對《赤鳥》的童謠運動作批判，主張應該注重每一個小孩的相異之處，改革、推展《赤鳥》童謠。

六、結 論

大正七年（1918）鈴木三重吉創辦兒童雜誌《赤鳥》（《赤い鳥》），揭開了日本創作童謠的序幕，接著大正八年（1919）《金船》（《金の船》）、大正九年（1920）《童話》創刊，成為日本大正、昭和時期的三大兒童雜誌。這三種雜誌不只邀請當時日本著名作家執筆，為兒童創作童話、童謠，同時也接受讀者投稿，分別由大正時期的三大童謠作家北原白秋、野口雨晴、西條八十擔任童謠詩的選稿，培育出許多童謠詩人及童話作家，可說是日本童話、童謠的黃金時期。

北原白秋、野口雨晴、西條八十對於詩，在寫作上各具風格，對於童詩的評選也各有標準，不但使《赤鳥》、《金船》、《童話》所刊載

的童謠作品呈現不同的特色,所傳達的童謠觀、提倡的主題也各有不同:

1. 北原白秋主持的《赤鳥》:主張「童心」主義及童謠的藝術性。其所謂的「童心」是「兒童中心主義」,即重視兒童立場的兒童觀。同時強調兒童歌謠,必須能夠豐富兒童的生活,讓兒童感到快樂,同時歌詞必須如詩般優美、感動人心;此外,還要具有日本精神。
2. 野口雨晴主持的《金船》:重視教育性及兒童性,主張「童心藝術」、「鄉土童謠」的振興。野口雨晴認為,童心並不是兒童的心,而是人先天所具有的感受性,具有童心、童眼的作品才能稱之為童心藝術。此外,雨晴提倡以方言創作及歌詠故鄉風物,希望培養真正的日本國民及國民的愛國心。
3. 西條八十主持的《童話》:是給大人的童謠,是以「適合兒童」、兒童能夠理解的形式,將詩人的真實感動單純化表達出來,使大人和兒童的情感能夠交融成一體。

日本童謠運動的興起,不但與唱歌教育有關,同時也與大正民主[41]、大正時期的新教育運動、藝術教育運動有關;其衰退又與大眾兒童文學及無產階級兒童文學的興起有關。日本童謠運動與日本社會發展有很密切的關係,此一課題將留待日後作深入探討。

---

[41] 大正民主時期,給與人民自由發展的空間及希望,人人都希望、也認為有機會可以成為第二個北原白秋、野口雨晴,而創造出積極創作、勇於發表的文壇風氣。

參考書目

《日本書紀》。

《赤い鳥》復刻版（1979）。日本近代文學館。

《金の船》復刻版（1983）。ほるぷ出版。

《童話》復刻版（1946）。日本童話會。

小島美子（2004）。《日本童謠音楽史》。第一書房。

山住正己（1962）。〈童謠運動の興隆と衰退〉，《日本の子どもの歌》。
　　岩波書店，1962 年 11 月。

日本兒童文學學會（2003）。《研究＝日本の児童文学1　近代以前の
　　児童文学》。東京書籍。

日本兒童文學學會（2003）。《研究＝日本の児童文学5　メディアと
　　児童文学》。東京書籍。

北原白秋（1986）。〈童謠私觀〉，《白秋全集》20。岩波書店。

北原白秋（1986）。《白秋全集》20。岩波書店。

北原白秋。〈童話と童謠を創作する最初の文学的運動〉，《赤い鳥》
　　第十二卷第三號〈鈴木三重吉追悼號〉。日本近代文學館 1979 年複
　　刻版。

西條八十（1924）。《現代童謠講話》。新潮社。

西條八十（1997）。《唄の自叙傳》。日本図書センター。

東道人（1999）。《野口雨晴　童謠の時代》。踏青社。

桑原三郎（2002）。《児童文学の心》。慶應大學出版會。

野口雨晴（1921）。《童謠作法問答》。交蘭社。

野口雨晴（1923）。《童謠十講》。金の星社。

野口雨晴（1923）。《童謠教育論》。米本書店。

野口雨晴（1923）。《童謠と児童の教育》。イデア書院。

野口雨晴（1924）。《民謡と童謡の作りやう》。黒潮社。

野口雨晴（1924）。《童謡作法講話》。米本書店。

野口雨晴（1925）。《童謡と童心芸術》。同文館。

野口雨晴（1930）。《童謡及民謡研究》（共著）。金星堂。

野口雨晴。〈童謠與童心藝術〉，《金星》大正十三年八月號。

鳥越信（1971）。《日本兒童文學史研究》。風濤社。

筒井清忠（2005）。《西條八十》。中央公論新社。

園部三郎・山住正己（1962）。《日本の子どもの歌》。岩波書店，1962
　　年 11 月。

鈴木三重吉。〈「赤い鳥」の標榜語〉，《赤い鳥》創刊號。日本近代
　　文學館 1979 年複刻版。〈童話と童謡を創作する最初の文学的運
　　動〉，《赤い鳥》第十二卷第三號〈鈴木三重吉追悼號〉。日本近
　　代文學館 1979 年複刻版。

福田清人・山主敏子編（1983）。《日本兒童文藝史》。三省堂。

藤田圭雄（1971）。《日本童謠史》。あかね書房。

藤田圭雄（1979）。〈「赤い鳥」の童謡と音楽〉，《「赤い鳥」復刻
　　版解説》。日本近代文學館。

畑中圭一（1997）。《文芸としての童謡──童謡の歩みを考える》。世
　　界思想社。

4 日韓裝置藝術的發展與風貌

- ■導　論
- ■從廢墟中崛起的日本
- ■九〇年代竄起的韓國
- ■結　論

鄒淑慧　元智大學藝術管理研究所助理教授

摘　要

　　裝置藝術是當代亞洲極為盛行的一種創作類式，亞洲藝術家被裝置
類式吸引的原因主要來自裝置藝術的特質，如表現的無限可能性、形式
的自由性、媒材的可塑性、場域或空間的感知性、意涵的開放性、創作
的立即性、以及藝術和生活的融合性。亞洲兩大經濟強國日本與韓國在
裝置藝術上的積極發展雖是追隨西方潮流行進的結果之一，但各自依國
家的歷史和文化脈絡，展現兼具國際觀與本土觀的發展特色。從廢墟中
崛起的日本，以前輩美術運動的養分孕育與西方同步的裝置風貌。韓國
在九○年代竄起，用複數視野探索社會和人的關係。兩國的裝置創作來
源基本都被本身的文化面貌和特別環境所吸引，寫實地反應藝術家的自
我或社會關照，以裝置藝術作為社會實踐，對著世界說自己或國家的故
事。結合藝術與生活的通俗文化、交融傳統與當代的觀念意識、強調國
家與文化的情感認同是當代日韓兩國裝置藝術共有的趨勢和特徵。

關鍵詞：裝置藝術，總體藝術，具體藝術，物派運動，不定形藝術，
　　　　最低限主義，民眾美術，關係藝術，社會空間，現代主義，
　　　　後現代主義

一、導　論

　　裝置藝術是盛行於後現代藝術潮流的「類式」與「現象」之一，十九世紀德國音樂家華格納（Richard Wagner, 1813-1883）用「總體藝術」（Gesamtkunstwerk）[1]一詞形容自己所創作的歌劇藝術特質，其構成理念與當代的裝置藝術十分契合，可說是裝置藝術最早的理論根據之一。二十世紀上半葉，藝術家秉持前衛精神，尋求傳統雕塑以外的立體表現，使用綜合媒材表達形式和環境的關係，尤其是觀念藝術之父杜象（Marcel Duchamp, 1887-1968）不斷顛覆藝術創作的傳統，以自己的理念和作品建構當代裝置藝術最早的原型之一，其最主要的觀念包括現成物的使用、以及觀眾與作品之間絕對必要的互動關係。[2]第二次世界大戰後，有更多的藝術家試圖打破傳統藝術在造形意識上的限制，紛紛尋求創作實踐上更大的自由，運用多種元素如空間、場所、時間、物件、實境、材料，或觀眾整合於一體的表現手法，擺脫創作媒材的束縛，塑造跨形式、跨領域、或闡述社會文化情境的多樣化表達語式，形成今日眾所周知的裝置藝術樣貌。

　　從藝術史觀來看，裝置藝術出現在亞洲地區是二十世紀以來，東方藝術家一向跟隨西方現代藝術傳統的一個立即性結果，當西方藝術世界在六〇年代左右開始深耕裝置藝術之理論和實踐的同時，亞洲的藝術家順理成章地追隨這個新潮流，正如同之前追隨其他歐美的現代美術運動一樣。當西方裝置藝術的實踐在八〇年代邁向高峰期的開端時，裝置作

---

[1] "Gesamtkunstwerk" 等同英文的 "total art"，指其歌劇的特色是綜合各種藝術類別，如音樂、繪畫、雕塑、建築、戲劇、舞蹈、語言等不同領域，共同協力構成的一種藝術創作，泛指綜合藝術。

[2] 杜象被公認是早期經典的裝置作品有〈1200 個煤炭袋子〉（*1200 Bags of Coal*, 1938）和〈千里細線〉（*Miles of String*, 1942）。

品在亞洲地區也自然地走進藝術主流的版圖內，尤其放眼年輕一代藝術家，特別容易看到這股創作流行風，到了九〇年代以後，很明顯地，多媒材裝置的極度盛行成為亞洲當代藝術家之間交流與辯證的一條共有聯繫帶。在亞洲各國，不論是在美術館、另類空間、甚至畫廊，裝置作品隨處可見，特別是大型的國際展覽，亞洲藝術家更是以高曝光率的裝置作品與東西方觀眾進行最直接的對話，例如一九九三年由澳洲主辦的首屆《亞太三年展》（*The First Asia-Pacific Triennial of Contemporary Art*）、一九九九年義大利的《威尼斯雙年展》（*Venice Biennale*）、或是千禧年以後沸沸揚揚在日本舉行的《福岡三年展》等，裝置作品無論就數量上和比例上，都遠比傳統的平面繪畫和立體雕塑要來得多。

　　儘管亞洲近代美術的發展脈絡一直與西方主流亦步亦趨，但裝置手法不限媒材和形式的特質尤其像是迷藥般魅惑著亞洲年輕一代的當代藝術家，他們認為在這個全新的創作空間裡，可以隨心所欲地結合多元的藝術觀念和樣式表現，充分發揮個人的創作才華。在同時，西方各國主導的大型展覽偏重裝置作品的走向，使得藝術家更認為裝置創作是拓展個人藝術事業，幫助他們站上全球藝術舞台，與主流藝術接軌的最佳媒介。法國藝評 Pierre Restany 認為亞洲新一代藝術家熱衷於裝置藝術是一種意圖邁向世界與全球對話的明顯表態：「新世代藝術家以即興和直接的方式，結合裝置、行動和錄像，呈現多媒材的視覺語彙……裝置藝術成為一種共通的世界語。」（Restany, 1998: 54）這可說是八〇年代以後裝置藝術風潮在亞洲快速熱燒的主因之一。位於東北亞的日、韓兩國在二次戰後經歷不同的國家重建路途，從戰敗廢墟中重新站起的日本以東京為版圖，野心勃勃地想成為亞洲當代藝術潮流的主導中心；而長期與日本有政治宿怨的韓國以首爾為基地，意氣風發地想從經濟成就跨越到藝術疆土的擴張。相較於亞洲其他諸國，日、韓兩國的當代藝術發展一

直居於亞洲的前導位置，裝置藝術的盛行更是有目共睹。[3]本研究將探討第二次世界大戰後兩國當代藝術發展與裝置藝術形成的歷史脈絡，並試圖歸納八〇年代以後，日、韓兩國裝置藝術作品的特色。

二、從廢墟中崛起的日本

八〇年代末、九〇年代初的泡沫經濟發生之前，日本在亞洲素以經濟和工業領先其他各國，甚至以自認為是「亞洲另一個世界」的信念長久自居。[4]二次大戰後，因應政治與社會結構的轉化和蛻變，日本開始認同自己是亞洲大陸的一部分。不同於亞洲其他國家在第二次大戰後努力掙脫殖民政權的陰影，重建自由獨立的新政府，日本這個曾經扮演帝國主義強權侵略者的戰敗國，以一種哀傷的心情面對投降之後的國家重生結構。儘管經過美國原子彈的殘酷摧毀，滿目瘡痍，日本在戰敗的廢墟上努力重新再生，從七〇年代開始經濟逐漸轉為繁榮興盛，社會文化的新樣貌逐漸形成，政府當局對藝術的發展因應時代走向產生新的認知，因此醞釀把日本當代藝術推向國際舞台的強烈渴望。相關單位的積極作為之一是由公、私部門贊助超大型國際展，包括在歐洲巡迴的《符號密室》(*A Cabinet of Signs*, 1991)、遠征美國東西兩岸的《空中吶喊》(*Scream Against the Sky: Japanese Art After 1945*, 1994)等，這些超級大展讓東西方觀眾不僅見證到日本積極發展當代藝術的亮麗成績，更顯露日本藝術

---

[3]除了日本和韓國以外，近年來在國際藝壇表現最亮眼的就是中國，因此亞洲當代藝術以中國、日本、韓國三國的發展最為成熟。

[4]自明治維新以來，日本一直以趕上西方、跟隨歐美的觀念和心態在亞洲自居，因此無法完全認同自己屬於亞洲座標上的一個國家，直到第二次大戰戰敗之後才開始有新亞洲意識，逐漸對亞洲有新的認同感。

界想要挑戰甚至超越歐美主流的企圖與野心。[5]

　　日本在二次戰後積極發展新藝術，被認為是亞洲裝置藝術的先驅國家之一，裝置創作在八〇年代之後更是席捲日本，形成一股狂熱的風潮，裝置藝術家也成為眾多國際大展中最常被邀請的展出人，例如柳幸典（Yukinori Yanagi）在一九九三年的《威尼斯雙年展》、宮島達男（Tatsuo Miyajima）在一九九一至一九九二年的《卡內基雙年展》（*The 51th Carnegie International*）均以裝置作品大獲好評。回溯日本近代藝術的發展脈絡，不難窺出受到歐美潮流的深遠影響，雖然裝置藝術的實踐在日本的起始也是跟隨西方主流的現象之一，但在戰後重建時期日本本土所發展的兩個重要美術運動，不僅造就日本當代藝術激變的基本能量，更是促使裝置藝術成為創作熱潮的主要動力，使之一躍成為日本新一代藝術家最喜愛的創作類式之一。不論是形式的表現、媒材的運用、或是觀念的構成，五〇到七〇年代形成的具體藝術群（Gutai Bijutsu Kyokai）和物派運動（Mono-ha）都是孕育裝置藝術在當代日本快速發展的重要搖籃。

(一)具體藝術群 （1954-1972）

　　「具體藝術群」（Gutai Bijutsu Kyokai）是日本戰後發展的第一支藝術團體，於一九五四年在關西地區由十七位前衛藝術家組成，也被認為是世界上最早成立的行為藝術團體之一。[6]成立後次年增加七位藝術家的加入，共二十四人形成該協會的核心成員。以創始人吉原治良（Jirō Yoshihara）為首，成員涵蓋多位知名藝術家如白髮一雄（Kazuo Shiraga）、

---

[5]有關日本的企圖與野心，參見上田雄三與張元茜。

[6]行為藝術（Performance Art）指六〇年代西方開始發展的一種藝術創作，主要理念是將藝術創作擴大到創造「事件」的產生，通常發生在特定時間和地點，由個人或群體（含觀眾）共同構成，重要藝術家包括Joseph Beuys、Vito Acconci 等。

金山明（Akira Kanayama）等。這群致力發揚實驗創作精神的年輕藝術家積極開拓多元的藝術形式，更為了積極在戰後蕭條的日本推展新藝術的目標，於大阪設立一個陳列館，稱為 Gutai Pinacotheca。除此之外，並以大量文字闡述協會成員的藝術理念，從一九五五到一九六五的十年之間共出版了十四冊《具體藝術》雜誌（Gutia）。這個新藝術團體受到高度矚目的原因之一是他們強調身體行動與觀眾參與的展演觀念，有別於傳統立體作品的靜態陳列，具體藝術群以戶外的情境裝置和事件展演呈現，為當時的觀眾創造一次又一次視覺與心靈的新刺激。例如用一場真正的婚禮作為作品表現主軸，將新郎與新娘像蠶繭一樣，以一塊白布條緊緊包纏在一起，參觀展覽的民眾則是這場真實婚禮的見證人。寓意象徵的內涵和別具一格的創意在這一群年輕藝術家中源源不絕地爆發出來，他們的作品不僅被認為是日本裝置藝術的先導，美國偶發藝術（Happenings）的理論先驅卡普羅（Allan Kaprow）[7]更認為這個來自亞洲的藝術團體是西方偶發藝術的先鋒，而偶發藝術的創作觀念正是孕育西方裝置藝術理論的重要基礎之一。

嚴格來說，具體藝術群的基本理念源自西方主流的新達達主義（Neo-Dadaism）[8]，是日本在戰後形成的第一個本土當代美術運動，為日本的當代藝術注入一股相當有意義的新活力。創作型態包羅萬象，包

---

[7]卡普羅在一九五九年發表個人的第一件偶發和環境裝置作品，在他最重要的出版品《集合、環境、偶發》（*Assemblage, Environments and Happenings*, 1966）一書中，包含了許多日本具體藝術群的作品圖片，並提出其個人觀點，說明這些作品是比西方更早發展出來的行動偶發藝術。參見 Kaprow。

[8]“Neo-Dadaism”一詞在五〇年代開始啟用，有別於二十世紀初以杜象為主的達達主義（Dadaism），新達達派藝術家更重視藝術實踐的整體性，鼓吹現代媒材與流行影像的應用、矛盾衝突與對比的彰顯，以符合當代生活和文化面貌的本質，主要藝術家有：Robert Rauschenberg、Yves Klein 等。

括繪畫、雕塑、行為藝術、戲劇活動、室內外特定場域裝置、多媒材環境作品、音樂與舞蹈、以及實驗電影等不特定形式的複合型創作。大多數作品充分展現創作者的實驗精神，特別是一些強調暫時性媒材、特定性場域、以及必須用身體去感受或探索藝術存在的前衛性作品。這群藝術家帶領日本當代藝術踏入一個尚未被開發的創作新空間，走向勇於突破和挑戰的新境界，他們的作品和觀念不僅奠定日本裝置藝術發展的基礎，更吸引了西方主流的注目，主動為具體藝術家舉辦海外大展。法國藝評 Michel Tapie 於一九五八年策劃《新時代的國際藝術：不定形與具體》（*The International Art of a New Era: Informel and Gutai*），在紐約和巴黎兩地展出，這個展覽不僅將日本的前衛藝術推上國際舞台，更顯露戰後重生的日本不再只是追求與西方主流同步齊驅，甚至野心勃勃想超越歐美藝術的成就。

具體藝術標榜戰後年輕一代日本藝術家反西方前衛的叛逆精神，認為所謂西方的前衛藝術不過是由幻象、媒材、假義所堆積出來的偽裝而已，根據吉原治良在成立宣言上的陳述，具體藝術的主要理念是創造「看起來跟別人不一樣、真正屬於自己的藝術創作。」（Yoshihara, 1956）以此強調藝術獨特性的信念為出發點，具體藝術家天馬行空，放任意志，自由追隨個人的創作衝動，常以戲劇性的方式打破藝術傳統，強調人與大自然連結的物件建構。首次的兩個戶外展分別在一九五五和一九五六年舉行，作品的爆破力不僅震驚當時的日本觀眾，並引起西方媒體的關注，美國的《生活》雜誌（*Life Magazine*）特別派記者前來參觀報導。吉原明白表示這兩個展覽的目標是「把藝術從密閉的室內帶到開放的戶外……並將作品展露在陽光、風和水的大自然力量底下。」（Yoshihara, 1955）當時參展的藝術家很成功地將周遭環境轉化成為作品的一部分，強調人和人的創作與大自然之間不可切割的關係，絕大多數的作品都要求觀眾親身走進作品之內，用自己的身體去體驗和理解作品的真義。

吉原治良在其中之一的《僅只一天戶外展》（*One Day Only Open-Air*

Show）中，以大阪的一個廢棄兵工廠為作品發表的場域，先用一些軍用的貯水槽、箱子、水等現成物完成一個巨大的環境裝置，並備有一艘獨木舟，觀眾必須以實際行動坐在舟上，航行其中，整件作品才算完成。義大利藝評 Barbara Bertozzi 認為這件作品是「有史以來，第一件以整個周遭環境來界定藝術，並透過行動的參與，使之恰好合為一體的創作。」（Bertozzi, 1991: 98）而在另外一件作品中，吉原把一群來亨雞的羽毛加以鮮豔的彩繪，並放其在展場空間內自由走動，觀眾穿梭其中也感受到「活」的藝術之存在，這也是史無前例有藝術家使用活生生的動物當作藝術表達的媒介。對具體藝術家而言，叛逆精神不在於標新立異的舉動，而在於藝術的形成應是藝術家與觀眾的共同傑作，因此觀眾的參與和作品的互動是完成作品絕對必要的一個部分。在當時，這兩個以行動事件為主的戶外展所傳達的創作觀念包括環境創造、觀眾參與及特定場域，正是盛行於八〇年代以後的當代裝置藝術的重要理論。

　　具體藝術群結合環境與行動的情境式裝置作品與西方主流的偶發藝術在形式上極為相似，兩者都凸顯自發性的創造過程，但有著東方文化淵源的具體藝術在作品的創造過程中特別強調回歸媒材本身的重要性。他們認為西方現代主義將藝術的媒材特性完全扼殺，使之無從發聲，因此決定用豐沛的創造力徹底解放媒材的束縛性。在具體藝術群的行為裝置作品中，從藝術家的身體、溝渠的爛泥巴、鈴鐺的聲音、日常的生活用品、甚至活生生的生禽猛獸都可成為創作的媒材。這些來自宇宙天地和大自然的媒介，唯有透過藝術家的創造力才能展現藝術內在的本質。有人用激烈的身體行動如丟、砸、踢等手法創作，例如白髮一雄將一堆擠出來的顏料放置在巨大尺寸的畫布上，然後用腳猛力的踢散，完成一幅抽象畫作；女性藝術家田中敦子把一件佈滿閃爍燈泡的衣服穿在身上，以具體行動完成裝置，她認為唯有透過這樣的展演式策略，才能把自己的心靈動力與經過選擇後的媒材緊密結合，使之成為藝術，這個手

法被稱為是「身體自我的藝術」[9]，也是盛行於七〇年代以後的西方當代藝術類式之一。

具體藝術家結合表演態勢的作品不論以平面或立體形式呈現，在在都強調媒材的多元性與立即性，這也是當代裝置藝術最重要的特質之一。美國藝評 Alexandra Munroe 形容具體藝術的創作重點在「身體、物質、心靈、過程和內容之間的交融與互動，藝術家以純化行為將人與物質精神結合在一起，並將兩者的能量同時釋放出來，作品在創造的當下就是具體藝術所追求和讚頌的一刻。」（Munroe, 1994: 29）由於具體藝術家拒絕使用任何可以長久持續的材質，他們的作品觀念與講求表象和結構但忽視媒材本身生命力的傳統作品大相逕庭。換言之，媒材並沒有屈服在創造者的心靈之下，作品的形式與意涵在媒材的自主性中自然發聲，透過藝術家的展演，表達自由主動的視覺經驗，這種作法與歐美把裝置作品視為是一種「綜合藝術」的概念類似，這類裝置作品通常具有自由形式、多元媒材、強調過程或展演策略所衍生的戲劇性等特質，這些顛覆傳統、力求創新的特質持續在之後發展的日本當代藝術圈中延燒，成為主流裝置的趨勢之一。

具體藝術群因吉原治良的過世在一九七二年解散，雖然只有短短十八年的歷史，但這些年輕藝術家創造的傳奇卻深遠地影響日本當代藝術的發展，即使在二十一世紀的今天，以具體藝術為題的展覽仍然時而可見。日本藝評青木正弘（Masahiro Aoki）認為具體藝術家從當年現存的藝術樣式中開啟一個激進的創作新跑點。（Aoki, 1995: 109）在這個新開創的跑道上，日本藝術家以精神奕奕的行動氣氛、廣闊的創作視野、以及求新求變的藝術觀念繼續追求新藝術的表現，具體藝術堪稱日後盛行

---

[9]「身體自我藝術」與西方的身體藝術（Body Art）觀念類似。白髮一雄當年自成一格的手法所完成的抽象畫作被稱為是「足畫」。田中敦子的〈燈泡衣〉（Electricity Dress）在二〇〇七年的第十二屆「德國文件展」中再度展出。

的裝置藝術的第一個重要搖籃。另一方面，美國的 Kristine Stiles 和 Peter Selz 認為，具體藝術的重要性和影響性已經擴及到日本以外的藝術世界，藝術家運用身體當媒材、創造情境事件、強調過程重於結果、引進自然媒材和日常物品在藝術創造的脈絡中，他們的種種作為預示了歐美七〇年代的藝術主流趨勢，可說是西方的觀念藝術、行為藝術和貧窮藝術的先驅。（Stiles & Selz, 1996: 680）換言之，具體藝術群不僅開啟日本裝置藝術的先聲，更與西方裝置藝術同時並行發展，引領日本當代藝術以充沛的活力往前邁進。

(二)物派運動 （1968-1972）

具體藝術強調在觀眾、物件和環境之間形成的情境下產生的一種自發性互動，這個重要的創作觀念影響之後的許多日本藝術家，並成為國內其他實驗美術運動發展的奠石。六〇年代後半葉，當具體藝術正如火如荼追隨吉原治良的理念，躍躍欲試將日本推上國際藝術舞台之刻，另一個重要的美術運動「物派」（Mono-ha）也即時興起，同時並駕為日本戰後最重要的另一個美術運動。具體藝術與物派最大的差別在於一西一東的精神表現；具體與歐美藝術的觀念息息相關，尤以達達精神為主；相反地，物派則試圖展露一種全然的「亞洲感」（Asian-ness），強調以地理區域的特質表現具有世界觀的藝術形式與內涵；藝術家的創作目標在提供觀眾一個新的認知，歐美藝術的創作觀念與亞太文化的感知經驗有所不同，兩者的差異性正是物派藝術積極追求的表現。換言之，物派藝術不僅是日本歷史上第一次大聲疾呼反歐美潮流對日本藝術影響的美術運動，同時積極主張把亞洲當代藝術的位置從過去在西方霸權架構下的邊緣地帶移至核心區域。

不像具體藝術群有一個正式的團體組織，物派藝術家從未正式建立一個協會或是出版自己的雜誌，他們只是一群有著相同藝術理念與創作

興趣的藝術家。一開始以日本多摩美術大學（Tama Art University）的畢業生為主，由李禹煥（Lee U Fan）為首，之後，陸續有其他藝術學院的畢業生相繼加入。這些年輕藝術家主要在一九六八至一九七〇年之間活躍於東京地區。類似在六〇年代一群醉心於虛無本質的西方藝術家，物派藝術家在他們的立體作品裡，應用解構策略和自然法則，在場域中安置看起來很隨機、沒有焦點或重心的表現形式。他們把一些具地方性或物質性的原生媒材，如石、木、泥、沙、紙、棉等，沒有經過事先的人工處理，以摻和大自然與東方美學的方式呈現結果。藝術家視這些自然物件為藝術品，對物派而言，藝術家不是一個創造者，而是環境與事件的中介者，他們只是依據這些天然物件本身的質性予以再現。換言之，他們堅信藝術是被環境創造出來的，是環境決定藝術以最自然的方式和最理想的位置呈現。簡單說，物派藝術家所抱持的共同理念是：使用自然媒材，安排在非永久性的場域，表彰不確定性的各種情況；換言之，物派思想是一種強調物和物之間的關係表現。

第一件被認為具有物派精神象徵的代表性作品，由當時最有影響力的物派藝術家之一關根伸夫（Nobuo Sekine）所創作。〈相位－大地〉（Phase－Mother Earth）是一件特定場域的戶外裝置，特別為一九六八年在須磨離公園舉辦的《神戶雙年展》（*Biennale of Kobe at Suma Detached Palace Garden: Contemporary Sculpture Exhibition*）所作。形式上與西方的地景藝術相似，以場域特定性的概念出發，在展場的地面上挖了一個圓柱型的洞，並以挖出來的泥土做了一個吻合該洞的圓柱體。關根解釋把物件原來的物性回歸到原點之目的就是要顯示世界的原先模樣。（Sekine，摘自 Aoki, 1995: 111）可以說物派藝術最重要的信念就是任何物質或物件無法與世界本身分離。李禹煥評論這件作品「創造在主、客體之間一個真實和自由的相遇。」（Lee，摘自 Munroe, 1994: 261-262）美國藝評 Janet Koplos 進一步解釋：「藝術家並未創造任何東西，他只是重新安排本來就已經存在的媒材，媒材對這件作品的重要性如同藝術家

所付出的勞動部分。」（Koplos, 1990: 207）換言之，在藝術創造的本質上，物派認為藝術家只是扮演中介角色，選擇用環境本身很真實地去界定藝術的存在。

　　日本藝評峰村敏明（Toshiaki Minemura）描述物派藝術的本質建立在「發掘人類、物質與環境三者的新關係。」（Minemura, 1984: 17）這個論點與具體藝術強調觀眾、物件和環境所形成的情境在觀念上雖相近，但創作手法和呈現樣式卻大為不同，若和具體藝術家的激進作為相比較，物派將東方情結與亞洲文化置入藝術的創造，以一種比較內斂自省的形式呈現。李禹煥特別強調物派藝術傳導的連結關係，他認為傳統媒材如繪畫或雕刻只是在呈現某種物質，而物派藝術則是把物質和藝術家的行動連結在一起，透過空間、狀況、關聯、情形和時間的揭示，將客觀世界帶進一個存在的狀態，與西方的極限藝術（Minimalism）為觀眾建立一種「場所和空間」的感知世界非常相似。（Lee，摘自 Kazuo, 1991: 29）簡言之，物派藝術家主要經營的是自然世界裡媒材和空間的關係，作品主動邀請觀者以身體去經驗，用個人感知將自己與這個世界相連。一九七〇年《第十屆東京雙年展》的策展人中原佑介（Yusuke Nakahara）把物派強調人與藝術的關係進一步拉近說明，他評論道：「物派藝術使得藝術創作突然之間與現實接近了……作品並未單獨存在，它們存在於圍繞著我們的整體環境當中。」（Nakahara，摘自 Munroe, 1994: 265）這樣的觀念事實上非常接近歐美裝置藝術強調的「總體藝術」概念[10]，藝術家將現實中各種不同元素的關係結合在一起，創造與該情境有關的特定

---

[10]華格納的「總體藝術」概念雖源於歌劇領域的創作，但從二十世紀初開始，西方美術界也用總體藝術描述融合多種形式或元素的創作本質。英文的“Total Art”一詞由英國詩人 Adrian Henri 在一九七四年啟用，特別指流行於六〇和七〇年代與觀者有密切關聯的環境藝術、偶發藝術、集合藝術、行為藝術等，可參閱 Adrian Henri. *Total Art: Environments, Happenings, and Performance*. New York: Oxford University Press, 1974.。

意涵，正是這種事物的存在與現實力量不可分的微妙關係，成為物派藝術家追求的主要創作精神。

　　物派美術運動在七〇年代初期就宣告結束，前後只有短短的四年多歷史，但藝術家所掀起的藝術思潮，以及作品所呈現具亞洲性的新世界觀卻深遠影響日後日本當代藝術的發展。注重多元媒材的應用、表現無所不在的短暫形式、偏愛視覺思維的瀰漫性、重視與現實世界的連結等重要藝術觀念，持續牽引日本當代創作的走向，一九八〇年之後，更有所謂的「後物派」（post-Mono-ha）和物派忠實後進承續物派的精髓理念，以創作大型的裝置與特定場域的集合作品為主，知名創作者有遠藤利克（Toshikatsu Endõ）、川俣正（Tadashi Kawamata）等，在作品上均強調媒材、場域、環境與人的關係。另有剛起步的新生代藝術家受到物派藝術間接的影響，這些活躍在九〇年代以後的藝術家以物派的手法結合裝置藝術的概念，探索日本當代文化和生活空間的社會關係。例如谷口雅邦（Gaho Taniguchi）於一九九八年在美國德州展出的裝置，利用白米、稻草、棉花、土壤等自然媒材，激發觀者認知到人和大地密不可分的關聯，以裝置藝術的特定場域觀念將兩個地方結合在一起，一個是她的祖國日本，另一個則是展出地點的美國德州，用一種具神聖氛圍的文化儀式型態呈現，把兩個不同文化的產物（德州西部主要農作物是棉花、以及來自日本的稻米和土壤）混合為一體。這些來自大自然的物質與錯綜複雜的空間形式同時見證作者與觀者的具體行為：觀眾的身體存在與藝術家的媒材操作。

(三)從大自然到新科技（1980s-　　）

　　具體藝術群和物派藝術家為日本戰後美術累積的創作能量於七〇年代持續發燒，藝術家挑戰自我意識的實驗精神高張，戰後赴歐美留學的藝術家也陸續回到日本，這些熟悉歐美藝術潮流的文化尖兵帶領新一代

藝術家以更寬廣的視野推動日本當代藝術的發展。進入八〇年代以後，也跟歐美一樣，日本邁進一個有各種不同風格、形式、手法表現的多元創作時代，搭著當時經濟盛世的順風車，快速成長與茁壯。在經歷三十年的戰後復甦，日本在八〇年代已經擠入經濟超級強國之林，成為世界上最富有的國家之一。強大的經濟動力改變社會型態，隨之呈現的是與前一個年代截然不同的社會文化特質，在這個年代活躍的年輕藝術家大多缺少對戰爭的記憶或興趣，他們比較關注的是隨著日本經濟快速成長而形成的社會變化，許多藝術家從迷思在西化體制的日本當代文化裡尋找靈感，以當代議題如都會生活、流行文化、身分認同等不同面向創作，其中占最大比例的仍是應用複合媒材的裝置藝術，而且以應用各種科技觀念的互動式裝置為主流，這些作品的共同特質之一就是反應當代生活文化，尤其是都會的文化生態。日本藝評南條史生（Fumio Nanjo）表示：「許多年輕世代的藝術家感受到日本大城市活力四射的都會文化，因而產生創作靈感，這樣的現象正如同前一個世代的藝術家感受到大自然的鼓舞。」（Nanjo, 1991: 13）

　　換言之，八〇年代經濟奇蹟帶來的當代文化特色成為日本裝置藝術家表達對社會關注和批判的最佳來源，日本年輕人沉迷在漫畫書、電視、卡通、電子遊樂器和電腦的科技世界，以及消費文化當道的物質欲望和社會價值觀都是藝術家喜愛發揮的創作題材。在科技應用上的表現手法也相當多元，有人直接用科技做媒介，有人將之作為過程，也有人拿它做內容，最常出現的應用是以科技作為表達個人興趣的媒介。例如代表村上隆（Takashi Murakami）就以使用年輕人熟悉的卡通和漫畫人物表現日本所謂的「御宅族」著名，他的科技裝置不外展現日本新世代沉浸在媒體傳播下，一種非常膚淺和表面化卻又真實的當代文化面貌。東北大學教授松井綠（Midori Matsui）認為村上隆的創作概括日本的「怪胎」

（ "geek" attitude）[11]特質，並且很細微地展現透過資訊交換的媒體和網絡
文化的每一個細節。（Matsui, 1996: 69）新世代的伊藤穰一（Joichi Ito）
和伊藤瑞子（Mizuko Ito）從四個科技美學觀出發：激進的美感、混沌的
和諧、新神秘主義與有機生物科技。（Ito & Ito，摘自 Leeson, 1996:
93-94），他們利用 MUD（multi-user dungeons）[12]的科技建構一個網際網
路形式的社會結構，允許多人在此虛擬實境中同時以文字交流互動，在
這個虛擬的新社會空間裡，參與者不僅扮演玩家的角色，同時設計他們
自己的個人環境，形成一個小型的社會傳播世界。藉由現實與虛擬的心
理衝突，讓參與者可以創造各種不同身分和情況，滿足人們在虛擬社會
空間裡的心靈意識。

在結合科技與裝置的藝術表現中，「啞型」（Dumb Type）是日本一
個非常傑出的當代藝術團體，這個團體根基於京都，從一九八四年創始
起，用先進科技媒介為內容，創作各式各樣跨領域的表演和多媒體的裝
置藝術。「啞型」共有十五位來自不同領域的成員，包括視覺藝術、音
樂、舞蹈、戲劇、電影、建築、電腦等，他們通常以合作的模式完成結
合藝術與科技的裝置作品，內容多是對當代社會現象的某種批判。例如，
一件稱為〈pH〉（1990-1991）的作品有五位表演者行走的影像編輯在一
個複雜的科技場景，交互投射在展牆上，好像在繁忙的街道中匆忙相遇
或交錯的都市人們，整個裝置表達當代日本社會裡人與人之間微妙的關
係和行為舉止，視覺張力十足，又頗能發人深省。

當日本年輕藝術家一窩蜂從科技和藝術的結合，找到當代裝置藝術
寬廣的表現空間時，美國藝評 Carol Lufty 卻用一種帶有嘲諷的意味描述
這個現象，她形容充斥科技應用的日本當代藝術像是一種「電動遊樂場

---

[11]"Geek"一字是美國二十世紀初開始使用的一個俚語字，通常指沉迷於
某些東西(如電玩)的怪胎，這些人有的專精於某一特別知識(如電腦)，
但不喜與人社交，也就是村上隆所謂的「御宅族」。
[12]俗稱「網路地牢」，是一種允許多人連線使用的網路遊戲。

藝術」（arcade art），藝術家用一些充氣娃娃的裝置、機械操作的怪獸，或是有無限可能的樂高玩具等媒材完成的裝置作品，似乎是向支配日本年輕人的電動遊樂場和漫畫書世界致上崇高的敬意。（Lutfy, 1992: 85）然而，不可否認地，這類應用科技的藝術對話主要表達當代藝術家對自身所處環境的關切，特別是針對新消費文化的某種回應或批判。南條史生認為這些批判消費文化的裝置藝術是日本在八〇年代以後形成的一種新藝術，雖然受到西方普普藝術的影響，但有更多與日本社會直接有關的因子涉入其中，像是漫畫書、消費社會、普遍的商業與文化符號、多元文化、日本品味、身體理論、都市理論和科技等等。（Nanjo, 1996: 37）科技應用的潮流在日本持續流行著，但是九〇年代以後迄今的日本裝置藝術則明顯地傾向跨越區域藝術的領地，追求更廣大的國際關注，因此在作品的內容上力求探索比較廣泛的全球性議題，例如種族、定位、性別、權力、自然環境生態等。

　　綜觀而論，日本裝置藝術的發展在蕭條的戰後就已默默展開，創作觀念和表現手法在具體與物派藝術家的實踐下已經頗見成果，進入八〇年代以後的藝術家依舊秉持著實驗精神，挑戰藝術創作的各種可能性，裝置作品呈現更豐富多元的面貌。可以說，日本不斷改變的當代社會與文化現象成就了裝置藝術的內涵，而與新世代藝術家生活最息息相關的電子和數位科技則豐富了裝置創作的特質。擁有國際級知名度的裝置藝術家川俁正就認為，「裝置藝術應該在真實的時間裡發生，要在人們生活的空間裡表達藝術與生活的關聯。」（Kawamata, 1990: 70）也就是說日本的裝置藝術是在這些不停改變的社會現象中萌生，並與日本的大眾生活息息相關的一種流行創作類式。

三、九○年代竄起的韓國

　　亞洲原本就是一個涵蓋多元文化的複雜大陸區塊，在歷經第二次世界大戰的戰火洗禮之後，許多國家面臨在政治、社會、經濟和文化結構上的衝擊，以致紛紛想要突破現狀。政治上，除了少數如日本、中國等，其他國家長久以來多在殖民主義的陰影下努力追求國家主權的自由或獨立。社會上，戰後的各國普遍邁向全面西化的新貌，導致西方霸權勢力和去殖民化後的亞洲諸國之間依然糾葛不清，反形成另一種殖民新形式，一種被大眾媒體衝擊和大型企業利益宰制的「後殖民」社會儼然成形。經濟上，亞洲人民頂著勤勉打拼的本性，在戰後積極創造財富，八○到九○年代的「亞洲經濟奇蹟」所帶來的新經濟勢力，造成全球對深具無窮潛力的亞洲國家充滿高度興趣。[13]文化上，因應社會、經濟、政治結構的轉變和新樣貌的形成，不少國家對藝術文化有與以往不同的認知和需求。整體來說，大多數亞洲國家有相似的新認知發展模式，當人民的生活逐漸擺脫貧窮趨近富庶之後，政府當局會體認國力的聲譽來源不再僅限於軍事、科學或經濟上的領先，國家的文化識別也具有某種程度的影響力，因此紛紛開始思考如何藉助藝術與文化的成就來提升國家榮耀。

　　二次大戰後的南韓在被日本帝國殖民長達三十六年（1910-1945）之後成為獨立國家，雖在一九五○至一九五三年間經歷內戰，國家南北分裂，為了重建國家的榮耀和根絕殖民主義的集體記憶，南韓政府自一九四五年之後積極從事戰後的現代化建設和改革計畫。在一九九七年的經濟大崩潰以前，南韓於九○年代前半葉在國際經濟上的成就有目共睹，在亞洲可說僅次於日本，名列世界前二十名之林；在藝術文化的發展上，

---

[13]例如澳洲在九○年代起就不斷向亞洲招手，試圖與亞洲國家建立各種面向的合作機制，包括主辦亞太地區的超級大展。

韓國是繼日本之後，在《威尼斯雙年展》第二個擁有自己國家館（永久展覽空間）的亞洲國家。南韓快速穩健的進步和成長主要來自政府當局的魄力和野心，透過「外在發展策略」（outward-oriented development strategy）加速建立南韓的現代化，當代藝術在南韓的發展正是國家策略的成果之一。南韓藝術圈在八〇年代以後與國際文化舞台有頻繁的互動，在多元的刺激下，亮麗的成績赫然可見，除了積極結合和吸收歐美的藝術觀念之外，追求文化身分認同和性別意識的裝置作品在質和量上都十分突出，不僅展現朝鮮民族亟欲想要反擊西方霸權藝術世界的企圖，更顯露裝置藝術在韓國當代藝術的發展上所扮演的重要角色。

(一)從不定形藝術（1957-1965）到最低限主義（1960s-1970s）

後殖民時代的南韓在重建後的數十年裡，不僅在政治上逐漸自由化與民主化，在藝術的表現上也緩緩靠向歐美的創作潮流，並綜合南韓社會與文化的特質，形成有特色的新藝術面貌。從一九五七年開始，一群年輕的韓國藝術家組成「不定形藝術」團體，提倡新的美術表現形式，這是南韓最早的自發性美術運動之一。藝術家透過一些類似壁畫的大型抽象繪畫，以厚塗的表面肌理和充滿活力的筆觸表達創作理念。在時間上雖與當時歐洲的不定形藝術（Informel Art）[14]接近，但南韓藝評李龍雨（Lee Yongwoo）認為韓國的不定形藝術與歐美之不同在於前者比較著重推翻傳統和偏好反美學，而後者主要重視形式上的新探索。（Lee, 1995: 19）這個團體在五〇和六〇年代期間，以知性和理性並重的藝術哲學觀

---

[14]"Art Informel"一詞由法國藝評人 Michel Tapie 在一九五二年首次開始使用，指五〇年代盛行於歐洲的一個重要美術運動，主要精神在針對傳統西洋美術重視的制式規則提出反動，藝術家多以抽象繪畫強調創作形式的自發性、無理性和自由性。

在韓國形成一個相當成熟的前衛美術運動。

　　韓國不定形藝術的創作主要是平面作品，對裝置藝術在韓國發展的影響雖然間接卻不可忽視。這群年輕藝術家以積極的態度不斷摸索，試圖突破美術創作的觀念和形式（例如：破壞美學），他們是戰後的韓國所自製第一個文化產物，透過藝術表現，將韓國社會的轉化過程具體再現；他們的實驗精神和理性思維引領當代的韓國藝術家開拓更廣闊的視野，從單純的藝術形式和創作觀念的自由探索，延伸到複雜的藝術本質和人與環境關聯的多向思考。此外，不定形藝術團體在積極參與國際藝術活動的面向上亦具指標性意義，他們曾參加過的知名國際展覽如一九六一年的《巴黎雙年展》（*Paris Biennial*）、一九六三年的《聖保羅雙年展》（*Saõ Paulo Biennial*），這些都是韓國第一次跨海的大型藝術行動，在與歐美藝術家交流對話的接觸下，將當時西方流行的藝術潮流直接引進韓國。[15]

　　韓國不定形藝術的發展同時牽引另一個新的創作趨勢：最低限主義。大約從六〇年代中葉開始，南韓的藝術發展幾乎完全追隨西方主流，包括環境裝置、偶發、歐普、集合、觀念、過程、行動藝術等都是韓國跟進歐美的藝術形式，年輕一代藝術家欣然擁抱這些新的刺激和衝擊，並且根據歐美的「為藝術而藝術」（art for art's sake）觀念，融入東亞精神與韓國美學建立一個本土的美術流行運動，通稱為「南韓最低限主義」。[16]在西方，最低限主義（Minimalism）重視「所在性」與「戲劇性」觀念，亦即觀眾在藝術家營造的特定場域內，與作品迎面交逢，建立密

---

[15]二十世紀韓國第一次將藝術家作品推展到歐洲是在一九五四年，雕塑家 Kim Jong-Yeong 的作品入選英國主辦的國際雕塑競賽獎。
[16]在南韓盛行最低限美術的潮流時，個別的藝術團體分別發展不同的風格和技巧，例如 Origin Group 的藝術家重視形式的原本價值；Avant-Garde Group 和 Space and Time Group 對探索不同題材比較感興趣。

不可分的關聯性。[17]這是裝置藝術非常重要的觀念，換言之，裝置作品不是去創造某種視覺形式，而是去營造一個真實所在，該所在本身就是作品；而觀眾必須透過身體的經驗和作品直接面對面，產生自我的關聯。南韓的最低限藝術運動所實踐的作品可說是南韓裝置藝術的先驅之一。

(二)從「現實和表達」（1980s）到民眾美術[18]（1980s-1990s）

　　當最低限藝術成為南韓主流之一的同時，有一群藝術家和藝評人也積極佈局另一個藝術團體的誕生，這個稱為「現實與表達」（Hyunsilkwa Balon）的團體在八〇年代初期由 Kim Jee-Ha 所領導。他們嚴厲批判當時的藝術現象缺乏對社會與歷史的反映，認為韓國藝術的思考和實踐模式完全被西方主流主導，包括「為藝術而藝術」的理念和過度西化的創作。換句話說，對這個團體的成員而言，韓國的最低限主義在本質上與南韓的關聯非常有限，他們認為藝術要為大眾而創造，所以作品應該要反映一般民眾的日常現實面，尤其韓國的社會面貌隨著經濟的快速發展而變化，與社會相關的議題理應為當代藝術關注的對象。為了實踐所提倡的社會與文化批判，「現實與表達」的藝術家多採取挪用策略，藉由大眾熟悉的流行文化圖像作為視覺媒介，不論是個人的見解、關懷或質疑，都是要喚醒觀者對當前社會和政治景象的大眾意識。這個以藝術作為社

---

[17]所謂「所在性」（placement）意指作品不是被「放置」在某個地方，作品就是那個特定的「地方」或「所在」，也是意義的所在。而「戲劇性」（theatricality）指的是觀眾去經驗作品的行動過程。

[18]有不同的觀點認為韓國的民眾美術在一九四五年從日本的殖民政權解脫後就開始，在七〇年代達到高峰，主要精神是重視藝術創作的寫實風格和美學觀；而八〇年代的民眾美術特指一九八〇年五月「光州事件」後的民主化效應，範疇從單純的寫實藝術風格擴延到廣泛的新文化思潮。

會批判形式的觀念也與西方裝置藝術的重要特質之一不謀而合，誠如美國藝評 Nancy Princenthal 所言：「當代裝置作品之間最大的連結不是它們的形式，而是它們傳達的觀念意識，這個觀念意識絕大多數與社會和政治的批判有關。」（Princenthal, 1990: 28）

　　「現實與表達」的歷史很短，卻成就了另一個新的藝術言說，並發展出一個被認為是韓國當代最重要的文化思潮運動：民眾美術(Min-joong Art)。民眾美術重視藝術作為一種社會活動所扮演的角色和具有的意義，因此強調社會與政治批判的內涵，以及反體制的創作態度。根據李榮喆（Lee Youngchul）的觀點，韓國民眾美術最重要的一部分就是藝術家應該要運用大眾的理想模式來表達，以充分展現傳統形式、融合社群意識和彰顯第三世界的精神。（Lee, 1993: 17）另一位學者 Roe Jae-Ryung 則認為韓國的現代主義是一種誤導的結果，只是為了模仿西方而成為新殖民主義和文化帝國主義的一個副產品；現代主義既非來自韓國本土，亦與韓國民眾日常的生活經驗毫不相干，因此民眾美術是根基在這種批判下所建立的文化思潮運動。（Roe, 1996: 97）這個充滿理性批判和年輕活力的美術運動帶給韓國當代藝術家全新的志向和態度，因而更積極尋找不同的方法和觀念在藝術的表現上。本質上，民眾美術可說是一種政治抗爭的藝術，尤以強烈表達八〇年代南韓的政治內容和批判為特色，對當代藝術發展的重要性在於藝術家能夠不限媒材，自由應用多元形式，充分表現當代大眾關切的現實問題。這種結合思想內涵與藝術抒發，且能藉藝術媒介表達公共服務的特質適時地刺激南韓當代藝術的發展。

　　從韓國二十世紀藝術發展的歷程來看，民眾美術可說是南韓當代藝術從現代藝術進展到後現代藝術的過渡期，或者說是從現代主義銜接到後現代主義的一段橋樑。李龍雨指出：「民眾美術出現在現代主義與後現代主義的對決中，把時代的社會與政治背景攤開示眾。」（Lee, 1995: 28）八〇年代中葉以後，有更多韓國年輕藝術家對西方後現代潮流感到高度興趣的同時，複合媒材的裝置作品也在追隨西方的腳步之後成為韓國當

代重要的藝術範疇之一。國立漢城大學的 Chung Young Mok 教授認為裝置在韓國盛行有兩個主因，其一是裝置藝術家欲向已經建立既定傳統的韓國藝術挑戰；其二是藝術家企圖擴張侷限在平面媒材的表現向度。（Chung, 1996: 45）韓國在六〇年代以後的藝術發展基本上是跟著世界潮流行進，以現代風格為主，在八〇年代以後流行的裝置藝術不過是採用歐美的藝術形式作為擺脫現代主義的一種媒介，這個趨勢與西方在第二次大戰後流行美國主導的現代主義，並在六〇年代的冷戰期達到高峰有直接的關聯。有趣的是，Chung 教授似乎語帶諷刺地表示韓國年輕世代的藝術家建立一個流行且直接的韓國公式，區隔現代主義與後現代主義：現代主義＝平面；後現代主義＝裝置。（Chung, 1996: 46）這種簡單的二分法思維從九〇年代以後有愈來愈多的南韓藝術家傾向用空間表達創作的風潮可見一斑，許多藝術家為了擺脫現代主義風格或欲與後現代主義銜接而紛紛轉向創作裝置藝術。

　　整體而言，民眾美術對韓國裝置藝術最重要的影響在於其強調社會政治議題，創作被視為是一種政治與文化活動，藝術是社會批判的形式之一，藝術家以作品反映社會各個現實層面，強化藝術所扮演的社會角色。根據李龍雨的觀察，南韓當代藝術在八〇年代以後的主要論題就是如何運用藝術作為一種社會工具，與社會直接作連結，有時甚至故意激怒社會，讓大眾有機會重新思考在新殖民主義的西方注視下，韓國當代社會的各種物質欲求和自我觀照。（Lee, 1995: 29）南韓藝術家和社會大眾受民眾美術影響帶來的新態度，與當時西方社會正大肆批判消費主義和民族同化同向並行，重內容輕形式的裝置藝術同時在東、西方成為反映社會最具體化的表現模式。法國學者 Nicholas Bourriaud 認為這種強調社會政治批判特質的當代作品可稱為「關係藝術」（Relational Art），有別於過去的藝術創作多以藝術家為主體，呈現出來的多是比較自發性、私密性、個人性和象徵性的空間，而像裝置這類關係藝術則主要從社會、政治、文化脈絡出發，探討社會和人的關係。（Bourriaud, 1997: 78）

(三)「博物館」團體 （1980s-1990s）

　　西方後現代的藝術潮流隨著民眾美術運動在八〇年代全面進入南韓，二〇〇六年《光州雙年展》的主席 Kim Hong-Hee 認為長期旅居海外的國寶級藝術家白南準（Nam June Paik）在一九八四年回到祖國展覽的衛星作品〈早安，歐威爾先生〉（Good Morning Mr. Orwell）雖讓南韓觀眾大開眼界，卻沒有人瞭解這就是韓國的第一件後現代藝術。（Kim, 1995: 9）愈來愈多到過西方受教育的藝術家相信後現代趨勢無法避免，尤其是跨領域結合的藝術觀念，目的不外是用藝術作為與一般大眾的溝通媒介。八〇年代後期，一群年輕的南韓裝置藝術家組織「博物館」（Museum）新團體，主要成員有崔正化（Choi Jeong-Hwa）、李昢（Lee Bul）、Kho Nak-Beom 等，他們之所以使用這個名稱正是故意要用成員的作品觀念與當代藝術現象做一個諷刺的對比，這群來自不同背景的藝術家作品共同特質就是刻意流露一種「通俗藝術」或「低俗藝術」感。「博物館」團體在一九八七年舉辦首次聯展，James B. Lee 認為「這個展覽非常直接大膽，像是一種聽起來很刺耳的響聲，卻又很聰明有技巧地嘲諷主流藝術的傳統作風，現在被大多數人公認是韓國後現代藝術的真正開始。」（Lee, 1995: 116）後現代文化對韓國當代藝術的直接影響之一就是使得裝置藝術變成時髦的創作形式。所謂的「時髦」，就是當有機會在海外展覽時，選擇做裝置而非繪畫或雕塑的南韓藝術家比比皆是。

　　「博物館」成員的作品極具藝術獨特性，多刻意模糊精緻文化和通俗文化的界線，否則就是尋找南韓當代社會的個人或群體的身分認同，例如李昢這位在東、西方都被廣為接納的女性主義藝術家，早期常用自己的身體作為藝術表現的媒介，表達女性長期在韓國父權社會下飽嚐的苦難。約從八〇年代末葉開始，李昢就以極具挑撥能事的行為裝置闡述性別身分的議題而聲名大噪，她曾經全身裸露，脖子綁一條狗鍊，把自己倒掛在韓國的美術館和畫廊空間裡表演行為藝術；她也曾經直接把造

型怪誕的軟雕塑作品穿在身上，走在漢城和東京最熱鬧的街道上，引起路人的議論紛紛。她最擅長以直接明白的表態挑戰韓國社會的傳統禁忌，比如用珠子和圓形金屬片裝飾在逐漸發臭的死魚上，或以四肢不全和器官殘缺的假人模型等現成物和奇奇怪怪的材料作為媒材，以最強烈的視覺感官傳達女性在亞洲社會所扮演的角色問題。李咄的作品在當代藝術圈曾引起熱烈的討論，這類有關女性角色的系列作品曾被解讀為有「蝴蝶夫人」的暗喻在內，這是西方人詮釋東方女性常有的陳腔濫調。總之，她在八〇年代中葉以後的裝置作品常以韓國女性日常使用的物品作為媒材，挑戰現代主義的媚俗觀念，用諷刺或拙仿、甚至驚世駭俗的表現手法，讓觀眾去面對她的亞洲女性社會觀。另一位「博物館」的重要成員是崔正化，他大量挪用俗麗的工業製品、廣告圖像或生活用品作為創作媒介，如色彩鮮豔的超大型塑膠花或充氣式的大豬公，意圖提醒觀者當代社會盲目空洞的價值觀和俗濫廉價的物質欲望，美麗可能短暫，傳統正被遺忘。不論是李咄令人冷汗直流的嚴厲挑釁，或是崔正化盡情嘲弄社會現狀的塑膠材質，「博物館」成員是西方主導的國際大型展覽上的常客，他們的作品激發年輕一代的韓國裝置藝術家充滿批判性的創作能量。

(四)複數視野‧擁抱多元 （1990s-　　）

八〇年代以後的南韓裝置藝術不只是一個新的藝術潮流而已，它更是藝術家改變創作態度和手法的新契機，獨立策展人 Lim Young-Bang 認為，南韓藝術界對這個新型態有正面的認知並欣然接受，因為裝置藝術為南韓的當代藝術開闢一個全新領域，讓藝術家能打破精緻藝術、戲劇、音樂的藩籬，擴展創作的視野，摒除表現的限制，作品跨越聲光的領域，自由在平面和立體之間遊走移動。（Lim, 1993: 142）與亞洲其他國家一樣，裝置成為南韓當代藝術的主流之一，裝置作品反映藝術家多元的興

趣，特別是在技術、媒材、空間、環境、生活等層面的嘗試和挑戰。在主題內涵的訴求上，為吸引更多西方觀眾的注目和得到在海外亮相的機會，南韓藝術家明顯傾向國際主義，多以全球性關注的議題為主，特別是與本身息息相關的當代社會面貌，例如混合身分、性別意識、環保議題等。在創作表現的偏好上，則有愈來愈多藝術家結合科技的應用，表達現代人被科技宰制的後現代文化生態。

混合身分是當前每個國家經歷從過去的歷史記憶到現在的文化融合所必須面對的共同議題，許多南韓的裝置藝術家也都很關心南韓社會普遍存在的「混合身分」問題，他們用裝置作品喚起觀眾對當前自身處境的體悟，特別是隨著歷史、社會、文化的快速變遷，任何的社會和政治事件都可能導致大眾必須面對文化位移或併置的特別現象。藝術家尋求的身分認同從個別身分到集體身分都有，為了表現南韓社會在快速改變後的各種身分，裝置藝術家應用不同的形式表現，如互動的虛擬環境或人與物的關係空間，反映人在當代複雜的社會現象下所面臨的各種身分認同。例如代表韓國參加一九九五年《威尼斯雙年展》的新媒體藝術家全壽千（Jheon Soo-Cheon），其參展作品〈漫遊星球的泥偶：韓國精神〉（Clay Idols in Wandering Planets, The Korean Spirit, 1995）是將許多新羅王國時代（Shilla Kingdom，約 57 B.C. - A.D. 935）的泥偶放在透明的地板上，地板下明顯可以看到工業社會造成的垃圾和錄影影像，直接告訴觀者過去和現在的對比、東方和西方的對立、被挖掘出來和被丟棄的文明，兩者互相矛盾的位置十分弔詭，應被埋葬在土裡的泥偶在上，而充斥社會的工業垃圾和大眾媒體影像卻被位移在下，全壽千要傳達的正是他對現代文明處處充滿矛盾的批判，這件經過深思熟慮的成熟作品為韓國拿下當年《威尼斯雙年展》最高榮譽的特別獎。

彰顯女性自覺意識的作品焦點多放在南韓社會的女性角色和平權問題，也就是女性在過去、現在和未來的社會位置，女性主義的裝置風潮其實可說是八〇年代強調基本人權和平等的民眾美術運動的副產物之

一。[19]李龍雨教授認為「南韓女性主義藝術捨棄西方社會強調恢復女性各種權力的訴求，藝術家比較關切的是女性在整個韓國歷史中的創造力表現，以及男性無法取代的重要性。」（Lee, 1995: 31）曾任國立當代美術館的策展人安昭妍（Ahn Soyeon）則認為南韓的女性藝術一直到八〇年代的中葉以後才開始有比較廣泛視野的討論，藝術家從傳統性別差異的議題擴張到女性自我的獨特經驗。（Ahn, 1996: 77）除了知名的李咄以女性的身體意象出發，對南韓男性父權社會體制提出個人質疑之外，有卓越表現的女性裝置藝術家為數不少，尹錫男（Yun Suk-Nam）擅長用尖銳的作品調性與觀眾做深刻的溝通，一九九六年的〈她的粉紅〉（Her Pinks, 1996）裝置一個布滿華麗色彩和高級家具的室內空間，有尖銳物的椅子暗示當代女性即使有不虞匱乏的物質生活，在心理和身體上仍然缺乏安全感。金守子（Kim Soo-Ja）以韓國招牌的褓（pojagi）所創作的傳統包布裝置作品在國際享負盛名，色彩豔麗的拼布做出各種不同功用的傳統包布樣式，表達南韓家族制社會下女性的一般生活型態與被壓抑的精神意識，透過這些大大小小傳統社會女性日常使用的生活用品，金守子以隱喻的方式將個人藝術與女性現實、傳統風俗與當代社會連結在一起，與西方女性主義的作品觀念類似，用個人的內在經驗顯露公共與私密空間之間的衝突和瓦解。

韓國過去曾被稱為是「隱士王國」（The Hermit Kingdom），曾幾何時，這個崇尚與世隔絕遁世精神的國家卻在八〇年代以後，野心勃勃企圖以經濟成就改寫國家歷史。因應國家形象、社會環境急速的改變，科技內涵的應用成為南韓藝術創作的主體意志，年輕世代的裝置藝術家紛紛著迷在高科技的無限可能，這股新流行風與二十世紀韓國最重要的藝

---

[19]南韓女性主義藝術是從女性藝術團體的組成開始，包括一九八五年尹錫男成立的「十月」（October）團體、一九八七年的「女性與現實」（Woman and Reality）、一九八八年的「女性藝術協會」（Women's Art Association）。

術家白南準有關。白南準在西方美術史上的定位與聲名眾所周知，從八〇年代初期，睽違故鄉數十年的他決定用自己的藝術開拓南韓觀眾的視野，因而造成新媒體藝術的盛行風潮。新世代藝術家在白南準創作觀念的刺激下，找到更多元的語境和方式為自己的藝術發聲，特別是應用新科技表達南韓突飛猛進的消費文化現象，例如使用電腦、電視、錄像、影片、聲音系統等電子數位媒體，表達社會日常現實的複雜性。Hideki Nakamura 認為透過高科技的應用，南韓年輕藝術家想要探討在高度工業化的消費社會下人類存在的本質，他們不願複製西方文化模式，而想透過屬於真正韓國的文化觀和美學觀建立一個與國際觀眾交流的管道。（Nakamura, 1996: 36）例如陸根丙（Yook Keun-Byung）就是一位善用科技表達藝術語彙的裝置藝術家，他在一九九二年的第九屆德國《文件展》（Documenta IX）展出〈風景之聲與田野之眼〉（The Sound of Landscape and Eye for Field），用草皮覆蓋一個老式的韓國墓塚，將近二百公分高的土堆，上面嵌進一個鋼片做成的圓柱，兩頭各有一隻小女孩眼睛的錄像裝置，不合理的組合形成一種令人毛骨悚然的怪異氛圍，意有所指地暗示自然與科技的結合帶給人類的不安感與不自在。延續這個招牌獨眼巨獸的土堆樣貌，陸根丙在日本水戶美術館（Art Tower Mito）展出 "The Sound of Landscape + Eye for Field 1995 = Survival Is History"，使用的科技媒材包括錄影機、投影機、螢幕、音樂、鋼片、概念草圖等。將近十公尺長的巨大裝置中，以鋼片做成一個象徵時間無形累積的空心圓柱，裡面放置有歷史事件畫面的錄像裝置，面對著另一個正看著歷史事件的眼睛錄像，藉由過去與現在、注視與被注視的對立張力，強烈表述人類歷史在時間的延續下，在虛與實的現實（錄像裡的虛擬眼睛和觀眾的真實眼睛）見證下得以倖存。

　　整體而言，南韓九〇年代以後的裝置藝術最顯著的特徵是藝術家想要整合藝術與生活的強烈欲望，尤其是與自身所處社會環境相關的各個現實層面。李龍雨認為這是因為藝術家想要「透過裝置作品創造戲劇性

的各種隱喻，與不同的觀眾建立各種複雜關係。」（Lee, 1995: 30）他們用旺盛的創造力探索各種表達的可能性，不論是藝術觀念或意識型態，似乎都想用韓國本身特有的文化脈絡與世界舞台接軌，樹立南韓進入國際藝術版圖的雄心，加上政府的積極作為，更是有助於裝置藝術在南韓的發展。一九八八年漢城（二〇〇五年正名為首爾）主辦國際奧林匹克運動會，韓國政府以一系列大型文化活動吸引來自東西方的國際觀眾，藉機認識韓國的當代藝術風貌。一九九三年斥資將近百萬美元打照一個類似美國《惠特尼雙年展》（*Whitney Biennial*）的縮小版，這個大型展覽匯集許多有關社會政治批判為題的裝置作品。一九九五年政府推動「全球化計畫」（segahwa program）的文化政策，並將該年訂為「藝術年」（Year of Art）。第一屆的《光州雙年展》（*Kwangju Biennale*, 1995）是一個國際型的當代藝術大事，政府當局以超過兩千兩百萬美元的預算舉辦一個超級大展，邀請韓國和西方知名裝置藝術家共襄盛舉，如韓國的白南準、金守子，美國的維歐拉（Bill Viola）、德國的波伊斯（Joseph Beuys）等二十世紀西方藝術史代表性人物，創造東西方文化觀點的交遇，共同品味這場當代藝術的饗宴，為南韓寫下最具文化指標性的一刻。

四、結　論

「裝置藝術」一詞到七〇年代才出現在西方的藝術出版文物上[20]，直到八〇年代才開始被藝術世界認可是一個當代藝術的新型態。亞洲在二次戰後隨著世界潮流的腳步快速地嶄露頭角，裝置藝術在亞洲的盛行如一場衝擊後的逆轉，熊熊烈火燃燒出一道道令人驚豔的光束。亞洲藝術

---

[20]美國最重要的藝術工具書之一《藝術索引》（*Art Index*）第一次使用"installations"一詞為索引用字是在一九七八年十一月份出版的第 27 卷。

家被裝置類式吸引的原因可能來自裝置藝術本身的諸多特質，例如表現的無限可能性、形式的自由性、媒材的可塑性、場域或空間的感知性、意涵的開放性、創作的立即性以及藝術和生活的融合性。在面臨社會環境急遽的變化下，亞洲當代藝術家似乎樂此不疲地嘗試用裝置作品實踐「以藝術表達社會空間」的概念。[21]在這個特定概念的空間裡，社會變遷下的相關議題在私密和公共領域之間被轉化為一種有別於有寓意的象徵；換句話說，裝置對亞洲藝術家而言是具有社會隱喻的最佳媒介之一，他們可以透過物件、互動和場所界定一個特定的空間，誘發觀者用身體去參與和經驗。澳洲藝評 FX Harsono 對裝置藝術的定義正好確切地描述當代亞洲裝置的特質，他認為「裝置藝術是與關懷社會問題息息相關的一個藝術新樣式，裝置作品如同說故事，故事的建立在於使觀者與所提出的議題成為作品整體不可或缺的部分。」（Harsono, 1996: 77）

日、韓比鄰而居，裝置藝術的發展各有其歷史脈絡。前者有悠久美術發展的著力點，後者則具年輕旺盛的爆發力。日本裝置作品在前輩美術運動源源不絕的養分孕育下，運用本身累積的成熟觀念和創作手法穩健地與西方同步。八〇年代邁進全球化主軸，傾向自由表達被消費文化宰制的日本當代社會面貌，進入九〇年代以後，興起應用新科技批判媒體文化當道的現實環境，豐富的創作符碼呈現日本裝置藝術家具體的世界觀和多元的差異性，並積極跨越國際領域，與來自地球不同區域的人共同分享日本當代文化的經驗和觀點。南韓的裝置藝術家則跟其他的後殖民亞洲國家一樣，比較難甩開受西方主流影響的矛盾情結，在某一方面常在作品裡顯露他們有跟上世界主流，以高科技手法表現當代文化的正統與現實，在另一方面又試圖從作品裡擺脫過去殖民時代的陰影，特別著重韓國在戰後歷史、文化或社會的變遷。整體來看，日、韓兩國的

---

[21]有關「社會空間」（Social Space）的理論可參閱 Henri Lefebvre. *The Production of Space*. London: Basil Blackwell Ltd., 1991，特別是第二章，頁 68-168。

裝置藝術創作來源似乎都被本身的地方經驗和特別環境所吸引，用不受媒材限制的裝置類式很寫實地反應藝術家的自我和社會關照，把藝術創作當作一種社會實踐，對著世界說自己或國家的故事。結合藝術與生活的通俗文化、傳統元素和當代觀念的交融、國家情感和文化認同的強調可說是日、韓兩國裝置藝術共有的趨勢和特徵。很明顯地，裝置藝術的國際熱潮在二十一世紀的今日仍方興未艾，從作品來看，有愈來愈多的亞洲裝置藝術家力求獨特的文化特徵，凸顯與西方主流的異質性。這種被譏貶是為了討好西方觀眾的思維與策略通常以「異國情調」形容。南韓的 Kim Youngna 認為這種強調東方情感的新趨勢有一種隱藏的危險，亞洲的藝術家應該儘量避免，因為它可能帶來一種制式化或單調的結果。（Kim, 1998: 88-97）事實上，確實有許多現象顯現當代亞洲裝置之所以在國際舞台找到一席之地，主要的原因之一正是因為作品的東方情調吸引西方觀眾的目光，這個不爭的事實或許讓努力想出人頭地的亞洲裝置藝術家感到幾許莫名的悲哀吧。

參考書目

一、中文部分

楊敏譯（1996），上田雄三著。〈日韓藝術‧文化考察〉，《雄獅美術》。
第 303 期，頁 24-28。

張元茜（1996）。〈宿怨與合作：從日韓美術比較學上看亞洲美術的前
途〉，《雄獅美術》。第 303 期，頁 12-23。

二、外文部分

Ahn, Soyeon (1996). "Yun Suk Nam." In *The Second Asia-Pacific of Contemporary Art Triennial,* 77. Australia: Queensland Art Gallery.

Akira, Tatehata (1997). "A Trap in Multiculturalism." In *Symposium: Asian Contemporary Art Reconsidered*, 101-103. Japan: The Japan Foundation Asia Center.

Aoki, Masahiro (1995). "What Is 'Mono-ha' and Why 'Mono'?" In *Asiana: Contemporary Art from the Far East*. Milano: Mudima.

Bertozzi, Barbara (1991). "Gutai: The Happening People." *Flash Art*, 158 (3), 94-104.

Bourriaud, Nicholas (1997). "The Relational Field (Some Definitions for the Art of the Nineties)." In *XLVII Esponsizione Internazionale D'rte.* Venice: La Biennale di Venezia, Electa.

Chung, Young Mok (1996). "Korean Contemporary Art in the 1980s and 1990s." In *The Second Asia-Pacific of Contemporary Art Triennial*, 45-46. Australia: Queensland Art Gallery.

Harsono, FX (1996). From Margo Neale, "Cultural Brokerage in the

Aboriginal Stockmarket – Installation Art as Social Metaphor." *Present Encounters: Papers from the Conference of the Second Asia-Pacific Triennial of Contemporary Art*, 76-79. Australia: Queensland Art Gallery and Griffith University.

Ito, Joichi & Mizuko Ito (1996). "Joichi and Mizuko Ito Interview." In Lynn Leeson, ed. *Clicking In: Hot Links to a Digital Culture,* 93-94. Seattle: Bay Press.

Kaprow, Allen (1996). *Assemblage, Environments and Happenings*. New York: Harry N. Abrams.

Kawamata, Tadashi (1990). In Howard N. Fox, ed. *A Primal Spirit: Ten Contemporary Japanese Sculptors*, 64-72. Los Angeles: Los Angeles County Museum of Art.

Kim, Hong-Hee (1995). "By Leaps and Bounds." *Asian Art News*, 5 (1), Korea Supplement, 8-9.

Kim, Youngna (1998). "Korean Art Today." *Visual Arts and Culture: An International Journal of Contemporary Art*, 1, 88-97.

Koplos, Janet (1990). "The Two-Fold Path: Contemporary Art in Japan." *Art in America*, 78 (4), 200-211.

Lee, James B (1995). "Museum." *Art and Asia Pacific*, 2 (3), 24-26.

Lee, U Fan (1991). From Yamawaki Kazuo, "Aspects of Contemporary Japanese Art: Centered on Lee U Fan." In *Seven Artists: Aspects of Contemporary Japanese Art*. Santa Monica: Santa Monica Museum of Art.

Lee, U Fan (1994). In Alexandra Munroe. *Japanese Art After 1945: Scream Against the Sky*, 257-270. New York: Harry N. Abrams.

Lee, Yongwoo (1995). *Information & Reality: Korean Contemporary Art*. Edinburgh: Fruitmarket Gallery.

Lee, Youngchul (1993). "Culture in the Periphery and Identity in Korean Art." In *Across the Pacific: Contemporary Korean and Korean American Art*, 10-17. New York: Queens Museum of Art.

Lim, Young-Bang (1993). "The Evolution and Development of Contemporary Korean Art." In *Tradition and Change: Contemporary Art of Asia and Pacific*, 139-146. Australia: University of Queensland.

Lutfy, Carol (1992). "Japan: the Arcade Decade." *Art News*, 91 (6), 85-86.

Matsui, Midori (1996). "Takashi Murakami." In *The Second Asia-Pacific of Contemporary Art Triennial*, 69. Australia: Queensland Art Gallery.

Minemura, Toshiaki (1984). "A Blast of Nationalism in the Seventies." In *Art in Japan Today II: 1970-1983*. Tokyo: The Japan Foundation.

Munroe, Alexandra (1994). *Japanese Art After 1945: Scream Against the Sky*. New York: Harry N. Abrams.

Nakahara, Yusuke (1994). In Alexandra Munroe. *Japanese Art After 1945: Scream Against the Sky*. New York: Harry N. Abrams.

Nakamura, Hideki (1996). "The Spaces Between." *Art AsiaPacific*, 3 (2), 36-37.

Nanjo, Fumio (1991). "Afterward: Nature and Culture in Japan." In *A Cabinet of Signs: Contemporary Art from Post-Modern Japan*, 13-14. Liverpool and Tokyo: The Japan Foundation.

Nanjo, Fumio (1996). "The Present Situation of Japanese Art." In *The Second Asia-Pacific of Contemporary Art Triennial*, 36-38. Australia: Queensland Art Gallery.

Princenthal, Nancy (1990). "Room with a View." *Sculpture*, 9 (2), 26-31.

Restany, Pierre (1998). "The Installation Biennial." *Art in America*, 86 (3), 50-57.

Roe, Jae-Ryung (1996). "Encountering the World: The Past and the Present."

In *Contemporary Art in Asia: Tradition / Tensions*, 93-101. New York: Asia Society Galleries.

Stiles, Kristine & Peter Selz, eds. (1996). *Theories and Documents of Contemporary Art: A Sourcebook of Artists' Writings*. Berkeley: University of California Press.

Yoshihara, Jirõ (1990). "Gutai." *Yomiuri Shinbun*, July 7th, 1955. Quoted in Derek Jones, "Gutai the Unfinished Avant-Garde." *Art News*, 89 (9), 179.

Yoshihara, Jirõ (1994). "Gutai Manifesto." In *Geijutsu Shincho* (November 1956). Reprinted in Alexandra Munroe. *Japanese Art After 1945: Scream Against the Sky*, 83-100. New York: Harry N. Abrams.

5 新論王昶雄〈奔流〉[1]

- 導　論
- 皇民化的表範——伊東春生
- 母親的表象——傳統的束縛
- 台灣知識青年的苦鬥——如何讓「本島人成為堂堂日本人」
- 「我」的成長物語

廖秀娟　元智大學應用外語學系助理教授

[1]本計畫為九十六年度，行政院國家科學委員會專題研究「南方夢起—昭和十年代文學脈絡中的殖民表象」（計畫編號：NSC96-2411-H-155-005）研究成果之一部分。

摘　要

　　王昶雄的〈奔流〉一作發表於一九四三年七月三十日《台灣文學》第三卷第三期。根據作者的描述，這部作品是在張文環的慫恿下寫成。然而，刊稿的過程並不順利，因為當時正處於太平洋戰爭最激烈之時，文章的檢閱制度更為嚴厲，而〈奔流〉一篇則在張文環多方奔走之下，經過大幅度修改之後才順利刊行。

　　〈奔流〉一作已經被各家先學多方位的探討研究，更有多篇具有啟發性的論文發表。其研究可歸納出五個主要方向，列舉如下：

1. 藉由本作品與陳火泉〈道〉來探討《台灣文學》與《文藝台灣》兩雜誌差異。
2. 是／否為皇民化文學作品的觀點。
3. 「近代化」與「傳統」的權衡來解讀。
4. 「多文化主義」的觀點。
5. 〈奔流〉日文版與改訂版的比較。

　　然而經過一番的詳讀之後，發現諸多先學在伊東春生棄養父母的行為上，多以傳統的孝道觀點審視，對於伊東棄養父母的動機以及主角「我」在伊東與柏年爭執的過程中產生的成長與改變的部分，則仍留有探討的空間。筆者試圖藉由作品中伊東的角色、「母親」在作品中的意含以及視點人物「我」的成長等角度來重新分析探討作品，嘗試為本作品提示一個新的解讀角度。

關鍵詞：奔流，王昶雄，皇民文學，國語政策，母親

一、導　論

　　王昶雄的〈奔流〉一作於一九四三年七月三十日時發表於《台灣文學》第三卷第三期。主人翁「我」是一位在東京求學的醫學生，之後因父親亡故為了繼承父親的醫院只好回到台灣。三年後因一次醫病關係，而與中學的「國語」（日語）教師伊東春生熟識，進而知道伊東春生實為台灣人「朱春生」。然而伊東似乎不想讓人知道他的出身，即使身在台灣卻仍堅持在內地（日本）時的生活方式，內地的飲食、穿著、起居，並娶日本人為妻，且堅持以當時的「國語」日文應對（即使對方並不擅日文）。而相較於伊東春生的徹底內地人化，文中的另一位人物林柏年則是對伊東春生棄養父母的行為表示明顯的厭惡與反感。作品中透過「我」的視點，深刻的描繪出伊東春生與林柏年所代表的兩種殖民地人民在「成為日本人」方法上的衝突與對立。

　　概略歸納本作品至今的研究大致可分為幾個方向：一是與陳火泉〈道〉一文所作的比較研究。[2]因為〈奔流〉一文的出版緊接於陳火泉的〈道〉（《文芸台灣》第六卷第三號一九四三年七月一日）之後，因此在先行研究中，經常藉由兩作品的對比研究，延伸探討由張文環所主導的《台灣文學》以及由西川滿所主導的《文芸台灣》間的差異。或是以皇民文學的角度，再加入周金波的〈志願兵〉，對此三作品進行皇民文

---

[2]林瑞明〈決戦期台湾の作家と皇民文学－苦悶する魂の歴程－〉《岩波講座　近代日本と植民地6　抵抗と屈従》岩波書店、1993・5、頁235-261。「一九四三年七月、決戦体制と皇民化運動の高潮の中で、『文芸台湾』六巻三号に、陳火泉の「道」が発表された。「道」は、西川満や濱田隼雄によって皇民文学の代表作とされたが、あたかもその七月の末、『台湾文学』三巻三号に、王昶雄「奔流」が掲載され、ちょうど「道」と対照をなす形となっている」。

學論述。[3]二則是論點曾經集中在本作品是否屬於皇民文學,現今「非皇民文學」的看法幾乎已成定論。[4]或是拒絕再以民族主義的觀點來定論「皇民文學」的是與非。[5]在這樣的研究趨勢下又出現了更多元的讀解可能。如許明珠試著從「近代化」與「傳統」的權衡來解讀。[6]而垂水千惠則是從「多文化主義」的觀點分析本作品。[7]

然而,除了這些作品內論述之外,日本研究者大久保明男則藉由〈奔流〉的日文版與之後的改訂版進行比較,欲藉由改訂的過程中所取捨的內容,重新檢視「我」、伊東春生、林柏年三人在角色設定上的改變,闡述作家原本欲藉由〈奔流〉一作期待在時代的奔流沖激下,台胞的體魄能夠變得更堅強的願望,卻在戰後因時局的制約下重新改訂,再度為時代所迫。[8]

---

[3]張修慎(1999)。〈「皇民文學」に見られる台湾知識人の意識——「志願兵」「奔流」と「道」を中心として」〉,《現代台湾研究》第18号,頁94-104。

[4]張恒豪(1982)。〈反殖民的浪花——王昶雄及其代表作〈奔流〉〉,《暖流》二卷二期,1982年8月。之後收錄於台灣作家全集(1999),《翁鬧、巫永福、王昶雄合集》,台北:前衛出版社,頁365-382。

[5]如許明珠在〈近代與傳統的權衡——我讀王昶雄的〈奔流〉〉一文中(收入《台灣文藝》171卷,2000年8月,頁28-37),曾提到「王昶雄的〈奔流〉被劃入「皇民文學/非皇民文學」的討論並不恰當,這樣一來,便將〈奔流〉複雜的情感糾結給簡化」。而相同的看法在垂水千惠的〈多文化主義的萌芽——王昶雄的例子〉中也可看見(收入《台灣的日本語文學》。台北:前衛出版社,1998,頁104。):「我不想從『抗日』的觀點評論〈奔流〉。因為『抗日』一詞難免會讓人覺得它背後存在著被視為『絕對正義』的民族主義」。

[6]許明珠(2000)。〈近代與傳統的權衡——我讀王昶雄的〈奔流〉〉,頁28-37。

[7]垂水千惠(1998)。〈多文化主義的萌芽——王昶雄的例子〉,頁95-112。

[8]大久保明男,〈王昶雄〈奔流〉の改訂版について一日本語版との比較から一〉,《駒澤大学外国語部論集》50号(2000年8月),頁177-198。

透過大久保明男的研究，可以清楚的發現日文版與改訂後中文版的內容相差甚多。因此，在進行文本論述之時，研究者所選定的版本將大大的影響研究的成果與作品解釋的方向。基於這樣的考量，以下簡單彙整並說明改訂的原因與過程。

　　〈奔流〉一作發表於由張文環所組成的《台灣文學》，根據作者的描述，這部作品是在張文環的慫恿下寫成的，且刊稿過程並不順利，當時正處於太平洋戰爭最激烈之時，對於文章的檢閱更為嚴厲，而〈奔流〉一篇則在張文環多方奔走之下，經過大幅度改寫及刪除之後才順利刊行。[9]並於同年（一九四三年）收錄於由大木書房所刊行的《台灣小說選》。一九七九年，經由林鐘隆翻譯後收錄於光復前台灣文學全集第八卷《閹雞》（遠景出版社）。之後，以林鐘隆的譯本為底，經由王昶雄本人校訂後所產生的版本（台灣作家全集《翁鬧、巫永福、王昶雄合集》前衛出版社，1991，以下此版本皆以「改訂版」注明），則是目前最常為研究者所用的版本。

　　原本由日文所寫的作品，經由中譯之後有些許字義上的改變，這在翻譯的過程中是無法避免的。[10]但是令研究者憂慮的事是，在這次的改版

----

[9]王昶雄（1982）。〈老兵過河記〉，《台灣文藝》。第76期，5月。
[10]在文章中譯的過程中，因雙方文化差異的關係，譯者為求讓讀者易於瞭解，在表現日本傳統事物時會借用中文中已經存有的事物來表達。但是這樣也易造成研究者誤解而影響了文章分析的方向與準確度。如傅錫壬在〈從「奔流」的命題探索兩種文化的衝擊〉〔傅錫壬（2005）。《淡江史學》。第16期，6月，頁199-212〕一文中提到，在過年時柏年至伊東家團聚時，對於滿桌的日本傳統過年菜餚不夾卻只吃「燴年糕」一事，認為是因為「唯獨『燴年糕』是道道地地的中華料理。」（頁203）並將柏年只吃「燴年糕」的行為解釋為：「柏年對鄉土文化的維護與珍惜」（頁203）。但是，將此段內容再次比對原文後，即可知道中文改訂版的「燴年糕」是指日本傳統年節食物「雜煮」。原本是日本武家社會的料理，相傳可能源自打戰時為求快速簡便將麻糬、蔬菜及乾食等混煮而成的野戰料理，之後經儀式化過程後成為武家社會宴客時不可或缺

過程中王昶雄做了大幅度的刪除與文字的修正。關於王昶雄修改內容一事，呂興昌做了二種推論：一是在日文版刊出之時，為日本檢閱機構所強制要求刪除或是被迫改寫部分，藉由改訂之際將其復原。其二則是為了向戰後的台灣人證明自己並非皇民作家而將容易招致誤解的部分刪除。[11]

　　然而，不管是復原或是刪除，顯而易見的，經由改寫與刪除，戰後的中文改訂版已經與原本的日本版相差甚大，再加上改訂的過程中又滲入了時代的因素，儼然已成另一個新的文本。雖然說作品在發表當時，受到檢閱機關的干涉，作品遭到修改、扭曲，作品的呈現已經不全然是當初作家所想表達的文意。但是換個角度思考，這樣的作品反而留下當時時代的刻痕，讓我們可以藉此一窺一九四○年代殖民時期中，台灣青年面對皇民化運動時的苦惱與衝擊。基於以上的考量，本論文的文本將以一九四三年七月時發表於《台灣文學》的日本版為主，經由原文與譯文進行比對探討後，中譯文章以收錄於一九九二年十二月前衛出版社施淑編《日據時代臺灣小說選》鍾肇政譯本為中文文本。

　　經由以上的歸納，其實可以發現〈奔流〉一作已經被各家先學多方位的探討研究，更有多篇具有啟發性的論文發表。但是經過一番的詳讀之後，發現諸多先學在伊東春生棄養父母的行為上，多以傳統的孝道觀點審視，對於伊東棄養父母的動機以及主角「我」在伊東與柏年爭執的

的菜餚。隨後傳入一般百姓而演變成現今日本年節時的必備傳統料理之一。也因為究明此點，柏年只食「燴年糕」一事反而有了另一種解釋的可能。如之前所提「燴年糕」（雜煮）是源自混煮麻糬、蔬菜等而成的料理，與其它鯛魚、青魚子、油炸蝦等相比是當中最不奢華的食物，再將柏年指摘伊東春生為了生活安逸棄養父母的指控，以及一直拒絕伊東春生請客或是援助等行為一併思考，柏年應該是基於排斥而盡其可能的不去食用這些建構在犧牲父母而營造的奢華食物上。

[11] 呂興昌（1991）。〈文章千古事、得失寸心知——評王昶雄〈奔流〉的校訂本〉，《國文天地》。第 7 卷第 5 期，10 月。

過程中產生的成長與改變的部分，則仍留有探討的空間。筆者試圖藉由作品中「母親」所代表的意含，以及伊東春生、林柏年、「我」等三位日據時期台灣的知識青年的理想、成長與掙扎等角度，來重新分析探討作品，嘗試為本作品提示一個新的解讀角度。

二、皇民化的表範── 伊東春生

　　文章一開始主人翁「我」因父親驟逝，為了繼承父業以及不放心孤單的老母，只好離開住了十年的東京返回台灣。但是三年過後，「我」依舊可以在腦中清楚的浮現當年離開東京時的情景，對於東京的生活懷念不已。每天渾渾噩噩的渡日，對於「鄉下醫生」的生活感到難以忍受的單調與無聊，更因為無法改變現狀而焦慮憂鬱難耐。但是在一次醫病關係中，認識了伊東春生。「我」的憂悶也因結識了伊東春生彷彿服了「一副清涼劑」，使「我」的苦悶獲得消除。

　　穿著舉止看似內地人的伊東，說著一口流利的日文卻擁有本島人的臉形與骨架。「我」當下直覺地認為伊東應該是本島人而急於想確認他的身分。由此我們可以確認，這時的「我」對於伊東是否是本島人極為在意。後來經過柏年的說明後確認伊東是本島人時，「我」如此的說明著自己的心情：

> 「果然沒錯。」我露出了會心的微笑。並不是對自己的靈感未衰的慶幸，而是這個人的存在，彷彿與我有緣似的，是詭異但又似乎在追求明朗的思念似的莫名的歡喜。<u>教授國文，以及和內地人毫無分別的沒有半點土氣</u>，有這樣的本島人在鄉里，使我覺得深獲我心，

由衷地湧起了歡喜。[12] （〈奔流〉第一章，底線為筆者所劃，以下相同）

從以上的引文可以知道，「我」無法清楚的說明自己在知道伊東是本島人時的喜悅由何而來，只能以「明朗的思念似的莫名的歡喜」這樣模糊的字義來形容。然而在此筆者想重新檢視「我」的喜悅源自何來？表面上看來「我」的喜悅來自於伊東在中學的教壇上教授國文（日本文學），熟諳文學，這對於曾是熱情的文學青年的「我」來說，有如找到一位可以共同討論文學的對象，這可從兩人談論《古事記》看出。再則伊東具有那種「內地人毫無分別的沒有半點土氣」，則是讓「我」彷彿又回到了在東京留學時的情景，藉此排除了「我」從三年前被迫放棄東京優雅生活的苦悶以及埋沒於鄉間的憂鬱。簡而言之，伊東因為與「我」相同，擁有高度的文學素養且受過東京都會文明的洗鍊而培育出的優雅，讓「我」找到了擁有相同背景與文化基調的「同伴」。也因此「我」說「有這樣的本島人在鄉里使我的心有所依藉」。

但是如果「我」的單調與憂鬱的起因是來自於鄉間缺乏高度的文學素養以及「內地人毫無分別的沒有半點土氣」，那又為何要限定是本島人呢？文學與優雅只要是一個受過高等教育的內地人亦可解除「我」的枯燥與憂悶，何須要限定本島人呢？

文中「我」在推測伊東的出身時，暗自想著「如果伊東正如我所預感是本島人，那就更能誘發我的興趣，我的期望也因此會更為廣大」。在此筆者想要強調的是，為何「我」會認為如果伊東是「本島人」就能夠讓「我」燃起「期望」呢？這個如果不是本島人則會消失的「期望」，

---

[12] 本論文中所有相關〈奔流〉的引用文皆引自於中島利郎、河原功、下村作次郎，黃英哲編《日本統治期台灣文學台灣人作家作品集第五卷》（諸家合集）所收錄的日文版本，東京：綠蔭書房。中譯文則引用 1992 年 12 月前衛出版社施淑編《日據時代臺灣小說選》鍾肇政譯本。

到底是什麼樣的內容呢？

　　這時我們可以注意的是，「我」在接觸伊東之前所處的境遇是為了「繼承父親的衣缽，一生埋沒於鄉間醫生的境遇」，而且「我」並自述這樣的抉擇「委實是難以忍受的」。另外，在「我」回想過去於日本內地時曾經交往過的一名女子時，「我」有過這樣的描述：

> 做為一個人，我究竟具有跟她結婚的資格嗎？加上獨生子的我，非把她帶回到台灣偏僻的地方不可，到那時候，從各種角度看來，能否保持以前的幸福感呢？簡直像走鋼索的心情一樣。為自己的窩囊，我哭了。（〈奔流〉第二章）

　　整合以上「我」的思緒，我們可以清楚看出，對「我」來說，回台灣一事不僅代表割捨「對日本內地生活的摯愛」，也意味放棄在內地做出一番名堂的抱負，以及與自己心目中理想女性結婚的可能。換言之，就「我」的認知，回台灣只能是一位「平凡的鄉下醫生」、「茫然的過日子」、日子是「沒法子逃避的無聊」。而他也確實渡過了三年這樣的日子，他唯一想到改善現狀的方法就是「乾脆放棄一切，再一次到東京去」。但又因孤單的老母親只好作罷。也就陷入了泥沼只能消極的度日。

　　但是，同樣身為本島人的伊東卻在他所認為不可能完整呈現內地生活以及理想抱負，甚至是帶回內地女子回來生活的地方，實實在在的行動並將之一一實現。對「我」而言，唯有同為本島人並且擁有相似教育背景的伊東才有可能面對跟我相同的苦惱，這也是為何我會對伊東是否是本島人感興趣的原因，也只有「可能」擁有同樣煩惱的伊東所展示的生活樣本，才可能有效的對「我」提示出解決苦悶現狀的可能性。

　　在此將仔細確認作品中，伊東向「我」展現何種解決可能。首先第一點即是堅持說「國語（日語）」。伊東即使面對「我」不會說「國語」的母親仍堅持以「國語」交談。「我感到很意外，伊東在這種場合，也不肯說本島語，在這一瞬間，我感到伊東所持的人生觀異常地徹底」。

這時在我眼中所呈現的伊東是一位徹底行動不因世俗而放棄堅持的人。第二點則是伊東並不因為台灣偏僻仍將日本人娶回並且如同文中「我」所說的,「內地的那種優閒的心情和生活,伊東原原本本帶回到鄉里來。常常想:他是了不起的。」將在日本內地的生活全數移植至台灣。第三點則是伊東並不因此放棄自身的理想。文中伊東說道:「人是需要夢的。因為人類的成長進化,是受那夢的鼓舞,推進的。我們學校是專收本島人子弟的,他們並沒有懷抱太大的夢,直截了當地說,殖民地的劣根性經常低迷不散,很傷腦筋」。而「我」眼中伊東的夢是,「在感受性最強的時代的本島人中、學生們心中,植下崇高的精神,喚起對正確學問憧憬的心,描繪能誘發對氣節無法遏止的思慕之念」這樣「重大任務」。

伊東「人生觀的不凡」、「搖撼靈魂的感情」、「人生觀異常地徹底」等等,再再地向「我」展現了即使不在內地,不回東京仍有積極生活的可能性。讓「我」擺脫「恍似客愁般的狂暴的感傷」且被迫「埋沒於鄉間醫生」抑鬱終生的可能性。然而「我」三年來首次找到的理想像卻在柏年的告發下出現了破綻。

對於柏年那句「他是拋棄自己年老的父母,過著那樣的生活。只認為自己過得快樂就好。」,「我」即使心裏動搖仍以「伊東先生有伊東先生偉大的人生觀」來說服柏年也試著說服自己。但是我們可以從「我」的以下這句話:

> 我倒很想探觸剛才在大門口交談的真相。但是,不知為什麼,我還不敢有追究的心情。日常對伊東的信賴心和類似尊敬的心理,我不願在此讓它脆弱地崩潰。(〈奔流〉第二章)

可以深刻的察覺到,「我」不願讓「它」脆弱崩潰的「它」,是指他好不容易尋覓到的理想像── 擁有不凡人生觀與理想性的伊東像──的破滅。因此才會「不敢」也「不願」去探究真相。

三、母親的表象──傳統的束縛

　　閱讀本文即可清楚看出伊東春生與林柏年之間最大爭論點在於伊東春生棄養父母一事上，只是在文中大都以伊東的母親來表象，伊東的父親則僅出現在柏年的轉述或是母親的乞求內容中。主角「我」第一次接觸到伊東母親是過年去拜訪伊東家時，伊東的母親正好上門來，抽泣的希望伊東可以多回去見見病重的父親，但是面對哭泣的母親，伊東則只是以厭煩的口氣回應。因為伊東將母親擋在門口，主角「我」對於伊東母親的認知只限於「聲音」。在作品中正式出現則是在伊東的父親朱良安的葬禮上。

　　藉由重新審視作品，可以發現作品中有多位台灣母親的身影，除了伊東春生的母親之外，還有「我」的母親、柏年的母親。所出現的台灣母親皆有個共同點──不會說「國語」[13]。

　　不會說「國語」，不單單只是反映文中母親的受教育程度的問題，更成了追求皇民化生活、內地人化生活的一種束縛、絆腳石。垂水千惠（1995）的《台灣的日本語文學》一書中曾經提到台灣總督府使出了種種的手段加強皇民化運動，而其中皇民化運動的中心往往是日本語（即

---

[13] 在《大東亞共榮圈與日本語》（原文為「多仁安代『大東亞共栄圏と日本語』」，勁草書房，2000 年 4 月，頁 79）一書中曾提及一九四一年台灣成立皇民奉公會並徹底推國皇國精神，並訂立以下的運動方針。「皇民奉公運動中應實踐之事項」中第一條即明示「國語生活的徹底實踐」。內容如下：「国語常用と皇国精神の体得とは密接不離の関係にありて、完全なる国語生活を営む者にして始めて真の皇国臣民たり得べく、又、皇国臣民のみが強兵たる資質を有すると云い得べし、（略）」。筆者譯：「國語的常用與皇國精神的領會有密不可分的關係，唯有全然經營國語化生活的人，才稱得上是真正的皇國臣民，又，唯有皇國臣民才稱得上是擁有強兵的資質。」

國語）教育。垂水千惠在文中更舉出當時台灣總督府的文章（《台灣教育》，1940 年 8 月號），題目是「國民精神總動員實踐項目暨貫徹方針」。其中列出了四項方針，在此引用垂水千惠的彙整：

1.滲透尊皇大義。
2.貫徹敬神本義。
3.振興奉公滅私（大公無私）精神。
4.貫徹愛護、常用國語政策。

當初「我」放棄在日本內地的一切回國，表面上雖是因為父親過世需要繼承家業，然而讓他真正放棄再次遠赴東京的則是家裏的老母。如果「我」的母親懂「國語」，或許對「我」而言，離開台灣去東京會是一個可能的選項。但是對於不懂「國語」的母親，這樣的選項即自動消失。而對於不論聽者是否懂「國語」仍堅持使用「國語」對話的伊東而言，母親的不會「國語」將意味著他必須要放棄「國語」生活以及所追求的內地化生活的喪失。先不論日本的傳統文化茶道、花道、能樂的欣賞，就連當時推行的國語化家庭都不可能達成。由此可知，本作品中台灣母親的角色象徵束縛與綑綁。

然而這裏要特別留意的是，相對二者、柏年的母親會不會說「國語」，對柏年則沒有造成太大的影響一事。因此這也可以說明，這樣的衝突與束縛也僅發生在當孩子意圖追求內地化生活的情況之下。

從文中「我」曾多次提到對伊東行為的同理心中得到反證，如「憑我自己在內地生活過的經驗，應該比誰都更容易地，而且最能理解伊東的心情才對」、「如果我被安放到和伊東同樣的境遇可能也會蹈其覆轍的心理弱點」。雖然「我」在面臨抉擇時，選擇了母親放棄追求理想，但是因為「我」與伊東有過相同掙扎與苦惱，才能理解伊東為了實踐理想而必須做的取決。然而相對於「我」所表露的同理心，對於未曾接觸過內地化生活洗禮以及內地教育的柏年，則無法與伊東以及「我」擁有

相同的苦惱與共鳴；另外，在作品中亦可以發現，作品中人物將母親與
「台灣」視作等值的存在一事，也有必要在此一提。

四、台灣知識青年的苦鬥——如何讓「本島人成為堂堂日本人」

　　由於本作品是由視點人物「我」的觀點以及「我」與柏年、「我」
與柏年的母親等人的對話所建構成的，再加上「我」因礙於「不敢有追
究的心情」「不願攪亂他好不容易才建立起來的幸福」而不曾親自去詢
問伊東，因此關於伊東的想法，我們都無法直接得知，完全是透過「我」
從旁「注意」伊東的舉動或是向柏年亦或是柏年的母親探聽得知。但是，
不可諱言的在無法直接得知伊東的內心想法的情況下，這些觀察與結論
皆受限於「我」、柏年等視點人物的認知。
　　讀過本作品的讀者可能會有一個疑問，即是伊東為何如此執著於柏
年的認同？透過柏年與「我」的對話，可以清楚的瞭解柏年對伊東的不
滿與反抗。但是伊東本人知道嗎？或許無從直接得知伊東的內心想法，
但是透過柏年對伊東的相處情況，伊東多少知道柏年對他的不滿。例如，
過年時柏年與「我」至伊東家，受到伊東的邀請而留下來用餐。但是柏
年對於伊東不讓母親進屋一事無法忍受，便「魯莽」的離開，而對於「我」
糾正柏年的行為，伊東則說「別管他，別管他」。接著於第四章中，柏
年獲得劍道優勝的第二天，欣喜的伊東邀請柏年與「我」至家中慶祝時，
被柏年不留情的拒絕。以上可以看出柏年對伊東的態度並不友善，但是
伊東對於柏年卻極為忍讓。甚至最後仍瞞著柏年背地贊助他留學的經
費。在此不禁要問，為何伊東對於柏年如此的執著與不放棄？
　　可以藉由幾個點來探討，第一即是伊東與柏年的同質性。從柏年母

親（伊東母親的妹妹）的口中得知，伊東小時候原本是個「膽怯的小孩」，但是經過五年內地的求學生活，變成了一個「體格健壯的青年了」，「怯懦的地方一點也看不到痕跡」。而柏年在「我」的描述中，「臉色蒼白從上方俯視他的脖子還殘留著少年的純潔和屠弱」、「沉默寡言，和體格不相稱的膽怯」。除了這點之外，對於父母期待他們成為醫生一事，他們都選擇違背並進入距離日本傳統思想最密切的領域——國文、武道專門學校。

在此更進一步的探討伊東的蛻變。第五章中「我」向柏年的母親探詢伊東的事情，而得知伊東的父母因經商失敗雙方衝突頻發，雖然伊東深受父母的疼愛，但是父母激烈的爭吵以及母親的歇斯底里多半會發洩在伊東的身上，使得伊東的身心受到不間斷的重壓。而伊東為了脫離這樣的家庭生活，以非常剛強的態度堅持至東京就學。到了東京的伊東「如同籠子裡放出來的鳥一樣」展開大翅。由此我們可以瞭解伊東離開父母遠赴東京的動機，但是造成伊東蛻變，整個徹底的皇民化傾倒的原因又為何呢？真是如張恒豪（1991，頁 373-374）所說一般，是個「為求安逸一心夢想著做日本人，想徹底接受皇民化，而數典忘祖，不顧父母死活，要把鄉土的土臭完全去掉的臺灣人」嗎？

伊東的皇民化動機其實有幾項跡象可尋。中學畢業後的伊東說著與內地人無異的「國語」，之後違背父母的期待進入了一般人認為最貼近日本精神的 B 大國文科，因為他曾經對「我」論述日本古典《古事記》時說出「離開了日本的古典，就沒有日本精神了」，由此可知伊東進入國文系是為了追求最精髓的日本精神。而最重要的一點是伊東的「夢」。伊東曾經對「我」提及「夢」。

> 「是嗎？不過，人是需要夢的。因為人類的成長進化，是受那夢的鼓舞，推進的。我們學校是專收本島人子弟的，他們並沒有懷抱太大的夢，直截了當地說，殖民地的劣根性經常低迷不散，很傷腦筋。」

（〈奔流〉第一章）

「去年大賽的時候，很是可惜。只差一點點，而失掉了優勝的機會。所以，今年，非拿到不可——。不過，想起來，<u>問題本不在比賽的勝負，要緊的是，要讓日本人的血液在體內萌生出來，使它不斷生長。</u>」
（〈奔流〉第四章）

由劃線的部分可知，伊東將教育本島青年，使之脫去「殖民地的劣根性」，進而讓「日本人的血液在體內萌生」、成長，視為他的目標與夢想。

在本作品第四章中「我」受伊東之托，到大觀中學為腦貧血的學生看診。看診完後應伊東的邀請參觀了選手的劍道練習。其間遇到教務主任田尻先生。田尻先生對於本島學生做出了以下的評論。

「看見狗都會害怕得想逃的呢。古語說：人必自侮而後人侮之。被那種畜生侮辱，還不知用什麼辦法來對付，優勝恐怕沒什麼希望吧？伊東君，你認為呢？」
<u>伊東十分慎重地說：「完全同感。我平常也對那一點感到很可惜。」</u>
（〈奔流〉第四章）

或許因為伊東對於在台內地人對本島人的譏諷都以「十分慎重」的態度並表示「完全同感」才會被柏年認為是個「身為本島人，卻又鄙夷本島人的傢伙」。在柏年的眼中，那些對本島人極盡羞辱的內地人故然可惡，但是身為本島人卻跟著附和的作法更感到鄙夷。

在此我們必須仔細讀解，從之前的兩段引用都可以理解伊東對於本島人的表現皆認為有所不足，尚須要加強，特別是懷抱夢想以及使「日本人的血液在體內萌生」。因此可以推測伊東並不是為了趨炎附勢而附合，只是認同本島學生尚有不足之處，否則他不會殷切地期待藉由行動讓本島學生可以更有抱負。

另一方面，值得一提的是教務主任田尻先生的評論絕非單一個人的言論，而是普遍性、大多數人易持有的觀點。這可以從作品第二章中「我」提到「我在內地所過的十年的生活，絕不是全都愉快的回憶」，以及作品第五章中「我」讀完柏年的信之後所說的：「渡過海去後，雖然日子尚淺，<u>居然一點也沒有卑屈感</u>」，可以看出內地充斥著太多像田尻先生般的觀點，讓本島人感到「卑屈感」及不愉快。而作品中伊東不曾對於自己在內地的過往有所闡述，但是從伊東一心追求本島青年皇民化思維的提升行動，以及對田尻先生言論的和緩反應，皆可知道伊東對於持有歧視觀點的人與其以口反論，不如加快自我精神的改造，儘快成為一個可與內地人匹敵的本島人。而伊東本人就是一個極其明顯的例子。

　　由此可以清楚明瞭伊東中學畢業至內地就學後，所展現的顯著蛻變是為了取得與內地人相同的地位。藉由徹底的皇民化，比內地人更貼近日本精神，來解除、對抗內地人的歧視。也苦心教育本島青年，試圖讓本島青年藉由提升皇民思維以對抗歧視。這也可以說明伊東為何專注在本島青年的教育上了。然而這樣的苦心卻無法為柏年所理解。

　　劍道比賽優勝後的第二天伊東邀請柏年去他家，遭到柏年頑強的拒絕，伊東終於生氣，追上去打了柏年的面頰，不服輸的柏年大聲指責伊東「拋棄親生父母的精神，還能從事教育嗎？」。對於柏年的指責伊東則回道「傻瓜！你怎會知道我的心情？不過，總有一天你會知道的」這句話則意義深遠。

　　伊東對本島青年不足之處的指稱與訓練，在本島青年的眼中成了「身為本島人，卻又鄙夷本島人」的舉動，追求皇民化的貫徹以求得不受歧視的解決辦法在柏年的眼中成了「求取自我的安樂」。在此可以確認柏年在觀察伊東時，因未曾接受過內地的洗禮，只能以本島人傳統的觀點來檢視伊東的行為，可看出柏年視點的侷限。伊東對於柏年的不諒解，只能以「總有一天你會知道的」來回應。然而就如同上述內容，柏年要能夠體認伊東的用心，前提須要建構在柏年與「我」以及伊東一般，擁

有相同的背景。確認了這點之後，伊東在柏年不知情的情況下去找柏年的母親，告知願意提供柏年留學的資金一事的用心就能夠理解了。

另一方面，則要探討柏年的蛻變。剛才曾經說明過，與伊東一般，柏年也曾是個「臉色蒼白從上方俯視他的脖子還殘留著少年的純潔和孱弱」、「沉默寡言，和體格不相稱的膽怯」少年，但是到了中學畢業前柏年已成了一個「剛強」「奔放不羈」的青年。而驅動他成長的則是對伊東的不滿。為了「打垮那些身為本島人，卻又鄙夷本島人的傢伙的意義上，我（柏年）也要拼命」。如同伊東在內地時面對來自內地人的鄙夷後發奮一般，柏年也在感受到伊東的「鄙夷」後發奮。然而，雖說柏年對伊東極為不滿，但是卻不得不說他們極為相似。

他們的相同點除了分別選擇了國文學與日本武道專門學校等日本傳統精神最精髓的領域之外，更雷同的是他們比一般人要來得「剛強」的意志力以及徹底的執行力。對於理想的堅持是不受經濟、金錢等因素影響。就連柏年高喊的那句「本島人也是堂堂的日本人」這句話，經過以上詳細的分析之後，也可清楚確認這也是伊東的目標。只是柏年喊的是理想並不是解決辦法，而伊東進行的卻是真真實實要讓「本島人成為堂堂日本人」的教育。伊東在柏年尚未向他母親要求要赴內地求學之前，就已經知道柏年一定會要求到內地，並親自去柏年家說明願意提供協助，相較於伊東對柏年性格、想法的熟稔，柏年則因經驗、教育、見解的侷限而無從理解伊東的苦惱。

歸納以上各點，可以清楚看出伊東與柏年二者之間的同質性，甚至可以推斷柏年就如那少年版的伊東。剛踏上東京不久的柏年寫了一封信給「我」。信中的一段話對〈奔流〉評價影響極大。

我愈是堂堂的日本人，就愈非是個堂堂的台灣人不可。不必為了出生在南方，就鄙夷自己。沁入這裡的生活，並不一定要鄙夷故鄉的鄉間土臭。不論母親是怎樣不體面的土著人民，對我仍然有著無限

的依戀。即使母親以那難看的外表到這裡來，我也不會有絲毫的畏縮。只要被母親擁在懷裡，是喜是悲，就像幼兒一般，一切任其自然。（〈奔流〉第五章）

柏年的這句話在戰後對〈奔流〉一作是否是皇民化文學的認定有其極為重要的影響力。特別在台灣人民族意識的覺醒上有著積極的意義。然而在此仍要指出，柏年這一些話講的仍是目標、理想，並不是方法。也因此「我」在接到信閱讀後深受感動，認同的是「柏年的一顆心」，而不是柏年是否有提出任何成為「愈是堂堂的日本人，就愈非是堂堂的台灣人不可」的方法。因為「我」知道柏年「實在太純真了」，並認為「伊東的心理，柏年一定會逐漸得到瞭解」。「我」的這句話預言著也暗示著柏年未來在內地的生活中，將會和伊東一般，面臨到要去深思如何讓自己在面對皇民化運動潮流中，解決作為「堂堂的日本人」與「堂堂本島人」間的矛盾衝突。

五、「我」的成長物語

如前所述，經過多年在內地的生活，不得不回台的「我」對於眼前的生活感到焦慮，但是在經過伊東與柏年彼此間爭論、衝突「本島人該如何成為一個堂堂日本人」的問題觸發後，「我」也開始思考「夢」以及「堂堂的日本人」的問題。換言之，「我」在伊東的引發之下覺醒——不論是正面的如伊東對本島青年的期待，亦或是負面的如捨棄父母——開始反省過往的自己並積極的進行改變。首先「我」開始在自身的醫生工作上發覺意義與理想。

不知是幸還是不幸，總算給了我一個信條。那就是要通過醫業，堂堂地活下去。醫生這種人物，會不會只顧人的肉體，而忘掉人有精

神的一面呢？我開始領悟：診察人的肉體，而不能同時適切地判斷人的感情、心理的力量，沒有這個自信，是不成的。（〈奔流〉第四章）

另一方面，對內地生活的依賴及渴慕，以致於「我」雖然已經回台三年但卻仍然無法忘卻在內地的生活，並時常依戀內地冬晴之美而不耐台灣長夏的灼熱。但是當「我」目睹到伊東為了貫徹理想而拋棄母親時，開始深思「對內地人的岳母，極盡獻身的孝養，固為當然的事，然而難道就不能同時對本島人的父母克盡孝養的責任嗎？」。換個說法，即是在追求皇民化的同時難道不能同時保有台灣的傳統嗎？當「我」正式意識到這個衝擊所有本島青年的問題時，「我」不禁茫然。「我想我不知該怎樣才好。這種淒涼的心情，難道沒有讓它生存的世界嗎？我的思慮，碎成片片了」。雖然「我」對於這個問題無解，但這卻成了「我」正視台灣土地之美，開始將目光轉回台灣正視這塊土地的契機。

接觸經常聳立著的山川草木，以及幾乎目眩的藍空的光輝，清清楚楚地感覺到有生命的強勁力量。只因內地冬晴的驚人美妙烙印在心裡，這才恍然大悟，原來我竟然忘掉了故鄉常夏的好。使我痛感對鄉土的愛心不夠。我不是從伊東和柏年，學習了純真與世俗兩種東西了嗎？今後，我非用這個腳跟穩重地踏著這塊土地不可。（〈奔流〉第五章）

以上的引用可以清楚的看到「我」的改變以及對台灣土地的認同。在〈奔流〉一作的相關評論中，皆論及「我」以及伊東、林柏年三人間的關係。如許明珠（2000，頁31）提到「從小說的內容來看，伊東與林柏年分別象徵著「我」心中天平的兩端，伊東代表著日本、現代化（皇民化）；柏年則是本土、傳統的。二者激烈的衝突正如同主人翁心中的交戰」。而作品的文末，「我」的這番告白，更被認為這是「我」對本

土及傳統的覺醒，從對日本的依戀轉而向柏年所代表的本土認同方向傾倒。

然而，這裏要留意的是，原本在山岡上俯瞰山岡下市景、港口的「我」，意識到伊東正走在岡下的路上後產生的心理變化。「三十才過了三、四歲的伊東的頭髮，白髮不是佔了三分之二以上了嗎？我頓時禁不住想到伊東不為人知的憂勞。線條看來異常粗的，其實不是相當細嗎？」。並想起了本島青年所面臨的被二方文化拉扯的痛苦。

在學校，或者在社會，接受純日本化教育的年輕人，回到家門一步，往往就會被放到完全不同的環境裡。這正是本島青年雙重生活的深刻苦惱。所以，要克服這種苦惱，向著單一方向，從正面去挑戰，並且非把它踏得粉碎不可。還有，在這個時代，我們為了求得從牢固的既成陋習獲得解放，而不顧死活地去戰勝了它，下一個世代的我們的子女，應該可以一生下來就擁有它。（〈奔流〉第五章）

這裏「我」的思緒產生了大翻轉。如以上引述中劃線處所示一般，「我」由原本的發現台灣之美到看到伊東自山岡下走過後，突然開始「解釋」伊東的行為並對他的苦惱產生同理心。也就是說，伊東「為了求得從牢固的既成陋習獲得解放」，經過苦思之後，找到唯一可以克服雙方拉扯的解決辦法就是「向著單一方向、從正面去挑戰」。從「我」的「這樣就好，這樣就好」的一句話可以看出，「我」在無奈之下認可了伊東行為。

雖然欣賞柏年的「一顆心」，雖然認同柏年的「愈是堂堂的日本人，就愈非是堂堂的台灣人不可」，但是實在「太純真」。為了求得下一個世代的我們的子女，應該一生下來就擁有它，「我」不得不認同伊東的方式──雖然得承擔拋棄父母的罪惡。也因為「我」是在世俗面的考量下做出的認同，對於伊東的方式無法完全接受，但也只能一遍又一遍地告訴自己「這樣就好，這樣就好」。也因為無法完全接受卻迫於為了做

出對下一代最有利的選擇，使他們不用再受與我們相同的苦而妥協，才會在腦中不斷的反覆「墓地上的情景」——伊東寡情地對母親的悲痛視而不見——並胸中充塞著想痛哭一場的心情，因為這樣的選擇意味著本島青年在追求皇民化的過程中將不斷的被迫反復再現「墓地上情景」。當「我」一邊呼喊著「去你的！去你的！」並拔起腿從山岡上往山下疾跑時，反映的是「我」對於自己（本島青年）不得不做這樣決定的無奈以及對那份無奈的宣洩，而最重要的是，「我」從山岡上（發現鄉土之美的地方）朝著山下（伊東所在的地方）疾跑的方向性[14]，暗示了「我」最後的取決。

　　本論文中雖釐清了糾纏在伊東與柏年間，「我」最後所做的決定——徹底皇民化的路程，但是筆者並無意論述作家是／否為皇民文學作家，以及本作品是／否為皇民化文學，只是想藉由對伊東的苦惱以及「我」在發現土地之美後、在找到作為醫生的夢想後，仍不得不選擇朝伊東所象徵的「世俗」之路走時的無奈，來突顯當代知識青年在異文化衝突中，面對認同不得不妥協的無力與氣憤。〈奔流〉一作，在戰前因作品中人物伊東所展現的全面性皇民化生活的追求而受到殖民政府的肯定，於戰後由柏年所呈現的民族自決以及堅持台灣本位的思維等面向而受到國民政府的推崇。然而，作品的價值不應只著重於單一人物的面向。〈奔流〉一作的價值，即是在時代的潮流濤聲中，清楚刻畫出戰時青年苦思憂慮台灣前途，尋求台灣出路的苦惱與奮鬥的身影。

---

[14]關於作品結尾「我」朝山下跑去的方向性問題，是二〇〇七年三月於東吳大學台灣日據時期日本語文學讀書會時，由淡江大學日文系曾秋桂教授惠賜指導，在此表達感謝之意。

參考書目

一、中文部分

巫永福（2000）。〈王昶雄文學的管見〉，《臺灣文藝》。第 173 號，頁 4-9。

垂水千惠（1994）。〈戰前「日本語」作家──王昶雄與陳火泉、周金波之比較〉，《台灣文學研究在日本》。前衛出版社，頁 87-109。原載於《越境的世界文學》（《文藝》別冊），河出書房新社，1992。

垂水千惠（1998）。〈多文化主義的萌芽──王昶雄的例子〉，《台灣的日本語文學》。前衛出版社，頁 95-112。

張恒豪（1991）。〈反殖民的浪花──王昶雄及其代表作〈奔流〉〉，《台灣作家全集·短篇小說卷／日據時代⑥ 翁鬧、巫永福、王昶雄合集》。前衛出版社，頁 365-382。

許明珠（2000）。〈近代與傳統的權衡〉，《臺灣文藝》。第 171 號，頁 28-37。

陳建忠（2004）。〈徘徊不去的殖民主義幽靈 評垂水千惠的《台灣的日本語文學》〉，《日劇時期台灣作家論 現化性、本土性、殖民性》。五南圖書出版社，頁 253-266。

傳錫壬（2005）。〈從「奔流」的命題探索兩種文化的衝擊〉，《淡江史學》。第 16 號，頁 199-212。

劉乃慈（2007）。〈形式美學與敘事政治──日劇時期台灣自然主義小說研究〉，《台灣文學研究》。創刊號，頁 111-138。

二、日文部分

大久保明男（2000）。〈王昶雄〈奔流〉の改訂版について－日本語版

との比較から─〉，《駒澤大学外国語部論集》。第 52 号，頁 177-198。

尹東燦（2003）。〈王昶雄〈奔流〉論〉，《藝文攷》。第 8 号，頁 19-44。

多仁安代（2000）。《大東亜共栄圏と日本語》。勁草書房，頁 79。

林瑞明（1993）。〈決戦期台湾の作家と皇民文学─苦悶する魂の歴程─〉，《岩波講座　近代日本と植民地 6　対抗と屈従》。岩波書店，頁 235-261。

張修慎（1999）。〈「皇民文学」に見られる台湾知識人の意識─〈志願兵〉〈奔流〉と「道」を中心として─〉，《現代台湾研究》。第 18 号，頁 94-104。

陳萬益（1995）。〈夢と現実─王昶雄〈奔流〉試論〉，《よみがえる台湾文学　日本統治期の作家と作品》。東北書店，頁 389-406。

6

禮貌原則與和諧關係管理行為的社會語言學[1]：日華訪談語料對比分析

■導　論
■相關理論與文獻：內外概念與禮貌原則
■語料與研究方法：和諧關係管理策略之文化差異
■分　析
■結　論

林淑璋　元智大學應用外語學系助理教授

[1]本篇為獲得民國 96 年度臺灣行政院國家科學委員會專題研究「中斷句之語法結構及其連詞之語用功能──理由句、並列句、轉折句、條件句」（編號 NSC96-2411-H-155-001，執行期間 2007 年 8 月 1 日至 2008 年 7 月 31 日）獎助之研究成果之一部分。

摘　要

　　本篇從文化對內外概念認定的差異而影響語言策略的角度，透過分析日語和臺灣華語訪談語料中的言談開頭和終結的結構，以及話題選擇和轉換的各種語言表像和策略，主要從禮貌原則下的和諧關係管理要素來說明日語和臺灣的語言文化上異同之處。結果顯示正式場合之訪談，基本上日語和臺灣華語皆有運用禮貌原則來尊重和保護彼此的面子，但因內化時間和內化程度認定之不同，日語認為正式場合的言談是屬於不容易內化的範疇，因此比較重視保護立場面子，不容許輕易地變更立場，並且彼此要求須尊重各自的角色扮演；相對的臺灣華語則認為，一直維持嚴肅的立場或生疏的對談態度是一種不禮貌的行為，因此比較重視資質面子和社交關係，容許彼此的角色對換或談論個人隱私話題，藉此表達建立親密關係的意願而讓彼此有面子。

關鍵詞：言談分析，訪談語料，內外概念，禮貌原則，和諧關係管理

一、導　論

　　有到過日本旅行的人，搭乘電車時，可能會注意到乘客們大多安靜地且迅速地按動手機，但幾乎沒有人在用手機交談。這是因爲乘客們在上電車前或後，大都會將手機轉換爲靜音狀態。若有機會端詳日本手機的話，會發現日本手機的靜音按鍵被設計在數字盤上明顯的地方，這是爲了讓人們可以很方便地切換靜音功能。另外，在日本的公共場所中，我們可以看到人們忙碌地移動，但卻很少聽到人大聲喧嚷，若有人大聲說話，大家頓時會以爲有人在吵架。日本之所以有這些現象，是因爲他們認爲在外面的場所，可能會由於講手機而不小心地讓外面不認識的人聽到有關自己的隱私，另外大聲說話則可能會打擾到他人的寧靜。然而這樣的想法，似乎並不適合臺灣人的生活文化，因此我們不太需要方便的靜音設計，電車內大家也不會很介意彼此的手機響不停或講不停。在很多的公衆場合，也可以看到人們大多毫無忌諱地大聲交談或嬉笑。然而我們並不能因此就說臺灣人不在意讓外面的人聽到自己的隱私，或任意地在公共的場所談論個人隱私；而是和日本相較之下，我們可以推論出來說，在對「外面」和「個人隱私」的定義以及「打擾他人」的標準，日本和臺灣兩個文化是有所不同。

　　另外兩個例子則是有關話題和語言行爲概念上兩國文化的差異。當我的日本朋友來訪時，胞弟會充當司機兼導遊，有時會深入介紹一些當年臺灣抗日的史跡或談論日中臺關係等政治問題。若是同輩或熟悉的日本朋友會表示關心，但通常只是聆聽並不會多發表意見，而關係比較不親近的友人則會隱隱露出不安的表情。後來，我注意到朋友們的神情舉止之後，就請胞弟避開此類的話題，但卻被反問爲什麼？這也許可以歸類爲臺灣人和日本人接觸時的，一個屬於話題選擇上共識不同的問題。而日本人接觸到臺灣人時也有日常應對的問題，例如一位剛來臺灣的日

本教師，談起他被學生「誇獎、稱讚」說：「老師好聰明」、「老師好可愛」時，有不知如何應對是好的困擾。

　　以上的實際例子可以簡單地歸納為由於文化差異所產生的語言行為習慣的不同。但到底文化差異為何物？而當兩個文化接觸時，這些差異可能會造成溝通上的摩擦，嚴重時甚至會產生誤會而讓交流惡化。例如今年（二〇〇八年）臺日之間處理釣魚臺觀光漁船撞沉事件，就因對「遺憾」和「道歉」上認知的不同而產生衝突與糾紛。本篇研究認為要避免可能發生的摩擦或誤解，其中一個解決的方法是作對比研究，若能透過實際的言談語料分析，就更能客觀地找出文化和語言運用上的差異。同時須有系統地記述和理論性的加以分析，以期讓個別的表層語言現象，能夠獲得一個普遍性的說明。

二、相關理論與文獻：內外概念與禮貌原則

　　Spair（1949）和 Whorf（1956）主張應該重視文化和語言彼此間雙向的影響力。他們認為語言可以詮釋與歸納人類的各種經驗，因此提倡透過語言分析來觀察文化。無論是語言影響文化或是文化影響語言的觀點，皆道出了文化和語言之間具有之密切關係。

　　然而文化的定義由於學派以及學者研究目的不同至今仍分歧不一。本篇從語言使用暨禮貌原則的角度分析，採用 Spencer-Oatey（2000，日譯版 2004：5）的定義（以下外文內容之中文翻譯為本篇作者之文責）。

> 所謂文化，即某集團所共有的態度、理念、行為習慣及基本前提、
> 價值觀等所形成的一個模糊集合體，其對集團成員行動意義的解釋
> 會產生一定的影響。

對此定義，Spencer-Oatey 提醒我們必須注意：文化是有層次的，從核心的前提共識、價值觀，逐漸往外到態度、理念、風俗習慣，然後形成制度、組織，呈現在最外面表層是人們的言行、儀式等。並且文化其中的一部分會影響到人們表層的言行（日譯版，2004：5-6）。

　　因此我們要對日本和臺灣的語言行為中所觀察到的表層現象，能夠有一個統籌性的說明，最根本的是要能夠提出日華文化核心的共識前提及價值觀。有關日本文化的核心部分,本篇研究認為可以參考牧野（1996）所主張的「內外」概念。牧野從空間的「內外」衍生到時間，進而擴大到心理層面和舉動行為，說明日本文化和語言的關係。他指出由於日本文化區分內外的嚴峻標準，造成日本人不隨便在外人面前，特別是公眾場所表露感情、個人隱私。日本人和他人要交往到能夠溝通真心話的交情需要花費相當的時間，因此在沒有認定成為自己人之前，亦即對一般的所謂「外人」是不會輕易地聊到政治、宗教、個人理念等深刻的問題，或是有關個人、他人的隱私，而多以一些無傷大雅的話題如氣候、景色或眾所皆知的新聞時事等內容來交談。由於日本人在內化過程上需要較長的時間，因此和日本人還沒有交往到一定程度時，並不適合深談嚴肅、敏感或私人的話題。

　　然而這其中隱含著一個根本的核心問題：所謂「內外」認知的共同前提，以至於可能影響到外層的言語行為表像，例如所謂「個人隱私」或「嚴肅」、「敏感」的話題在認知上就可能存在著有日臺文化差異的前提。

　　另外我們亦可用「內外」概念來解釋最外層的語言行為，例如「誇獎、稱讚」。牧野指出，不止是人類就連動物們，特別是在幼小時期會表現出對母親撒嬌的心理和行為是一個普遍的現象，且這也可以視為是一個內化行為。因此當孩童進入小學後會對老師撒嬌，是因為學校被認為是由家庭概念所延展出來的一個被內化的環境（牧野，1996：18-19）。我們若是單純從臺灣學生對教師說出「誇獎、稱讚」的語言行為，也許

可以解釋為是一種撒嬌行為的延伸，藉由親密的態度或仰慕之情的表示來達到希望和老師建立良好人際關係的目的。然而從日本教師的立場，若是對方是中小學生，還可以同意是一種幼兒撒嬌行為的延伸；但對方是大學生的話，特別是相處並沒有很長時間的外國大學生，則有格格不入的感覺。日本教師的這個感覺可能是出自於「內外」概念的影響，尚無法將剛接觸不久的外國大學生內化成為可以讓他們來向他撒嬌的對象。

但這裏亦隱含著一個根本的核心問題是：對內化關係和程度的認知。例如在相處一段時間感情變親密後，是否就能夠接受學生這種「誇獎、稱讚教師的行為呢？」答案是：因人而異吧！但若完全失去師生間應有的距離，對大部分的日本人而言，還是感覺不妥。因此，日本在「內外」概念似乎無法完全解釋這種存在著有上下關係的語言行為適切性的問題。

我們從「內外」概念確實可以說明一部分的語言表像和行為，但如同上述，仍然有最核心的問題。例如公眾場所中的自我表現和對他人的顧慮，以及含有社會地位人際關係的「內化」過程和認知等，日臺兩國文化差異的基本前提。然而，異文化在接觸時所產生的摩擦最常出現的是因為文化差異，對該語言行為認知和接受程度有所不同，而產生一個情緒上適應的問題。

有關情緒的問題，根據 Goffman（1967；日譯版，1986：5-6）的主張，他認為和他人接觸時會產生所謂面子的問題，我們可以觀察到其人對面子所花費心思的代價，以及直接反映出來的情緒傾向，例如若是原本所期待的立場能夠得到友善良好的設想或高度的評價時，人們就會有好心情，相反的則會感到不愉快或有受傷害的感覺。Goffman 也提到面子和行為的關係有兩個層面：一個是為了維護自己面子的「防衛層面」，另一個是為了維護他人面子的「保護層面」，且這兩個層面是相輔相成的。然而即使如此，在社會生活中我們還是會因為無意、或故意、或偶

然地傷害到別人或被別人傷害到面子。也因此我們如果要建立良好的人際關係和經營和諧的社會生活，必須彼此雙方都能瞭解並能夠運用有關面子問題的方法和策略。

關於面子的定義以及策略方面最具劃時代性的是 Brown and Levinson（1987: 57-71）的「禮貌原則」。他們主張人們之所以有禮貌是為了要有面子，並且提出面子的兩個層面：「積極面子」（positive face）和「消極面子」（negative face）。所謂「積極面子」是自我形象、價值觀、欲求等方面，希望能被與自己互動者或所期待的人物欣賞、體諒或認同；相對的，所謂「消極面子」是基於不想被別人幹擾的心態，主動選擇自己的行為舉動而非被他人所牽制強迫，是一種屬於個人的領域或隱私不被打擾的權利；同時他們也提出了維護和管理面子的策略[2]。

另外，Leech（1983）針對 Grice（1975）所提倡的「合作原則」（Cooperative Principle），主張增加一項「禮貌原則」（Politeness Principle），認為禮貌並非表面的彬彬有禮，是必須和合作原則配合，發揮語言行為的實質意義。他提出了七個準則[3]，但也指出因應言談的種類和內容，各個準則所占的比重會有所不同。

從以上 Goffman、Brown and Levinson、Leech 等學者所提出的論述中，面子可以分為兩個層面：積極或消極的、保護或防衛的。而策略方面主要是從特定目的之語言行為（illocutionary act）來思索提案的，例如請求、感謝、威脅、不滿等。雖然 Leech 有提到面子概念適用於日常會

---

[2]直截了當法（Without Redressive Action, Baldly）、積極正面法（Positive Politeness）、消極負面法（Negative Politeness）、間接模糊法（Off Record），或選擇不做緩和策略（Don't do the FTA）。

[3]得體準則（Tact Maxim）、大方準則（Generosity Maxim）、讚譽準則（Approbation Maxim）、謙讓準則（Modesty Maxim）、同意準則（Agreement Maxim）、同感準則（Sympathy Maxim）、交談準則（Phatic Maxim）。

話的分析，但其所舉用的例子仍然侷限於單獨的句子。其實有關運用禮貌原則理論的語言行為理論或語用論的研究，因為研究者大多使用自己創造出來的句子或使用片斷的語料，因此無法探討到說話者在言談結構中所持有的前提共識，或價值觀反映在最外面表層言行舉動上的特徵。

　　反觀我們現實生活的言談，當然有用簡短的對話就可以達到目的，例如說「筆借我一下」來達到請求借用的目的。但我們研究者不能忽略一般有結構的言談。例如一個時間比較長的日常會話或特定領域（醫療、教育、法律、政治、商業等）的對話或有目的（如會議、訪談、諮商、座談等）的言談，因為即使只是為了一個特定目的，通常人們不會開門見山地提及目的，或在達到目的之後就立刻結束對話。我們多數會有一個或長或短的開場白或打招呼，然後再進入正題，最後也會有預告結束的慣用言辭，才會終止對話。因此，本篇研究認為應該就一個完整結構的言談，來從中分析人們如何運用語言策略，以及如何顧慮禮貌原則來達到特定目的，並且透過不同語言的對比分析，以觀察到真正能夠提供給人們在實際生活上或在與異文化接觸時所需要的共識和策略。

三、語料與研究方法：和諧關係管理策略之文化差異

　　社會中的言談語料類型、內容和形態非常多元。首先可區分為書面或口語，而口語則可從言談媒介（遠距、面對面）、參與人數（一對一、一對多、多對多）、類型（日常會話、訪問、會議、座談）、社會行為（法律、醫療、商業）等，並且其中的言談態度、話題內容、用字遣詞等，也會因此而有所不同。

　　本篇研究基於以下兩個理由來分析日語和臺灣華語（以下簡稱華語）

的訪談語料。第一個理由是：本篇在文獻回顧中提及因核心價值觀會影響人際關係內化程度之認知，以致在選擇言談內容話題時，會因爲對敏感或嚴肅話題的認知不同而產生不愉悅的情緒，亦即可能會侵犯到對方面子的問題。因此我們選擇了使用訪談語料，經過對比分析相信可以清楚地觀察到日本人和臺灣人在正式場合中初次見面的人們如何展開約十五至二十分鐘的對話，並由其表層的語言行爲可以探討人際關係內化的程度和結果。第二個理由是：我們藉由觀察訪談參與者在言談進行中，如何建構和維持訪談的組織，分析的重點在於訪談的開始部分和結束部分，以及雙方如何選擇和轉變話題的策略，來探討日華語中保護對方面子或防衛自己面子的種種策略。以下表 6-1 和表 6-2 是本篇所採用的語料內容說明，訪談的參與者分爲：訪談者（interviewer）和受訪者（interviewee）；以下簡稱前者爲 IR、後者爲 IE。

本篇研究目的之一是要解釋前言中所提到的異文化接觸因爲話題[4]選擇而產生的情緒反應或不和諧的感覺，必須有一個統籌性的理論來證

表 6-1　日語訪談話語料

| 收錄時期：1997年 |
| 收錄地點：日本東京都 |
| 訪談者（IR）：2名。女教師 |
| 受訪者（IE）：20名（女性12名、男性8名）
　　　　　　女大學生8名、女教師4名、男大學生7名、男教師1名 |
| 收錄時間：各15分程度 |

註1：日語訪談語料之詳細內容請參照：http://www.env.kitakyu-u.ac.jp/corpus/。
註2：日語訪談語料之原始人數是40名，但由於配合華語訪談語料的人數和屬性組合，因此只有取用20名的語料。

---

[4]本篇研究所採用的語料內容是由一般訪談話題和任務型（應徵工作、詢問鄰居垃圾問題、邀約電話等）話題的兩個部分所形成。

表 6-2　臺灣華語訪談話語料

| 採錄時期：2000年6月15日～6月16日 |
| 採錄地：臺灣臺北市 |
| 訪談者（IR）：1名。女教師 |
| 受訪者（IE）：20名（女性12名、男性8名）
　　　　　　　女大學生8名、女教師4名、男大學生7名、男教師1名 |
| 收錄時間：各14～20分程度。 |

明。根據我們從文獻回顧所得到的觀察，發現即使是同一個語言文化圈內，亦會因為各種言談參與者的社會屬性（年齡、性別、職業等）、行為目的、言談類型等綜合的因素，而造成保護和防衛面子的策略會有所差異。如同 Leech（1983）指出，禮貌準則的重要性和比重並不相同，例如在會話行為裏的禮貌由於有互動作用，必須更注重關懷對方的感受，因此得體準則和讚譽準則的重要性會大於大方準則和謙遜準則，並且也會反映在語言運用的策略上。另外，Spencer-Oatey（2004）也主張，不同的文化對面子敏感的層面和程度也會有所差異。例如為了緩和面子的威脅，某個文化可能會傾向使用積極正面的策略，讓說話者或聽話者覺得有面子，但另一個文化可能比較喜好使用避免干擾或侵犯面子的策略，來表達尊重會話參與者的面子。Spencer-Oatey 從注重文化差異的觀點，修正 Brown and Levinson 的模式提出了一個改良的模式。本篇研究由於亦是以分析日臺文化差異對言談禮貌策略之影響為重點，因此採用 Spencer-Oatey 的模式（日譯版，2004：16）。

　　表 6-3 中的第一個橫向層面是從個人獨立觀點來探討個人和社會的面子管理，以及社會權利的管理，其概念得自於 Brown and Levinson 所提的積極面子和消極面子：所謂資質面子是期待他人對自己的資質，如能力、品格、外貌、形象等能有正面且積極的評價，此層面和自尊心有緊密的關聯。所謂公平權利是得到別人的注意關心及公平的待遇，即不會被強迫或受到不公平的差遣、不會被利用或壓榨、不被侵犯或干擾，

或被忽視、冷淡等，是屬於消極負面的面子防衛。另一個層面是建立於社會互動的觀點：所謂立場面子是期待人們認同或支援其扮演的角色功能或社會立場，如領導地位、重要顧客等地位身分，或親朋好友或自家人等親密關係，此和社會價值觀有密切的關聯。而所謂社交權利是本篇認為 Spencer-Oate 模式中最具特色的一個要素，是人與人之間的交往可以有權利選擇交友關係或維持適當的交際關係。亦即人與人之間要維持何種關係、交往的深淺或快慢程度要如何拿捏，都會影響到人們的情緒，並且也關係到相處時彼此要如何達到共同的關心、感情或興趣的問題。這些要如何適度、適當、適切地認知與處理，都和社會文化規範和個人嗜好，以及交友關係的性質而產生差異。

表 6-3　和諧關係之管理層面與要素

	面子管理 個人／社會面子	社會權利管理 個人／社會權利
個人／獨立觀點	資質面子 quality face （積極的面子）	公平權利 equity rights （消極的面子）
社會／互動觀點	立場面子 identity face	社交權利 association rights

　　Spencer-Oate 主張此四項構成面子的維持和管理之基本框架，會因為文化的差異，其比重和處理方式將有所不同。本篇研究則設定在一個相同的言談類型、人際關係、角色立場和場面場合，並主要透過觀察言談結構和話題選擇等表層語言現象，來探討日華語運用禮貌策略的傾向和特徵。

四、分　析

(一)訪談之言談結構：開頭與結束

　　在言談分析尚未被重視之前，一般認爲口語是一種當場即興的產物，其中因爲出現很多不符合傳統文法概念的語言現象，因此被認為沒有規則、無法分析。但經過人類文化學家、社會學家們不懈的探討，仔細地分析至今被研究學者所遺漏掉的特性，而證明出來口語其實和我們所知道的語言一樣，是擁有完整的組織結構。同時也深刻地認識到，以前被認為非常原始的，不合乎所謂合理、效率的口語諸種表相，其實提供了可以證實社會文化具有差異存在及作用的一種活證據。而口語語料最能被觀察出特徵的是言談的開頭和終結的部分。在此小節我們先分析言談開頭的部分。

　　在言談分析的領域中，已經有很多研究討論到各種語言的電話開頭用語（e.g., Schegloff, 1986; Taleghani-Nikazm, 2002; Sun, 2004; Bowles, 2006）或廣播 call-in 的開頭部分（Hutchby, 1999）。由先前的一些關於言談開頭研究的結果，顯示出會話參與者會依據言談目的的不同或語言文化的差異而產生出有規律性的、有文化特徵的開頭模式。例如在 Schegloff（1986）經典的研究中顯示，會話參與者在電話談話的開頭用語有四種規律的順序：

1.召喚—回答（summons-answer sequence）。
2.確認／辨識（identification / recognition sequence）。
3.打招呼（greetings）。
4.開啓問題和回答（initial inquiries and answers）。

　　然而，Hutchby（1999）則分析出廣播 call-in 節目呈現出不同的開頭

部分，並指出廣播節目和日常生活電話的不同是因為說話者之間的相識程度，因此造成兩種類型的言談在開頭部分的模式產出了差異。

從這些研究成果中，我們得知人們在言談開頭的部分是會配合各種因素（時間、場合、成員關係等）的考量，而建立起該言談所適用的慣用模式。我們在日常生活的場合中，亦可一窺端倪。例如日本人通常用「今天很熱」、「梅雨季節到了」等有關氣候的話語來打招呼，而臺灣人見面時則多用「吃飯了嗎？」、「要回家哦？」等生活上的問候語。這些打招呼的簡單話語，在各種語言中的功能都是相同的，但像「吃飯了嗎？」，若用英語來說的話，則有可能被認為是一種邀請吃飯的語言行為。因此我們必須瞭解，即使看似平常的語言行為，在每個文化中的解釋和認知是有可能不同的。

在訪談語料中，我們觀察到以下的開頭模式。日語的 IR 通常會先問好，例如說：「おはようございます」、「こんにちは」（早，您好），或「はじめまして」（幸會），也會說請多多指教或向對方道謝之類的客套話，然後告知對方自己的姓氏，再請問 IE 姓名。相對的，華語的 IR 則簡短地問好（通常是「您好」）之後，沒有告知 IR 自己的姓名，即開門見山地請教 IE 姓名，並且除了姓氏以外，還詳細地詢問名字及年齡。例如以下的**例一**和**例二**[5]。

例一　日語 noda：IE：女，學生

01 IR：あ、こんにちは。

02 IE：こんにちは

03 IR：今日はどうもありがとうございます。わたくしは村野と申します。えー、お名前、教えて下さい。

04 IE：の、野田と申します。

05 IR：野田さん、ですか。(IE:はい)はい。よろしくお願いします。

---

[5]為保護受訪者 IE 隱私，姓名部分有作相對字數的內容修改。

06 IE：よろしくお願いします。

07 IR：あの、早速ですけど野田さんは、學生さん、ですよね。（ IE：はい）ええ、専攻は何ですか。

08 IE：専攻は、日本語教育を、専攻しています

09 IR：ああそうですか。あ野田さん、どうして日本語教育を専攻しようと思ったんですか？

華語翻譯 noda：IE：女，學生

01 IR：您好。

02 IE：您好。

03 IR：今天非常感謝您的幫忙。敝姓村野。請教您的大名是？

04 IE：敝姓野田。

05 IR：野田小姐。（IE：是）是。請多多指教。

06 IE：請多多指教。

07 IR：那我們進入話題，野田小姐是學生嗎？（IE：是的）那，請問您的專攻是什麼？

08 IE：專攻是，我的專攻是日語教育。

09 IR：是嗎。那，野田小姐爲什麼選擇了日語教育作爲您的專攻呢？

例二　華語 11 IE：女，學生

01 IR：嗨，你好。

02 IE：嗨。

03 IR：請問您貴姓？

04 IE：我姓林。

05 IR：林。

06 IE：對，雙木林。

07 IR：林什麼？

08 IE：夢想的夢。

09 IR：夢想的夢。

10 IE：對。然後，容貌的容，上面有個草字頭。

11 IR：哦，林夢蓉。（IE：對。）是不是？

嗯，您今年幾歲？

12 IE：二十一歲。

13 IR：二十一歲。（IE：對。）是嗎？

您就讀哪個學校？

在這短短不到一分鐘的開頭部分，我們看到了日華語的習慣以及言談所注重焦點的不同。日語會先用禮貌的言詞來鋪陳，之後會明示彼此的立場等，按部就班地完成被日本人認為重要的開場儀式，而不會立刻進入主題。這是因為日語 IR 和 IE 認為這是一個初次見面的正式言談的場面，彼此必須保持一定的禮數以及按部就班的言談舉止。而華語則是注重迅速掌握對方的詳細資訊，以利調整（主要是要縮短）和對方的距離。我們將訪談開頭部分的模式，整理如表 6-4。

表 6-4　日華語訪談語開頭部分之應對順序模式

日語	華語
問候	問候
道謝	
辨識（姓氏、職業、身分）	辨識（姓氏、年齡、職業、身分）

雖然日華語的訪談都是由訪談人作主導的角色，但在語言行為上有以上所觀察到的差異。我們若從牧野的內外概念來解釋的話，日本人在處理初次見面以及正式場合的言談，會認為這是一個被定位在屬於很外圍的人際關係並且是一個不能任意僭越冒犯的公開領域，因此必須非常地謹慎而有禮貌，在進入到核心的話題之前，需要一個鋪陳的過程，即需要比較多一點的時間，不可操之過急，否則會讓場面變得唐突無禮。

另外，從禮貌原則來説明的話，日語的言談被要求嚴格遵守合乎場面的角色扮演，隨時檢驗自己和對方的言談舉動是否合宜，因此會調整適當的會話內容、説話的權利和方式、態度以及控制情緒。

另一個觀察文化差異極爲重要的位置是言談結束的部分。一般普通的談話，除非有外力的幹擾，否則通常不會唐突地或任意地結束，而是明確地完成應有的步驟，達成共識，談話才會作結束。Schegloff and Sacks（1972；日譯版，1995）即指出人們會預測對方説話可能結束的地方，並且思考以及把握機會讓自己開始説話，因此爲了解除這個可能延延不斷持續發生的説話機會，人們會使用彼此都熟知的有關道別言辭等禮儀性慣用的語言行爲，稱爲「終結交替」（terminal exchange）來達到結束言談的目的。其所呈現的方式是配對話語，並必須是雙方同意的，否則一方突然地道別或沒有給對方回答表態的空間，就會顯得無禮或導致憤怒的感覺。

有關終結言談的慣用表達方式，在本篇訪談語料亦觀察到日華語訪談都在最後面終結的部分，由 IR 向 IE 道謝而 IE 也會回禮，然後訪談才正式地結束。例如：

例三　日語 arakawa：IE：女，學生
01 IR：今日はどうもありがとうございました。
　　譯：今天非常謝謝您。
02 IE：はい、どうもありがとうございました。
　　譯：哪裏，謝謝您。

例四　華語 11 IE：女，學生
01 IR：對，這樣就可以了。好，謝謝。
02 IE：不會。
03 IR：謝謝。

另外，我們透過觀察 Schegloff and Sacks（1972，日譯版 1995：198-207）所提到的「預告終結詞句」（pre-closing），發現了日華語不同之處。人們在會話時為了避免沉默，通常會不斷地提出新話題或讓話題持續下去，但天下沒有不散的宴席，總會有話題說盡或不想再繼續談下去的時候，那麼人們就會想辦法讓話題結束或限制話題的持續發展，進而可以讓整個言談作結束。但是在提出明示結束的話語或慣用的道別言詞之前，通常會做一個預告，讓對方有心理的準備，來達到和諧地終結言談的共識和目的。

日語訪談中出現在預告終結部分的特徵，其實和開始的部分有異曲同工之巧。如同前述，日語比起華語在開頭進入主題要花費較多的時間，經過一段禮貌言詞和表明身分的鋪陳，而終結部分也是一樣，並非立刻就提出告別的言辭，是需要花時間來預告終結，並且我們觀察到這個預告的部分和華語有所不同。

首先從結構而言，本篇語料由一般訪談和任務型言談所構成。日語的 IR 在任務型言談之後，會提及前面的話題，一面表達言談的連貫性，一面將訪談導向終結階段。但華語則在任務型談話告一段落之後，IR 大多即立刻提出預告終結的話語，來表明訪談的結束。

例如，日語編碼 Ohnari 訪談中，完成兩個任務型角色扮演後，照理而言，訪問者和 IE 都明白訪談已經接近尾聲，但 IR 並沒有馬上使用如同 Schgloff and Sacks 所言的意思相當於「好」或「知道了」等預告終結語詞，而是展開預告終結的一段話。例五中的 IR，又再度地提到才剛結束的任務型對話中所談及的電影和打工的話題，以及暑假要學中文的計畫等，又聊了二分鐘左右後，才說出明示預告終結的話語（如 21-23 例句中劃有底線部分），然後是道謝的禮貌話，訪談才正式地結束。

例五　日語 Ohnari，女學生
01 IR：はい、どうもありがとう。

02 IE：うわー。

03 IR：今何か、香港の映畫っていう、（IE：ああ言いました）ことでした
　　　ね。（IE：はい）映畫、好きですか？

04 IE：ああ、好きです。（IR：あそうです）お金ないんですけど。うふふ
　　　ふ。

　　　（中略）

21 IR：中國語を一。（IE：中國語）そうですか。（IE：はい）<u>じゃ忙しい
　　　夏になりそうですね。</u>

22 IE：<u>そう、（IR：うん）ですね。</u>

23 IR：<u>じゃ、頑張って下さい。（IE：はい）今日はわざわざ、（IE：あ、どう
　　　も）あの、いらして下さって、</u>（IE：ああいえいえ）ありがとうござい
　　　ました。

24 IE：どうもありがとうございました。

25 IR：はい。

華語翻譯 Ohnari

01 IR：是，謝謝。

02 IE：啊。

03 IR：剛才有說到香港（IE：啊有說到）的電影（IE：是）電影，
　　　喜歡嗎？

04 IE：啊，喜歡。（IR：是嘛）但是沒有錢。〔IE 發出不好意思的
　　　笑聲〕

　　　（中間省略）

21 IR：學中文。（IE：學中文）是這樣子啊。（IE：是）<u>那夏天將
　　　會很忙碌吧。</u>

22 IE：<u>是啊。（IR：嗯）</u>

23 IR：<u>那一定要努力了。（IE：是）今天勞動您</u>（IE：啊，哪裏）

　　　　大駕光臨（IE：啊，哪裏哪裏）真是謝謝您了

24 IE：哪裏，謝謝您。

25 IR：哪裏。

　　相對的，華語則在任務型話題結束後，通常如同**例六**所顯示的，IR
並不會再度言及前面的任何話題來讓訪談呈現前後一致的連貫性，以作
爲終結階段的預告，而是使用預告終結語詞的「好」來明示終結，同時
表示謝意（如 02-07 例句中劃有底線部分），就直接進入了終結部分。

　　例六　華語 11 IE：女，學生

01 IR：好，謝謝。

02 IE：好。

03 IR：謝謝。就這樣。

04 IE：就這樣。

05 IR：對，這樣就可以了。好，謝謝。

06 IE：不會。

07 IR：謝謝。

　　由以上日華兩個例子的比較，讓我們看到了日語言談的結束階段和
華語的確有不同。這個差異，可以從牧野所提的「未練」的心理和行爲
來做說明。牧野（1996：214-25）指出，日本人日常生活裡在彼此要道
別時，總是依依不捨，充滿依戀的情懷，並表現在行爲上與表達在語言
中。雖然對要分離的人或結束的事物，充滿依戀是人之常情，但日本則
比其他文化更加地儀式化且冗長。因此，在訪談語料中，我們也證實了
日語在結束階段，表現出其「未練」文化的特色。

　　另外，我們從立場面子來分析日華終結言談的差異。我們再舉出一
個華語例子（**例七**）來對照前面所舉的例子。

例七　華語 15 IE：女，教師

01 IE：就這樣子啊。

02 IR：<u>對，就這樣子。</u>

03 IE：這樣子。

04 IR：（大笑）

05 IE：哦，OK。

06 IR：謝謝您啊，謝謝。

07 IE：你會發現我的話很多。

08 IR：<u><u>很好，很好。</u></u>

09 IE：我會不停的講。

10 IR：<u><u>講話，這是，太豐富了，太豐富了。</u></u>

11 IE：我會不停的講。

12 IR：<u><u>很好，我們就是……</u></u>

13 IE：我很愛講。

14 IR：<u><u>很好，來</u></u>

15 IE：所以我上課的時候，學生就會跟我說，老師講話慢一點啦。

16 IR：<u><u>（笑）</u></u>

17 IE：我就說，哦，講太快了嗎。

18 IR：<u><u>（笑）真可愛，好。</u></u>

19 IE：謝謝謝謝。

　　首先，我們看到和華語例子（**例七**）和前面的例子（**例六**）一樣，IR 在任務型話題結束後，會迅速地表示謝意（如 02-06 例句中劃有底線部分），直接明示要進入終結部分。但在此例子（**例七**）中不同的是，IE 卻無視 IR 的暗示，反而自己提起本身的說話量和速度，因此 IR 只是做簡單的回應（如 08-18 例句中劃有雙底線部分），不斷地暗示訪談不要再繼續發展。這段言談持續了約三十秒，最後不是 IR 主導，而是由 IE

向 IR 的稱讚做道謝，而終結了整個訪談。

　　以上在華語訪談中所觀察到的主導權產生異動的現象，在日語訪談中則完全沒有出現。這是因爲華語對立場面子的重視沒有日語的敏感，另外一個理由可能是華語訪談參與人員認爲經過將近二十分鐘的相處對談，並且話題中大多是有關受訪者的個人資訊，因此人際關係可以從完全陌生進展到和對方之間產生有某種程度的認識和親密感。並且由於彼此變得熟悉以後，原本的立場也被認爲可以有所變化，並且實際上也產生了變化，因此訪談的主導權就不再固定在 IR。然而最重要的應該是，華語的 IR 本身也不會在意失去主導權的立場，反而比較傾向且喜好認同對等的談話權利和立場，並且 IE 也抱持著同樣的認知和言談態度與行爲。我們將訪談終結部分的模式整理如**表 6-5**。

表 6-5　日華語訪談終結部分之應對模式

日語	華語
預告終結1：道謝	預告終結1：道謝
預告終結2：溯及前述話題	預告終結2：慣用的簡單話語
正式終結：道謝	正式終結：道謝
言談主導角色之立場固定不變	言談主導角色之立場可以交替變換

(二)訪談話題之選擇與轉換機制

　　所謂話題的定義亦是非常多歧，我們根據 McCarthy（1991；日譯版 1995：189）簡單的定義是：會話參與者同意進行的一個被彼此認爲有關聯的、具連續性的言談。話題亦是一個有組織結構的語言單位，因此如何被開始、發展、延續、轉換、終結，並且使用何種語言手段，都是分析話題所關心的項目。

　　根據本篇語料所觀察到的一般訪談話題的結果，首先我們觀察到有

一個共同之處：日華語訪談雙方皆會配合對方的身分（職業、年齡、性別）選擇適當的話題。因此訪談的主要話題是 IE 的身分、工作或學業內容、假期計畫、休閒興趣，或家人的情況。而不同之處有兩點：第一點是，日語方面無關 IE 的性別，大多會論及時令季節或當時的社會時事，例如從奧林匹克運動會的選手到東京的垃圾處理問題，甚至提及附近公園的殺人事件。而相對的華語則較少出現社會時事的話題，但 IE 為男性時，則有出現政治人物或理念方面的話題。第二點是，日語在有關個人話題方面，雖然 IE 會提及和家人互動的情形或工作環境、學習狀況，但極少觸及個人感情問題或第三者個人隱私的訊息。但華語的話題則可能是因為較少有關社會時事，而大多圍繞著 IE 本身的話題，因此經常深入論及其個人之心歷路程或感情生活，甚至會擴及相關第三者的個人隱私。例如，華語例子（**例八**）的 IE 深入地敘述自己父親的個性及對父親的怨恨，而華語例子（**例九**）的 IE 則提到實習時所教的學生的一些過動症狀。

例八　華語 7 IE：女，學生

01 IE：就常常罵我，可是我覺得他是比較不會表達他自己內心的感情而已。

02 IR：嗯。

03 IE：小時候，比較不懂事，有一段時間其實甚至以為自己是很恨他的。

04 IR：嗯。

05 IE：為什麼別人的爸爸是這麼和藹，我自己的爸爸是這樣子。

例九　華語 7 IE：女，學生

01 IE：有一個是，他可能有點過動。

02 IR：哦。

03 IE：他就是靜不下來，然後，他是三歲才開始學會講話。那他現

在是……，大概是四、五歲，這樣子。

04 IR：哦。

05 IE：就非常難控制他的行為，他會非常興奮，然後跑來跑去，然後會打人家，這樣子。

　　像以上華語例子中所提到的屬於相當深入到個人感情和家人、或他人隱私的話題，在日本的訪談語料中是完全沒有出現的。由以上所觀察到的日華語話題異同之處，我們作了以下的分析。

　　由於訪談的參與者彼此是第一次見面，因此雙方的關係是陌生的，以內外概念而言的話，是所謂屬於外面人的關係。同時又存在著另外一個立場上的人際關係，是產生自訪談之言談類型。由於訪談是有一個主導權角色 IR 的存在，人際關係因說話權力控制的關係而呈現一種有立場上下的人際關係。由這樣一個具有上下且屬外的人際關係所進行的言談，話題和言談態度必然有所受到限制。

　　在我們的訪談語料中，日本人在一個陌生且正式的場合，除非話題事先被限制要談個人隱私或政治、宗教等，否則通常會迴避論及這些敏感或嚴肅的話題，並且，屬於非公眾人物的第三者的感情問題或病狀等隱私的話題也通常不會成為訪談的話題。訪談參與者（IR 和 IE）之間的關係，直到訪談結束都一直維持著固定立場的關係，彼此言談中要表達敬意，且不能隨意流露個人情緒，即使訪談的時間再長久，訪談形式沒有結束的話，彼此的立場不會改變，應該保持的距離不能任意地被縮短，禮儀也不可以被省略。但相對的華語語料中則沒有發現有特別迴避政治性話題或個人（包含他人）隱私的情形，另外和日語顯然不同的特徵是隨著訪談時間的經過，可以參雜開玩笑或輕鬆的口氣來交談，甚至交換主導話題的立場，呈現出彼此逐漸熟悉而親密的關係。

　　從以上的相異點，我們使用 Spencer-Oate 的和諧關係管理模式來檢驗的話，可以說日語非常重視立場面子，不輕易改變立場關係，而華語

則是重視交際的面子，爲了建立起親密關係，可以談論個人隱私話題，讓彼此更瞭解對方，同時也表示將對方當成自己人，相信對方就是尊重對方，因此彼此同意改變嚴肅的立場關係，化解或縮近原有的上下或主從關係。我們將訪談話題內容選擇的特徵整理如表 6-6。

表 6-6　日華語話題內容選擇之異同點

日語	華語
同：IE的身分、工作或學業內容、社會時事、假期計畫、休閒興趣，或家人的情況	
迴避：∨政治、宗教 　　　∨個人感情、他人隱私	不迴避

接下來，我們分析在訪談（正式的場合、初次見面的人際關係）中，話題是如何在互動中被提示出來？我們將分析重點放在由一般話題要轉變成任務型話題的開頭部分。

Goffman（1955）指出，說話者在會話中通常會不斷地顯示應有的態度和分寸（line）。Labov & Fanshel（1977）則論及人們若在言談中沒有運用一些特定的緩和或鋪陳的標誌話語，就會讓口氣顯得具有攻擊性或給人粗暴無禮的感覺。因此，特別是在正式的場合（如會議、座談或訪談），話題轉換或回答問題、提示反對意見或岔斷插嘴的時候，這些緩和或鋪陳的標誌自然地就會常被使用到。

以下，日語例子（例十）是先前的話題中，IE 談到有當家庭教師來賺取音樂社團買樂器的費用，之後 IR 就順勢提到要拜託 IE 一起進行有關應徵打工的任務型話題。而相對的，華語例子（例十一）在進行任務型話題之前的話題雖然也是談到臺灣和日本學生打工意識的話題，但是IR 並沒有延續打工的話題，而是選擇了完全和前面話題沒有相關的'邀約和拒絕看電影'的任務型話題來進行。

例十　日語 Iwabuchi IE：女，學生

01 IR：ええ、で、それは長く続けて？

02 IE：あの、ちょっと、あいたりもしてますけどでも、(IR:うん) １年生の
　　　　時からやってるのでもう、(IR:あっ) 長いですね。

03 IR：あーそうですか。

04 IE：けっこうずっと。

05 IR：じゃ、もうベテランですね。

06 IE：ははは。

05 IR：ははは。<u>はい、じゃあね、ちょっとこのへんで、ロールプレイをし
　　　　ていただきたいんですけれども</u>、(IE:はい) あの、アルバイトー
　　　　に、ま、をすることになって面接に行く。

　　　華語翻譯　Iwabuchi

01 IR：嗯，那，打工有持續很久嗎？

02 IE：啊，有一些間斷（IR：嗯），但從一年級的時候就開始做了
　　　　（IR：哦），算很長吧。

03 IR：是。

04 IE：一直都在作。

05 IR：那，您就可以說已經很專業了。

06 IE：哈哈哈。

05 IR：哈哈哈。<u>是，那麼，我們是不是可以在這裏來進行一個任務
　　　　型話題</u>（IE：是）。那，就來做一個是說您要去應徵打工的
　　　　面試。

例十一　華語 7 IE：女，學生

01 IR：對，當然說為錢，當然也是有啦，也不能說沒有。當然就是
　　　　說，為了將來自己的興趣的工作，譬如說，我想投入這個行
　　　　業，我是不是適合，他可以謀取更多的，這個各方面的一些

資訊。

02 IE：那這樣就很大的差別。

03 IR：對啊，所以就不一樣，對不對？啊我們要做的結尾，又太投入了。我們要想一個簡單一點的好了，這個。（二秒）哦，還是這個。（一秒）來隨便選一個好了。

04 IE：都可以。

05 IR：都可以，嗯。（五秒）好，這個好了。採訪者被邀的朋友，我是被邀的，然後，你要來邀我……

06 IE：嗯嗯。

從以上的例子，我們可以看到日語和華語都有使用鋪陳的話語（如例子中畫有底線的部分），然後才引進任務型的話題，達到轉變話題的目的，這一點符合前述先進研究所言。但日華語不同之處是，日語 IR 會注意前後言談的一貫性，讓話題的轉變儘量減少有唐突的感覺；另外，若是沒有順著鄰近前面的話題，而要轉入新話題時候，日語通常會配套使用慣用的說明語詞及高度的敬語，或再度提到先前有關的話題來補救轉換話題的斷層。相對的，華語 IR 所顧慮的層面是讓 IE 容易進入狀況，減少威脅到對方資質面子（擔任角色扮演的能力），以便順利地進行對話，至於提示可以減少唐突感覺的話題一貫性則是其次的考量。我們將訪談話題轉換機制的特徵整理如表 6-7。

表 6-7　日華語話題轉換機制之異同點

日語	華語
使用轉換話題之鋪陳話語	
連貫先前的話題，導入新話題	不必特別注意和先前話題的連貫性

五、結　論

　　內外概念是放諸四海皆準的一個普遍的概念，無論是日本或臺灣都對於屬於內圍的人事物有親密、安心、優先等正面褒義的感覺，而對外圍的人事物則有疏遠、恐懼、無法掌控等負面貶義的感覺。然而日華訪談語料之所以會產生上述章節中所觀察到的差異，是因爲日華文化對區分內外界限的嚴緩程度，以及內化過程手續的繁簡有所不同。另外，禮貌原則亦是文明社會一個普遍的概念，本篇研究認爲日本或臺灣的語言文化在內化過程和手續上的不同，可以從所重視的面子問題來說明，因此將分析的結果用禮貌原則來加以說明和整理。

(一)內外概念

1. 日語：訪談是一個初次見面、公開的、正式的場面，為一個無法內化的人際關係
2. 華語：同意訪談是一個初次見面、公開的、正式的場面，但經過交談後，人際關係可達到一定程度的內化

(二)禮貌原則之面子問題

1. 日語——重視立場面子和交際面子：
   (1)立場面子：訪談形態的言談主導權被認知是固定在 IR，因此 IR 和 IE 都認同並尊重彼此的角色扮演，從頭至尾不會有發生角色立場交換的現象
   (2)交際面子：由於日本文化對立場面子非常敏感且重視，以此嚴守言談場面，立場和應有的人際關係，不能夠輕易的改變，而

影響到日本人嚴謹處理交際和相處的方式。訪談時配合角色扮演應有的說話量和說話的權利，話題的內容不能太觸及對方的隱私，以及得體地控制言談時的情緒表現。配合立場和場面保持適當應有的距離，才是尊重對方面子，並保護自己面子的最佳方法。

2.華語——重視資質面子和交際面子：

(1)立場面子：訪談形態的言談主導權雖被認知是主要掌握於 IR，但只要彼此同意的話，可因應話題而改變主導的立場。

(2)交際面子：由於立場可以因時因地或因話題而改變，因此彼此的人際關係也會隨時作調整，並且隨著交談時間的經過而變得熟悉，或藉由深入個人話題，表露關心和感情，來改善人際關係。

(3)資質面子：比起立場或交際面子，華語更重視得到他人肯定自己的能力、品格、外觀等的資質面子，因此說話人不斷地提示個人特質，聽者也不吝嗇表達讚美誇獎等正面的回應。

我們應用 Spencer-Oatey（2000；日譯版，2004：16）提出的兩個層面四項管理要素的模式，整理出**表 6-8** 來說明本篇日華語訪談語料分析比較之結果。

表 6-8　日華語訪談和諧關係管理層面與要素重視傾向之異同

	（個人／社會）面子管理	（個人／社會）社會權利管理
個人／獨立觀點	資質面子（積極的面子）	公平權利（消極的面子）
	華語（重視）	--
社會／互動觀點	立場面子	交際權利
	日語（重視）（固定） 華語（可變）	日語（重視）（固定） 華語（重視）（可變）

在一般訪談語料中，沒有出現牽涉到利害利益的公平權利（有被照顧、不被壓榨、不被欺負、不被幹擾、公平負擔）的語言行為，因此在此表 6-8 中，沒有顯示日華語重視與否的結果。

從表 6-8 中所顯示出來的結果，我們知道日語在公眾場合的言談最重視立場，並且由於重視立場，也就非常重視人際關係必須維持適當的禮節和距離，不可任意變更而有損及體面和失去尊嚴，因此終場維持固定的人際關係。因此，在日本即使說話人和聽眾或觀眾有親密的私人關係，但只要是站在臺面上，就必須使用禮貌體（所謂的敬體），並配合當時的身分、立場說合乎體面的客套話。相對的，華語則重視資質面子，因此話題多涉及個人能力或生活，以博得對方的讚美或認同，也因為談論私人領域話題而讓人際關係親密。華語通常會引導對方進入自己的領域或和對方共有一個領域，是表達出尊敬對方最好的方法，因此維持上下或非內化的立場面子，對華語人而言就會有疏遠和距離感，反而覺得自己沒有面子也會讓對方臉上無光。

這是因為日華對於顧慮個人隱私的想法與作法有所差異。例如在臺灣的電視新聞報導或談話節目中，常可見到人們破口大罵地發洩情緒或痛哭流涕等毫無遮掩地流露感情。但我們不能因為有這些表像言行，就武斷說臺灣人沒有概念去保護或尊重個人隱私。而透過訪談語料的分析，我們可以提出一點的是：比起日本人，臺灣人對於進入或被允許進入彼此的勢力範圍，抱持著有比較積極正面的想法，面對即將會有交際的人或已經認識的人，臺灣人也會經過一個程式或一段時間（但和日語相比，華語的程式較簡單、時間也較短）之後，可以讓說話和聽話的人進入同一個勢力範圍，在那其中有你有我、或者是不分你我。我們認為這是一種表達或促進親密關係的方法，或甚至因為彼此讓對方進入自己的勢力範圍，來表示信任對方，而成為一種相互敬重的方式。

另外，從言談的開頭和終結部分以及話題轉換機制上所觀察到的鋪陳和餘韻的現象，可以從日華語的語言結構，如日語為膠著語，華語為

孤立語的觀點來解釋。牧野（1996：60-69）亦將其所運用的內外概念分析出來的結果，以語法結構順序的觀點來解釋。牧野認為日本的語法結構如同日本家屋的結構一樣，最重要的資訊在最後面才出現，並且通常都會為對方作一個鋪陳，設定語境之後才會進入中心話題，這個鋪陳的語言現象就類似是一個連接和外界溝通的緩衝地帶。而在句尾方面的餘韻，則是因為日語基本上是 SOV（主語＋賓語＋動詞）的語法順序，因此句子所內含的語義結構必須看到最後面，才能夠明白說話者的想法和態度。例如日語句尾必須附加必要的助動詞來表達肯定否定、現在過去、斷定推測、疑問確認等表態的語法形式。和日語相比較的話，我們可以說華語的語法結構是重要的資訊出現在比較前面，因此例如肯定否定、斷定推測等的命題或說話者意圖就比較明顯且直接表達，特別因為華語是 SVO（主語＋動詞＋賓語）的語法順序以及前置語法的關係，我們不必等到句尾即可知道說話者的想法和態度。因此透過本篇的分析，我們得知日華語言系統的類型特徵不只反映在語法結構上，亦反映在言談結構上和語言行為中。

　　但本篇研究有一個極限是所使用語料的數量和年代的問題。在數量方面由於實驗對象的隱私保護、著作權利公開的認可以及經費等的各種限制，對於大量語料的收集和轉寫文字等工作造成很大的困難。也因此本篇研究所使用的語料並非近五年內所錄製的內容，例如日語方面為十三年前、華語為十年前所收集錄製的。因為語言是一個有機體，不斷地隨著時代變遷而有變化，但基本上人們的言語習慣是長久累積、發光發酵的文化產物，因此深層的核心前提共識、價值觀乃至理念、風俗習慣的改變還是有限。本篇研究雖然使用十年前的語料，但我們相信仍然精確地觀察到了日語和臺灣華語的特徵。並且希望透過本篇研究的結果，提供給未來進行華語文化圈研究的一個見證之根據。

　　本篇所研究的是透過分析兩個文化社會中，高度同質性的成員們在一個制式化的訪談場所呈現出來的表層言行，來探討禮貌原則並說明

日華的言談習慣及核心的基本前提。本研究的結果雖僅限於訪談語料的言談範疇所呈現出來的日本和臺灣文化差異的一部分，但相信是仍然可以提供對兩國文化的認識，助益彼此的溝通交流及語言教學與學習。

參考書目

一、中文部分

林淑璋（2008）。〈禮貌原則與互動行為的社會語言學：日華訪談語料對比分析〉，「2008 亞太社會文化研究學術研討會」。元智大學人文社會學院、國立國父紀念館主辦，2008 年 6 月 20 日，臺灣：臺北。

高麗君（2005）。〈國中生讚美語反應策略初探暨對網路中學華文教材之建議〉，「第四屆全球華文網路教育研討會」。

二、日文部分

三牧陽子(1992)。〈初対面会話における話題選択スキーマとストラテジー―大学生会話の分析―〉，《日本語教育》。第 103 期，頁 49-68。

木村英樹・森山卓郎(1997)。〈聞き手情報配慮と文末形式―日中両語を対照して〉，《日本語と中國語の対照研究論文集合本第 1 刷》。くろしお出版。

伊集院郁子(2004)。〈母語話者による場面に応じたスピーチスタイルの使い分け―母語場面と接触場面の相違―〉，《社会言語科学》。第 6 巻第 2 号，頁 12-26。

好井裕明(1999)。〈制度的状況の会話分析〉，《会話分析への招待》。世界思想社，頁 36-70。

串田秀也(1994)。〈会話におけるトピック推移の装置系〉，《現代社会理論研究》4。現代社会理論研究会，頁 119-138。

串田秀也(1997)。〈会話のトピックはいかに作られていくか〉，《コミュニケーションの自然誌》。新曜社，頁 173-212。

村上恵・熊取谷哲夫(1995)。〈談話トピックの結束性と展開構造〉，《表現研

究》。第 62 期，頁 101-111。

林淑璋（2006）。《「談話標識」としての接続詞の機能－日華会話対照分析》。東京大学総合文化研究科言語情報科学専攻博士学位論文。

林淑璋（2008）。〈日本語雑談會話における話題シフトのストラテジー〉，《銘伝大學 2008 年國際シンポジウム論文集》。頁 20-27.

牧野成一（1996）。《ウチとソトの言語文化學－文法を文化で切る》。アルク。

神尾昭雄（1990）。《情報のなわ張り理論》。大修館。

鈴木睦（1999）。〈世間話の構造：「chat」と「chunk」〉，《日本語の地平線》。くろしお出版，頁 271-284。

三、英文部分

Bowles, H. (2006). Bridging the gap between conversation analysis and ESP—an applied study of the opening sequences of NS and NNS service telephone calls. *English for Specific Purposes*, 25, 332-357.

Brown, G. and Yule, G. (1983). Discourse Analysis. Cambridge University Press.

Brown, P. and Levinson, S. C. (1983). Politeness: Some Universals in Language Usage. Cambridge University Press.

Goffman, E. (1955). On face-work: an analysis of ritual elements in social interaction. In Laver and Hutcheson, eds., 1972, 319-46

Goffman, E. (1967). *Interaction Ritual: Essays on Face-to-Face Behavior*. （淺野敏夫訳（1986）。《儀禮としての相互行為》（新訳版）。法政大學出版局。）

Hutchby, I. (1999). Frame attunement and footing in the organization of talk radio opening. *Journal of Sociolinguistics*, 3, 41-63.

Labov, W. and Fanshel, D. (1977). *Therapeutic Discourse*. New York: Academic Press.

Leech, Geoffrey N. (1983). *Principles of Pragmatics.*（池上嘉彥・河上誓作訳（1987）。《語用論》。紀伊國屋書店。）

Matsumoto, Y. (1988). Reexamination of the universality of face: politeness phenomena in Japanese. *Journal of Pragmatics*, 12: 403-26

McCarthy, M. (1991). *Discourse Analysis for Language.*（安藤貞雄・加藤克美訳（1995）。《語學教師のための談話分析》。大修館書店。）

Sapir, Edward (1949). The Status of Linguistics as a Science, in D. G. Mandelbaum (ed.) The Selected Writings of Edward Sapir in Language. *Culture, and Personality*, Berkeley: University of California Press. 160-166.

Schegloff, E. (1986). The routine as achievement. *Human Studies*, 9, 111-151.

Schegloff, E. and Sacks, H. (1972). Opening up closings, *Semiotica*, 7, 289-327.（北澤裕・西阪仰訳（1995）。《日常性の解剖學》。マルジュ社。）

Spencer-Oatey, H. (2000). *Culturally Speaking: Managing Rapport through Talk across Cultures.* In H. Spencer-Oatey (ed.).（田中典子・津留崎毅・鶴田庸子・熊野真理・福島佐江子訳（2004）。《異文化理解の語用論：理論と実踐》。研究社。）

Sun, H. (2004). Opening moves in informal Chinese telephone conversations. *Journal of Pragmatics*, 36, 1429-1465.

Taleghani-Nikazm, C. (2002). A conversation analytical study of telephone conversation openings between native and nonnative speakers. *Journal of Pragmatics,* 34, 1807-1832.

Ting-Toomey, S. and Kurogi, A. (1988). Facework competence in intercultural conflict: an updated face-negotiation theory. *International Journal of Intercultural Relations*, 22(2): 187-225.

Whorf, Benjamin (1956). *Language, thought, and reality.* Selected Writings of Benjamin Lee Whorf (ed. J. B. Carroll). Cambridge. MA: MIT Press.

7

「我教過一個學生很聰明」
——談漢語的第四類存現句

薛芸如　元智大學應用外語學系講師

摘　要

　　漢語的存現句可以表示物或事的存在，Hunag（1987）曾針對漢語的存現句加以討論。我們發現在表經驗／完成的存現句中，動後名詞組也是主述關係的主語時，時貌標誌「過」或「了」就一定要出現（即第四類存現句）。

　　本章針對第四類存現句探討的問題有三：

1.時貌標誌「過」或「了」在存現句中的功能為何。
2.動後名詞組在第四類存現句中何以出現有定名詞組的限制。
3.時貌標誌「過」或「了」與動後主述關係之間的關連性為何。

關鍵詞：存現句，時貌標誌，量化詞，變項，有定名詞組的限制

一、漢語的存現句

漢語的存現句，可以是物（entity）的存在，也可以是事件（event）的存在。Hunag（1987）曾對漢語的存現句加以整理：

（NP）…V…NP…（XP）…

其中動詞可以分別是：(1)有；(2)出現動詞；(3)處所動詞；(4)事件／經驗的存在。其中，事件／經驗的存現句裡的主要動詞之後，有表示經驗的「過」或表示完成的「了」與之結合。這一類存現句的動詞可以是任何及物動詞，與「過」結合時所呈現的意義為經驗的存在；與「了」結合時其意義為事件的存在。同時在這一類表經驗／完成的存現句（以下稱第四類存現句）中，動後名詞組也是主述關係的主語時，時貌標誌「過」或「了」就一定要出現。

(1)我教過（一個）孩子
(2)我教過*（一個）孩子很聰明
(3)我愛過一個女孩很漂亮
(4)我選了一門課很難懂
(5)我看了*（一部）電影很好看
(6)他教一個學生（*很聰明）
(7)他每天教一個學生（*很聰明）

根據上述的句子，Hunag 指出：(1)主語的位置上有名詞組；(2)動詞的位置為及物動詞與表經驗的「過」或表完成的「了」的結合。但我們也可以觀察到，這樣的動詞後面可以有不定名詞組、有定名詞組，或如「一個學生很聰明」這樣的結構出現，但只要 XP 的位置有述語，則動詞不能不加上「過」或「了」的標誌。

在事件／經驗的存在的存現句（以下簡稱為第四類存現句）裡，名詞與其後的述語構成了主述關係（predication），且名詞也呈現有定名詞的限制（definiteness effect），必須是無定名詞組，而不能是裸名詞組（bare noun）或有定名詞組（definite noun）。

本章針對第四類存現句於之後就：(1)主要動詞與存現句之間的相關；(2)動後名詞之有定名詞組的限制（definiteness effect）；(3)「過」／「了」與動後主述關係的結構之間的關係等加以探討。

二、主要動詞與第四類存現句：V-過／了

第四類存現句的主要動詞，在 Hunag 的分類裡是及物動詞。但這個句式裡的主要動詞都有了表經驗的「過」或表完成的「了」。我們先看看這兩個標示與動詞之間的關係。

漢語與英語不同，動詞沒有構詞上的屈折變化，因此被認為是沒有時制的語言。儘管如此，漢語在語意上的時制由時間副詞或上下文來決定（林若望，2002；Sybesma，2007 等）。但我們認為除了上下文之外，句法結構上仍然有時制的節點" T "，可以得到時制的解釋（Sybesma, 2007; Tsai, 2008）。

有關漢語的句法結構中的時制，我們從 Sybesma（2007）與 Tsai（2008）得到佐證。Sybesma 舉了動詞句「住」的過去式由時間副詞的出現與否來決定，而動詞「買」則由表完成的「了」來標示。

(8a)張三住在鹿特丹
(8b)張三 1989 年住在鹿特丹
(9a)#我買一本書
(9b)我買了一本書

(9c)#我昨天買一本書

(9d)我昨天買了一本書

即漢語[-past]上都是 default，只有在[+past]有標，漢語的 tense agreement 不具語音形式。

Tsai（2007）以 Shi-zhe Huang（2005）所論，提及動詞的時制具不具形態（bare form v.s. constrained form）之差異在於前者表某一類的事件；後者則是某一特定事件。即事件論元（event argument）必須在詞彙（lexical）或構詞上（morphological）被認可，因此英語的時制是 default 事件變項（event variable），而漢語則否。

(10a)阿 Q 每看一部電影都會哭

(10b)*阿 Q 每看這一部電影都會哭

(10c)阿 Q 每看一次這部電影都會哭

Huang 由 skolem function 來解釋(10)現象，但我們依然在「每」所能指定的範域裡看出其中的不同。可從(10a)的「每」是泛時，因此無定名詞組「一部電影」在意涵上是非特定。(10b)的有定名詞組「這一部電影」是特定，因此泛時的「每」在意義上無法與之一致。(10c)泛時的「每」和修飾動詞組的副詞「一次」在意義上皆非特定。因此在 Tsai 的例句中我們可以理解，漢語的時制藉由句法上的手段使之可視（visible）[1]。Tsai 並以為時貌標誌（aspectual marker）有階層之分。如 Tsai（2008）所述，「過」或「了」會有過去時制的解釋，是由時貌節點（Asp）經過主要語

---

[1]Tsai（2008）則針對時制標誌，由事件的並列（event coordination）、事件的附屬結構（event subordination）、事件的修飾關係（event modification）、事件的量化（event quantification）以及動詞的提升（verb raising to v / T）來加以探討。

對主要語移位（head-to-head movement）提升到時制節點（T）[2]。另外，我們會在第四節針對「過」與「了」，以及動詞後主述關係之所以有意義上的差別再加以說明。

　　林若望（2002）認為漢語沒有句法上的時制，而是語意上的時制，除時間副詞與上下文是決定漢語時制的因素外，同時還有情狀類型與視點體（viewpoint aspect）及語法體（grammatical aspect）。其中提及簡單句時制意義的決定，首先就動詞的情狀類型，根據 Vendler 的分法，可以分為四種：活動情狀、靜態情狀、完結情狀及（瞬間）達成情狀。

　　這些情狀可用 [±靜態性]、[±持續性]、[±終點性] 三個屬性來劃分，如表 7-1 所示：

表7-1　　Vendler的四種動詞情狀類型劃分

情狀	靜態性	持續性	終點性
靜態情狀	[+]	[+]	[−]
活動情狀	[−]	[+]	[−]
完結情狀	[−]	[+]	[+]
達成情狀	[−]	[−]	[+]

(11a)他很聰明
(11b)他發現（了）一個駭人的秘密

　　我們可以得知靜態情狀在無標的狀況下表示泛時（如(11a)）；而帶有無定賓語的及物達成情狀在無標的狀態下則為過去式（如(11b)）。我們認為「過」／「了」對動詞的情狀類型有選擇的關係，而這四類情狀

---

[2]我們接受 Tsai 的論點，「了」只有句尾助詞會提升到 T，時貌標誌的「了」不會提升到 T 的位置。如果能得到時制的解釋，則是經過其他如上下文或時間副詞等語法手段。

的分類中，只有靜態性的情狀大部分不能帶上的標示。

我們在看表經驗或事件的存現句時，如 Hunag（1987）時所指，主要動詞是一個開集合，只要是及物動詞加上「過」或「了」即可。因此「過」、「了」標示的是經驗與事件的存在，所以也就是事件的量化。

(12)我教過一個學生很聰明

(13)我愛過一個女孩很漂亮

(14)我選了一門課很難懂

(15)他送了一本書給我很有趣

(12)是表示「教學生」這個事件與的存在與「有一個學生很聰明」的存在；(13)是表示「愛女生」這個事件的存在與「有一個女生很漂亮」的存在；(14)是表示「選課」這個事件的存在與「有一門課很難懂」的存在；(15)則表示「他送一本書給我」這個事件的存在與「有一本書很有趣」的存在。就 Huang 與 Tsai 觀點，我們可以說時貌提升到時制的位置時，事件被加以量化後並在句法結構中得到了特定事件的解釋。

三、「一個孩子很聰明」：有定名詞組的限制

在第四類存現句中，我們看到(12)這樣的例句，但是「V+過」之後並非只允許 NP-XP 的結構存在，試比較：

(16a)我教過一個孩子

(16b)我教過這個孩子

(16c)我教過*（一個）孩子很聰明

如(16)所示，動後名詞組可以是無定名詞組、有定名詞組[3]，或者是 NP-XP。在表經驗或事件的存現句中，動後名詞組是無定名詞組時，有沒有名詞後的述語 XP，會有語意上的差別。試比較「有」字句裡的名詞組與經驗或事件的存現句中動後名詞組，可以看出其相似性。

(17a)有一個孩子
(17b)*有那個孩子
(17c)有一個孩子很聰明

(17a)「一個孩子」是無定名詞組，但(17c)則是殊指。二者與有定名詞組之間，我們可由表 7-2 看出其中差異。

表7-2　無定名詞組、殊指與有定名詞組間之差異

說話者 ＼ 聽話者	＋	－
＋	Definite	Specific
－	--	Indefinite

表 7-2 表示，如果說話者與聽話者都知道所指，那麼這個名詞組就是有定名詞組。如果說話者知而聽話者不知，則這個名詞組屬於新情報（new information），就成為殊指。如果二者之間都不知所指，那麼這個名詞組就成為無定名詞組。因此(17a)是無定名詞組；(17c)有主述關係，由 Huang（1987）的主張對述語接續在動後名詞之後，這個名詞會得到殊指的解釋，認為應將有定名詞組限制（DE）與指稱性的要求（preferentiality requirement）分開來思考。也就是由語用的角度會較句法的角度得到適當的解釋。他以為存現句裡的主述結構是為了將無定名詞組導入到言談（discourse）當中，這個主述關係並不是非限定關係子句

---

[3]漢語的裸名詞組內部結構較為複雜，我們留待下次有機會再加以討論。

（non-restrictive relative clause），因此不能對非指稱（non-referential）的名詞做後續的陳述。

　　但我們由第四類存現句與「有」的存現句加以對照：兩者皆可有 NP-XP 主述關係出現。我們先由「有」的存現句來看，Tsai（2004）曾經談到「有」表存在量化的功能，由這一點我們可以說，(17a)的「一個孩子」在「有」之後出現就成為合法的句子，那是因為無定名詞本身有一個變項（variable）。其邏輯形式為_x C（X），這個變項 X 會因為「有」這個表存在的量化詞（existential quantifier）約束而獲得認可，形成 ∃x C（X）。(17b)則是因為「張三」是個常項，因此「有」量化詞沒有變項可以約束，造成不合法的句子。(17c)則是「有」之後的主述關係「一個孩子很聰明」有一個事件變項[4]，因此量化詞「有」可加以認可。

　　再看到第四類存現句，可以由量化詞與變項之間的約束關係得到解釋。首先看回到(10)，重複如下（18）：

(18a)阿 Q 每看一部電影都會哭

(18b)*阿 Q 每看這一部電影都會哭

(18c)阿 Q 每看一次這部電影都會哭

　　(18a)「每」是泛時的量化詞，因此無定名詞組「一部電影」受到它約束，所以非特定。(18b)的有定名詞組「這一部電影」裡並沒有變項可供量化詞「每」來加以認可，因此不合文法。(18c)泛時的「每」有副詞「一次」這個變項可以約束，所以在意義上表非特定。

　　漢語的名詞組為主要語在後（head final）的結構，因此如「一個學生很聰明」的結構不是名詞組，而是一個主述關係，與「我教過一個學生很聰明」其邏輯形式如下：

(19a)_x （ C（X） ∧ I（X）)

---

[4] 名詞的量化有很多文獻討論，如 Higginbothem 等。

(19b)∃e,x（教（e,我,x（C（X）^I（X）））

　　在第四類存現句裡的量化詞則是表經驗的「過」或完成的「了」，表事件／經驗的存在。我們認為在這個主述關係裡存在一個類前綴的變項。(19a)意指若 X 是一個學生，則 X 很聰明，X 這個變項就要受到認可才能合文法。(19b)則表示動詞類前綴量化詞（過）將整個句子裡的變項都加以約束。相對於(16a)的「一個孩子」不是主述關係裡的論元，(16c)「一個孩子」是述語「很聰明」的論元，這個結構本身既沒有時制量化詞，也沒有表存在的「有」量化詞，這個事件的存在要有量化詞來認可其變項；意即：如果名詞組是有定名詞組時，主述關係裡沒有變項存在，也就不需要獲得「過」、「了」的事件量化詞認可。因此可以瞭解何以在第四類存現句上，動後名詞組會產生有定名詞組的限制。

四、「過」／「了」與動後主述關係的結構之間

　　在第二節我們談到動詞的語法態與「過」／「了」之間在語法上的相關，第三節我們談到第四類存現句要受到「過」／「了」的約束，在這一節裡我們要談談

　　「過」／「了」在句法結構上的位置，並且觀察他們在句法結構上如何上動後主述關係獲得認可。

　　動詞因為情狀的分類，因此時制的標示也因而不同。我們從(21)至(21)可以瞭解，第四類存現句並非從時制獲得存在的意義，而是從「過」／「了」獲得。

　　(20a)我養過一條魚

(20b)我養了一條魚

(21a)我選過一門課很難懂

(21b)我選了一門課很難懂

(22a)我愛過一個女孩很漂亮

(22b)*我愛了一個女孩很漂亮。

　　(20a)與(21a)表示「養魚」、「選課」是發生在過去的事；(20b)與(21b)表示「養魚」這個事件的存在，以及「選課」後的結果存在。(22b)因為是靜態情狀的動詞，不被時貌標誌「了」所選擇。因此時貌標誌是可以選擇動詞組的功能範疇，由此可知「過」／「了」所認可的事件不盡然是過去時制[5]。第二節裡提到 Tsai（2008）將時貌標誌加以分類並說明其階層關係，其中「過」／「了」在這個階層關係裡所出現的位置顯示如下。至於是否能解釋為過去時制，則是因為時貌標誌是否能提升到時制（T）的位置。

(23)

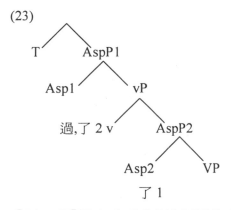

　　「了1」與「了2」在此分別有不同的功能。前者是句尾助詞（particle），後者是完成時貌標誌。其區別如下：

---

[5]林若望（2002）曾討論動詞的情狀與時貌之間的關係，在此不加詳述。

(24a)我買了 1 書了 2。

(24b)#我買了 1 書。

(24a)「買書」的動作完成而且也成為過去式，(24b)雖然有動作的完成貌，但沒有時制的標示，因此句子不完全[6]。

我們在第三節提過「一個孩子」與「一個孩子很聰明」其實都有一個變項存在。而在第四類存現句中被時貌標誌所認可，因此帶有存在的（ㄣ）意義。但兩者之中只有後者有殊指的意義。我們以為，一樣有存在的意義，前者是名詞組裡的變項獲得時貌標誌的認可；後者則是主述關係裡的變項獲得時貌標誌的認可。我們用樹狀圖標示如下[7]：

(25a)

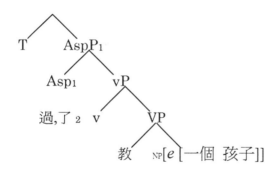

---

[6]#表示句子不完全。

[7]為了讓結構容易辨識，我們採取主語在動詞組內的看法，但不在這個結構中加入，僅就動詞與動後名詞／主述關係以樹狀圖說明。

(25b)

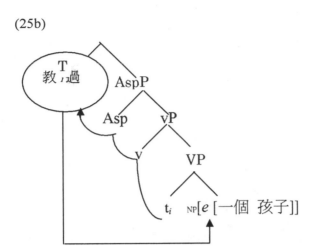

(26a)

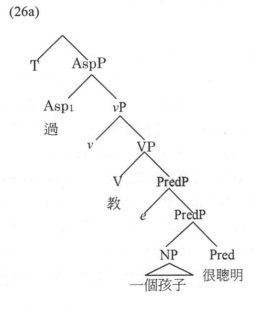

(26b)

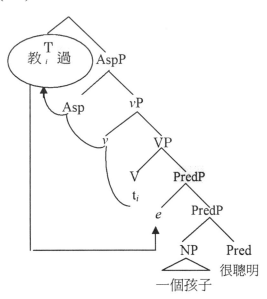

　　在(25)~(26)中可以看到動詞「教」由 V 提升到 v 再到 Asp1。所不同的是，(26)的 NP 位置在 VP 內；(26)NP 的位置在 Pred 內。前者的「過」要對變項 e 加以認可，中間經過 vP 與 VP；而後者的「過」要對變項 e 加以認可，中間經過 vP、VP 與 PredP，二者在動詞提升到 Asp 的過程裡皆形成 V-v-Asp1-T 連鎖（T-chain）（Gueron & Hoekstra, 1995），所以原來在語彙投射（lexical projection）下獲得論元認可（Themtic licensing）與 支配該語彙投射的功能語投射（functional projection）下獲得形式認可（formal licensing）在 T-chain 都得到滿足。因此二者在動詞提升到 T 的過程裡所形成連鎖，對變項的約束仍能保持最近的距離（shortest distance），皆為 V-v-Asp1-T 連鎖對 V 的姐妹節點的距離，維持 local 的關係。

　　再由語意上來看，XP 所容許的述語為 individual-level，[一個孩子很聰明]是一個未經過限定的事件，「過」將事件限定為一特定的事件，也

可以說，這個事件會因為「過」而得到 episode 的解釋。動詞 V 在 VP 裡跟動後結構呈姐妹關係，是動詞對論元的關係。經由提升到 T 之後，由開集合的事件得到一個 episode 的事件，這也說明何以在漢語裡，動後主述關係的述語會是 individual-level，而非 stage-lcvcl[8]。

五、結　論

我們在分析第四類存現句時，在 Huang（1987）的論述中提及動詞的位置為及物動詞與表經驗的「過」或表完成的「了」的結合，而動後名詞與 XP 有主述關係，且名詞要遵守有定名詞組的限制。針對「過」／「了」，我們採納了林若望（2002）透過動詞的情狀來說明何者可以與帶上「過」／「了」，及帶上這樣的時貌標誌之後其意義的不同。由此 Tsai（2008）的結構正可以說明「過」／「了」在句法結構上的位置，同時也看出了「了 1」與「了 2」分別有不同的功能。前者是句尾助詞（particle），可以提升到時制節點 T 的位置；而後者則是完成時貌標誌，無法提升到時制節點 T 的位置。這個結構同時也說明了林若望（2002）所提及的「了」不完全是完成貌的現象。

時貌標誌在句意上能對事件有所量化，我們採納了量化詞與變項的看法，藉以解釋動後名詞組必須遵守有定名詞組的限制，只允許無定名詞組出現。但第四類存現句中動詞後的詞組為一主述關係，同一位置可以是無定名詞組或有定名詞組。對於這個現象，如果利用 quantifier-variable 的關係可以得到合理的解釋：那就是事件或物的存在都

---

[8] 如「這些軍人打過一場仗很激烈」合文法，但「這些軍人打過一場仗很緊迫」不合文法。

有一變項包含其中，前者在主述關係的結構上，後者在名詞組的結構上。時貌標誌要對變項加以認可，相對於無定名詞組，有定名詞組若在主述關係中出現，就沒有一個須要加以認可的變項存在。這也說明了何以在動詞後的名詞組必須是無定的。

　　但認可（或約束）仍要在 local 的條件下，第四類存現句的量化詞與變項之間的距離相對於只有動後無定名詞組時，乍看之下距離更長。我們就動詞到時貌標誌成一連鎖的角度，可以看出二者之間其實距離沒有不同：無論是無定名詞組或主述關係裡的變項都在動詞的姐妹節點中。又動後主述關係中的述語只有 individual-level predicate 可行，但 stage-level predicate 卻不可行。

參考書目

一、中文部分

黃正德（1990）。〈說「是」和「有」〉，《中央研究院歷史語言研究所集刊》59，頁 43-64。

林若望（2002）。〈論現代漢語的時制意義〉，*Language and Linguistics Vol. 3, NO. 1*, 1-25。

蔡維天（2004）。〈談「有人」、「有的人」和「有些人」〉，《漢語學報》。第二期，頁 16-25。

二、外文部分

Cheng, Lisa L.-S. and Rint Sybesma. 1999 "Bare and Not-so-bare Nouns and the Structure of NP," *Linguistic Inquiry* 30, 509-542.

Guerón, Jacqueline and Teun Hoekstra. 1994. "The Temporal Interpretation of Predication." A. Cardinaletti and M.-T. Guasti (eds.), *Small Clauses*. New York City: Academic Press, 77-103

Huang, C.-T. James. 1987 "Existential Sentences in Chinese and (In) definiteness." in *The Representation of (In) definiteness*. MIT Press. 226-253.

Li, Yen-hui Audrey 1996 "Types of Existential Sentences in English and Chinese," ms., USC.

Sybesma, Rint. 2007 "Whether We Tense-agree Overtly or Not", *Linguistic Inquiry* 38, 580-587.

Tsai, Wei-Tien Dylan. 2003 "Three Types of Existential Quantification in Chinese" in Li, Audrey and Andrew Simpson (eds.) Functional

Structure(s), Form and Interpretation: Perspectives from Asian Languages, Routledge Curzon, London.

Tsai, Wei-Tien Dylan. 2008 "Tense Anchoring in Chinese", Lingua 118, 675-686.

8

東亞的國家與社會：兩岸第三部門之比較

劉阿榮　元智大學社會暨政策科學學系教授兼人文社會學院院長
謝登旺　元智大學社會暨政策科學學系教授兼幼保系、師資培育中心主任

摘　要

　　國家與社會的關係至為密切，在西方歷史淵源上，可謂同根而分衍。古希臘城邦（Polis）實為社群（community）之組合，而社群之目的在實踐幸福美好之「善」。羅馬政治思想家希塞羅（M. T. Cicero, 106-43B.C.）將城邦（Polis）轉譯為拉丁文"Socetas Civils"，不僅意指「國家」，也指稱已發達到出現城市的「文明政治共同體」之生活狀況，由是國家與文明共同體的城市文化，呈現「同旨而異畛」之分衍。

　　近代啓蒙運動思想家，把「市民社會」（civil society）和「自然狀態」（state of nature）分開；黑格爾（W. F. Hegel, 1770-1831）再將「國家」（the state）和「市民社會」區分開來，分別指涉公共領域和私領域，於是「國家」與「社會」「分立而互動」之態逐漸形成。

　　晚近則因社會組織複雜，有追求利潤之企業部門；有非營利之公益部門，因而國家與社會形成「三分法」乃潮流所趨，亦即：政府部門、企業部門、第三部門（非營利組織）。

　　本文首先梳理國家與社會關係的歷史脈絡；其次，陳述第三部門之意涵與特性；復次，具體探討了臺灣第三部門及中國大陸第三部門的發展過程與現況；最後，則對兩岸第三部門加以比較，分別就：(1)政治環境變遷之快慢；(2)經濟發展實力之消長；(3)法制化的推進；(4)國際化的接軌；(5)數量及品質的落差等五方面加以說明。並期望未來兩岸第三部門的研究與實務方面，能多加交流合作，分享經驗。

- -

關鍵詞：國家與社會，第三部門，非營利組織，公民市民社會

一、導　論

　　傳統概念中，國家與社會常相提並論，如勉人盡心盡力，報效國家社會。把國家視為公共意志的匯集；社會展現人群聚合的整體，所以國家與社會都是公共性、整體性的概念。

　　然而，從較嚴格的學術上探索，國家與社會，通常指涉的是國家（the state）和"civil society"（市民社會或譯公民社會）的關係。古代希臘哲人亞里斯多德（Aristotle 384-322 B.C.）在《政治學》（*Politics*）一書中提到：「我們觀察到每個城邦都是某種社群組合，而每個社群的建立都是為了某種善。」亞氏指出城邦的目的在促進幸福美好的生活，也就是「美德之完全實踐」（江宜樺，1995：40-56）。這種城邦即是一種社群（community）的組織，經由羅馬的政治家希塞羅（Marcus Tullius Cicero, 106-43 B.C.）將城邦（Polis）一詞轉譯為拉丁文"Socetas Civilis"，不僅意指「單一國家而且也指稱已發達到出現城市的文明政治共同體的生活狀況，這些共同體有自己的法典（民法），有一定程度的禮儀和都市特性（野蠻人和前城市文化不屬於市民社會）、市民合作及依據民法生活並受其調整，以及『城市生活』和『商業藝術』的優雅情緻」（鄧正來，1999：79）。而後來便逐漸發展為近代的"civil society"。

　　近代啟蒙運動的思想家，把 civil society（市民社會）和「自然狀態」（state of nature）分開，civil society 成為對應於自然狀態的政治社會（political society）或國家（state）。一直到了黑格爾（Wilhelm, Friedrich Hegel, 1770-1831）在《法哲學原理》一書，才正式把市民社會與國家分開來，亦即：「人們在公共領域（public sphere）中活動，即為『國家』中的『公民』身分；在私領域（private）中活動，即是「市民」的身分。因此，就黑格爾的 Civil Society 概念而言，應是相對於「國家」（公共領域）的「市民社會」（私領域）較為恰當。」（王紹光，1992：6-14）

當國家／社會的研究成為熱門議題之際，藉此架構從事探討各個國家及社會變遷的學術論著頗為豐碩，例如 T. Skocpol 所撰《國家與社會革命：對法國、俄國和中國的比較分析》（*State and Social Revolutions*）就提到社會革命中「社會集團」所展現的「社會力量」和國家潛在的自主性（Skocpol, 1979）。其次，Martin Carnoy 在《國家與政治理論》（*The State and Political Theory*）一書中，更考察了國家與社會關係的各種理論，尤其著力於左派思想家如馬克思、恩格斯、列寧、葛蘭西（A. Gramsci）、阿杜塞（L. Althusser）、普蘭查斯（N. Poulantzas）、歐菲（C. Offe）等人的觀點（Carnoy, 1984: 44-152 ）。而 J. L. Cohen and A. Arato 在《市民社會與政治理論》（*Civil Society and Political Theory*）鉅著中，更提出用生活空間、政治、經濟次級系統的三元模型（a three model）來分析市民社會，並從葛蘭西、帕森斯（T. Parsons）發展到盧曼（N. Luckmann）的系統理論（Cohen and Arato, 1992: 421-433）。

　　西方社會學理論採取國家／社會觀點論述國家角色與市民社會的關係也深刻的影響了東方亞太國家，例如日本東京大學豬口孝教授主編的一套「現代政治學叢書」，就有《國家與社會》一書出版，大受好評，影響深遠（劉黎兒譯，1992），其後更將此概念用以分析「東亞國家與社會」，共有六冊（六個國家或地區）包括：中國、臺灣、北韓、南韓、越南、日本，而其中若林正丈所撰《臺灣：分裂國家與民主化》一書，對臺灣地區政治發展多所著墨（洪金珠、許佩賢譯，1994）。

　　另外，中國大陸一九八九年民運之後，若干流亡海外的知識分子嚮往民主化運動，也藉由啟發中國「公民社會」的理想，希望改變這個封閉已久的國家與社會，因此集眾人之力編寫了《當代中國的國家與社會關係》一書（周雪光主編，1992），影響深遠。此後中國知識分子對「公民社會」、「市民社會」的介紹或論述，正方興未艾（俞可平，1999；鄧正來編，1999；馬長山，2002）。

　　臺灣地區對國家／社會的研究，也在社會學、政治學不同領域中取

得相當的成果，例如哈佛學者高隸民（Thomas Gold）曾在臺灣撰寫其博士論文《臺灣奇蹟中的國家與社會》（Gold, 1981），政治學者蕭全政（1990）撰述〈國家機關與民間社會關係的未來發展〉，而王振寰（1993）在《資本，勞工，與國家機器：臺灣的政治與社會轉型》一書中，更從動態的觀點分析臺灣政商關係與勞工行動。筆者（劉阿榮，2002）也曾藉用國家與社會的觀點，分析臺灣永續發展的議題。

總括言之，自二十世紀末期，西方社會科學又重新將「國家機器」引入社會結構、社會行為以及社會成員的意識形態和思想模式。將國家視為影響社會文化現象的一個重要因素（徐正光、蕭新煌主編，1996：1-2）。換言之，忽略了「國家機器」在政治、社會、經濟各層面的實際主導與影響，將是嚴重的研究圍限。由上述情形觀之，國家與社會的動態分析，對理解東亞地區的政治社會變遷，頗具意義。

在論述國家與社會的架構中，通常把國家與社會劃分為兩橛，但晚近對國家／社會的劃分，又常由「二分法」（國家或政府／市民社會或公民社會）轉向「三分法」（政府、市場、公民社會），亦即：

> 在三分法的概念中，政府代表「第一部門」，市場代表「第二部門」，以非營利組織為主體的公民社會就代表第三部門；如果國家代表著政治力，企業代表經濟力，公民社會就代表社會力。當代公民社會理論的支持者主張，第三部門必須擺脫政治力的干預與經濟力的俘擄，建構一個獨立自主的公民領域，一方面它能替政府處理它所無法處理的公共事務，充分展現其公共性與參與性的特徵，另一方面則企圖扭轉市場過度重視營利與自利的價值觀，希望能夠建立社會責任感與公民義務感，使市場成為公民社會的後盾。基此，在三分法的公民社會概念下，第三部門就成為活動的主軸，而開放性、參與性、自由性與自主性就成為重要的價值規範。（江明修主編，2008：6）

如果採行「三分法」的方式，把國家與社會的關係分為政府部門、企業市場、第三部門，則企業部門顯然著重於市場交易與營利性質，而第三部門之公民社會，則偏重於「非營利組織」（Nonprofit Organizations, NPO）的活動。

　　近年來東亞各國的國家與社會互動，隨著民主化而有明顯的變遷，尤其海峽兩岸經歷不同時期的對峙，逐漸開放，增進交流，因此屬於非政府、非營利的「第三部門」，也有明顯的變化，例如：在臺灣地區，社會力量隨著威權轉型而日益蓬勃，逐漸突破國家機器的宰制，而社會力之中的非營利組織，不論在法制化、運作方式、實質成效各方面均有相當的進展。另一方面，大陸地區由早期嚴格的社會控制，不允許民間的組織與活動，但自改革開放以來，市民社會或第三部門，除了數量遽增之外，其獨立性、自主性程度也有明顯的變化。

　　本文擬以兩岸「第三部門」為比較論述重點，藉以觀察東亞國家與社會的變化情況。全文共分六節，除第一節引言外，第二節探討國家與社會關係中的第三部門。第三節、第四節分別分析臺灣及大陸地區「第三部門」的發展情況。第五節進行兩岸之比較。第六節則為結論。受限於種種因素，無法進行實地訪談或調查，僅能採文獻分析，輔之以本文兩位作者對臺灣及大陸第三部門的認識及接觸，提出一些初步的意見。

二、國家與社會關係中的第三部門

　　由上所述國家與社會的字源，就早期意義上說是相接近的，希臘城邦（polis）被羅馬的西塞羅轉譯為拉丁文的"Socetas Cvilis"，後來演變為英文的"Civil Society"，正說明國家與社會由同根而分衍。近代社會更分為企業與非營利部門（第三部門），因此，本節先探討國家與社會，以及第三部門的理論意含。

(一)國家

有關國家（the state）的議題，自古以來即是政治學所探討的核心概念，例如柏拉圖（Plato, 427-347 B.C.）的《理想國》一書卷四〈國家與靈魂〉中，記錄了他的老師蘇格拉底（Socrates, 469-399 B.C.）回應阿第曼圖的話：「我們認為，旨在全體福祉的國家，是我們最可能找到正義的國家，而在組織不良的國家裡，最可能找到非正義。」（侯健譯，1989：164）國家的組織體現了正義與非正義。而一般政治學對「國家」的意義與價值，也有不同的看法，例如：民族國家興起的初期，許多人對國家給予正面的評價，認為國家是集中力量以獲得財富的有效工具，而財富可以富足社會、改進人民的生活（呂亞力，1993：85）。德國的費希特（Johann Gottlieb Fichte, 1762-1814）崇拜「國家」，將其視為一種目的，而黑格爾（Wilhelm, Friedrich Hegel, 1770-1831）則視：「國家是倫理理念的現實」、「國家是絕對自在自為的理性東西，因為它是實體性意志的現實」，而自在自為的國家就是「倫理性的整體，是自由的現實化，……是理性的絕對目的」（范揚、張企泰譯，1985：295-299）。

對國家持否定態度者亦不乏其人，特別是十八、九世紀西方資本主義發達下的國家，往往被批評是「資產階級」的壓迫工具，因此，無政府主義者巴枯寧（M. Bakunin）主張國家是壓迫人民的工具，必須徹底摧毀，使人民獲得自由；而馬克思（Karl Marx, 1818-1883）及恩格斯（Friedrich Engels）則把國家視為資產階級壓迫無產階級的工具，他們在〈共產黨宣言〉中指稱：「現代國家的行政機構，無非是處理全部布爾喬亞共同事務的委員會」，而且國家具有鎮壓的、暴力的本質（洪鎌德，2004：241）。

不論「國家」扮演公平正義還是暴力、壓迫的角色，國家的出現，終究帶來雙重的歷史意涵：

> 一方面國家的勢力逐漸擡頭，擔任起牧養的角色來計畫和管理社會

秩序的再生產任務。尤其，在資產者日益茁壯的情況下，國家更是與資產者形成為聯合陣線下的夥伴。另一方面，面對著勢力日益茁壯之資產者既聯合、又對抗的互動關係（或換成另一種語言來說，面對著市民社會的壓力），新的問題具有新的意義，現代社會學的思想源頭可以說正是源起於這樣的歷史情境。從十七世紀以降，當以國王為主的專制國家體制日益具體成形之際，以布爾喬亞資產者的階級利益為潛在導引軸線的市民社會，也隨之日漸茁壯。人如何從所謂前社會狀態的獨立個體，過渡到政治社會整體下的社會人，於焉成為重要的問題（葉啓政，2004：83）。

(二)社會

以政治社會學的觀點論之，西方工業革命引發了政治與社會經濟的重大變革，伴隨著這種鉅變，許多社會思想家關心兩個核心議題：社會秩序（social order）和社會進步（social progress）。孔德（Auguste Comte, 1798-1857）親身經歷法國大革命所帶來的社會解組，他希望為社會尋求一種類似自然法則一樣的社會秩序，但他所運用的不是玄學的想像，而是重視科學實證，因此，他提出人類進化的三個時期：神學、玄學、科學實證。涂爾幹（Emile Durkheim, 1858-1917）觀察社會的實際存在，是團體的而非個人的存在，因此，他認為社會現象是社會事實（social facts），這些社會事實可能存在於人們的社會互動中，也可能紀錄在社會風俗習慣及律法，當社會事實深植於人心，就形成約束的力量或規範，進一步形成社會制度。一旦社會制度暫時的突然崩裂，人們失去規範與約束而無所適從，社會將出現脫序或迷亂（anomie）的現象（蔡文輝，1979：28-46）。

韋伯（Max Weber, 1864-1920）把社會學的研究，視為一種對社會行動（social action）的理解性科學，所謂社會行動意指具有主觀意義，且

涉及他人的行動，亦即社會行動是一種包含社會關係的行動，它建立在以理性（價值或目的合乎理性）為動機的利益平衡（侯鈞生主編，2004：117）。換言之，韋伯希望朝向理性及有目的的社會行動方式，來進行人類的互動（蔡文輝，1979：47）。

總之，社會的概念由古典社會學者所關心的「社會事實」（如Durkheim）或「社會行動」（如 Weber），到近代學者如 T. Parsons 及 N. Luhman 所分析的「社會體系」（Social System），把社會「理解為彼此相互指涉、且可及之諸多社會溝通行動的關聯。」說明社會體系不只是互動，而且是溝通體系，「把各種具迴歸性的溝通連接起來的運作」（葉啟政，2004：122-123）。

(三)國家與社會的關係

瞭解「國家」與「社會」的概念後，二者的關係如何？為歷來的學者所關切的核心問題。鄧正來（1999：76-100）提出學理上的分野與兩種架構：

■市民社會「先於」或「外於」國家

> 洛克認為人類最初生活的社會（指自然狀態）乃是一種完美無缺的自由狀態，其間的人乃是理性人；他們與生俱有生命、自由和財產三大權利，而其中財產權最為根本。為了約束所有的人不侵犯他人的權利，不互相傷害，每個人就都有權懲罰違反自然法的人，有權充當自然法的執行人（鄧正來，1999：92）。

所以國家或政府的存在，乃是為了解決人們在自然狀態所面臨無政府／無秩序的缺失而組成的政治團體，國家或政府是為人民服務的、為人民謀福利的，它只享有社會契約上人民所讓渡的權利。換言之，市民

社會優先於國家，且可外於國家，人民可以不信任國家或政府，而另組新的國家或政府。洛克、盧梭以降的許多自由主義者持這種看法，甚至認為人民的自由與人權，先於邦國而存在（張佛泉，1978：75-76）。

■國家「高於」或「優先於」市民社會

> 黑格爾認為，市民社會乃是個人私利慾望驅動的非理性力量所致的狀態，是一個由機械的必然性所支配的王國；因此，撇開國家來看市民社會，它就只能在倫理層面上表現為一種無政府狀態，而絕非是由理性人構成的完滿狀態。這樣，作為「倫理理念的現實」和「絕對自在自為的理性」的國家，單憑定義就壟斷了一切道義資源，因此，國家是絕對的，它體現而且只有它才體現倫理的價值推測（鄧正來，1999：96）。

黑格爾在《法哲學原理》（或譯《法權哲學》）（范揚、張企泰譯，1985：193-400）第三部——倫理生活，列出了三個項目，表明了人類倫理生活的三個階段：家庭、市民社會、國家。初始階段是「家庭」，其維繫的根基是「愛」、是「親情」；家庭是一個未分化的統一體（undifferentiated unity），家庭成員間以親情之愛相聯繫，榮辱與共。

第二個階段是「市民社會」，它是從未分化的「家庭」關係中，逐漸分化及擴散出來，這時候，每一個人都在追求自己的利益與自由，因此，「個殊性」（Particularity）原則及「市場交易」乃是人們活動的主要方式，Civil Society 譯為市民社會，正是「市」含有交易的意義（石元康，1990：24-25）。M. Carnoy 在闡述國家與社會的分析架構時，分別從霍布斯、洛克、盧梭等「古典的」政治思潮；亞當斯密（Adam Smith）、彌勒（J. Mill）等「自由的」學說加以觀照，前者在尋找一種新的「政治社會」；後者在勾勒一幅競爭的「市場社會」（Carnoy, 1984: 31），它們都是市民社會的相關概念。

黑格爾的最高理想乃是以「理性」為基礎，表現大公無私的「國家」。國家能有效地彌補市場造成的非正義，導引人們由追求一己之私的私領域（市民社會）提升到「公共領域」的「政治社會」（王紹光，1992：8）。吾人可以圖 8-1 示意如下：

圖 8-1　黑格爾的國家與市民社會概念

　　不論市民社會先於國家；或國家高於市民社會，都隱含著國家／社會之間存在的互相依存又相互抗拒的態勢，近代許多社會學家分析社會體系中的各項次級系統（subsystem）時，特別把它擺置在生活世界（lifeworld）中的公領域和私領域去探討，茲以哈伯瑪斯（J. Habermas）的人格、社會整合、文化（見表 8-1）及盧曼（N. Luhmann）的公、領域（見表 8-2）為例：

表8-1　哈伯瑪斯「生活世界」的制度

次級系統 Subsystem:	經濟 Economy	國家 State	
生活世界的制度 Lifeworld institution:	人格 personality	社會整合 social integration	文化 culture
象徵性資源 Symbolic resource:	勝任能力 competence	團結一致 solidarity	意義 meaning
結構性背景 *Structural background:*	語言──文化的生活世界 Linguistic-cultural lifeworld		

資料來源：引自 Cohen and Arato, 1992: 428.

Habermas 在表 8-1 中認為，生活世界由人格、社會整合、文化三個部分組成，當他們相互理解、相互承諾、共用文化時，就形成休戚相關的社會群體成員，而透過溝通交流形式，共同接受制度的各種規範，而這些分別表現在經濟的和國家的次級系統上。

表8-2　盧曼「生活世界」的公私領域

	公（Public）	私（Private）
系統 System	政治次級系統或「國家」 Political subsystem or "state"	經濟次級系統 Economic subsystem
生活世界 Lifeworld	公領域 public sphere	私領域 pivate sphere

資料來源：引自 Cohen and Arato, 1992: 431.

　　表 8-2 是 Luhmann 修正、簡化了 Habermas 的圖式，而強調市民社會的生活世界，與政治次級系統的「國家」，經濟次級系統的私領域之間的關係。此一圖式也隱含了本文第一章所述的三個部門（政府／市場／第三部門）之概念。

(四)第三部門的意涵

　　現代社會組織複雜、分工精細，因而有各種不同的歸類，從公共行政或社會組織的概念上，可以分為各種獨特性質的部門（sector），誠如本文第一節所述，目前較普遍的「三分法」即分為：國家或政府、企業或市場、非營利組織或第三部門。

　　現代社會中包含不同獨特性質的部門（sector），應予人為地劃分，以利進行深入分析。傳統上在分析部門之時，一般只區分為「國家」（state）與「市場」（market）。在國家部門之內，相關經濟行動的

最主要決策者便是企業。但隨著社會變遷，上述傳統的兩分法已不再能精確地描述晚近大量出現的新興組織，以及由來已久但愈趨重要的另類部門。研究者對於這個部門有著不同的稱謂，若依指涉範疇的大小，依序約略為公民社會、非政府組織、第三部門、獨立組織、志願組織、慈善組織、博愛組織等等，各自強調部門的某一特別面向與屬性，而大都以「第三部門」統稱之，以凸顯它與國家部門及市場部門共同構成現代公民社會（孫煒，2007：158）。

第三部門也常被稱為「非營利組織」，它在臺灣的發展有其獨特的文化及政治背景，在生活實踐上，它經常是以各種社會運動，如環保活動、社區活動、都市運動的形式表現，而長期承載這些運動目標的組織，幾乎毫無例外地都屬於非營利組織。（顧忠華，1999：392-393）。而就在政治民主化的過程中，民間逐漸出現和國家官僚體制相抗衡的自主意志，早期這些力量常以社會運動的形式集結，惟近幾年相繼催生不少「非營利」的團體與組織，它們在型塑臺灣的「公共領域」（public sphere）上有很大的貢獻。

第三部門的提出者 T. Levitt 認為：此概念是指「非公非私的、既不是國家機構也不是私營企業的第三類組織」（秦暉，1999：15），因此它與政府／企業鼎足分立。但並不意味著完全獨立於政府之外，而不受其規範。事實上第三部門與政府之互動存在著兩個特性：權力的不對等與價值的歧異性：（同上，頁173）

1. 權力的不對等：表示政府無論在資源運用的管轄範圍上，均與第三部門存在相當大的差距。即使在第三部門高度發展的社會，第三部門或多或少地受到政府的規範。

2. 價值的歧異性：雖然政府與第三部門都標榜追求公共利益，但政府是代表國家部門，集合多數人（或支配團體）的價值，並欲實現普遍性的社會目標；第三部門代表非營利組織，集合部分人的價

值,並欲實現其特殊性的社會目標。兩者基於價值所追求的目標或可相容,然而也可能不完全一致。

因此,政府部門對第三部門可以透過各種不同的工具去影響第三部門(孫煒,2007:175):

1. 法令性的(legal)政策工具:例如禁令、政府基金會、監督管制等,此類政策工具含有強制的(compulsion)性質。
2. 經濟性的(economic)政策工具:例如契約委託、減免稅捐、補助等,此類政策工具含有經濟誘因(economic incentives)的性質。
3. 資訊性的(informative)政策工具:例如資訊公開、教育訓練、公民參與等,此類政策工具含有學習(learning)的性質。

政府的政策,對第三部門的核准、指導、監督、補助等都影響了第三部門的生存與發展;反之,一個國家或社會中第三部門發達的程度,正反映出該國政治與經濟發展的程度。以下第三、第四節將對臺灣地區與中國大陸地區第三部門的發展略加敘述,進而於第五節加以比較。

三、臺灣地區第三部門的發展

第三部門在臺灣的現況如何?實務上如何分類?數量有多少?如何運作?類此問題,可先從法律現實面去尋找答案。

(一)第三部門的分類與現況

按第三部門或非營利組織在臺灣的法律環境裡,衹稱作「人民團體」係「法人」性質。依官有垣(2000a)指出:按民法總則,法人可分為公

法人與私法人；公法人指政府機關，私法人指營利與非營利機構或團體，私法人又分為社團法人及財團法人，並將其中關係繪如下圖 8-2 所示：

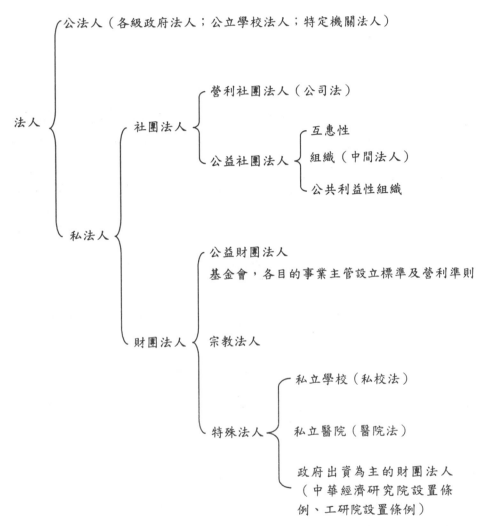

圖 8-2　臺灣民法系統中 NGO 分類

資料來源：賈西津、王名，2004：175。

圖 8-2 中，涉公共利益屬性之社團或財團法人為非營利組織殊屬無
疑義，但當中尚有議論空間，例如：中間性（互惠性）的組織如同學會、
同宗會，其服務會員利益，公共利益屬性不強；另外政府捐資成立的財
團法人亦不宜列入。（官有桓，2000a）而黃世鑫與宋秀玲（1989）也指
出：像合作社、體育性、娛樂性及社交俱樂部、同鄉會、宗親會、祭祀
公會等社團法人；公共利益屬性不強，亦值得商榷是否即為非營利組織。

　　臺灣的人民團體包括政治團體、職業團體及社會團體三者，但前二
者定義上與前述第三部門意涵未盡相符，故僅以社會團體作為「第三部
門」或「非營利組織」的另一稱謂，如表 8-3a 及表 8-3b 所示，臺灣社會
出現最多的社會團體依次為學術文化團體、社會服務及慈善團體、經濟
業務團體，此三類最為活躍，顯見當前社會在文化、福利、經濟之議題
及需求與殷切期盼，但是國際團體的冷落某種程度或許也說明了臺灣尚
未完全走出去。另者這許多的團體與國家社會中是否皆為正面的關係圖
像，亦或有負面的關係型態？茲引丘昌泰、江明修（2008）所提負面的
可能性，略述如下：

1. 受政府機關挹注豐者成為「紅頂」非營利組織，得獨攬事業計畫，
   成為大型之非營利組織。
2. 高聲望的非營利組織募款或吸收志工能力均強，不必再太依賴政府
   補助。
3. 企業常利用非營利組織逃稅。
4. 政治人物以其成為公共工程與採購業務的投標者，十拿九穩。

　　以上或許也有部分確屬實情，但站在國家或政府的立場及社會大眾
的期待，無不期盼非營利組織都能正派經營，參與者皆心存正念、奉獻
犧牲，方為國家社會之福。

表8-3a　臺灣的社會團體（1-3類）

年（季）	社會團體			
	合計	學術文化團體	醫療衛生團體	宗教團體
1992	1,536	447	155	87
1993	1,740	490	167	109
1994	2,011	546	197	135
1995	2,275	578	221	171
1996	2,390	606	248	158
1997	2,668	639	269	232
1998	2,897	684	300	244
1999	3,279	754	315	269
2000	3,964	972	358	323
2001	4,407	1,049	390	355
2002	4,930	1,173	426	397
2003	5,467	1,295	471	455
2004	5,997	1,428	514	524
2005	6,565	1,570	591	574
2006	7,150	1,707	641	633
2007	7,796	1,838	698	683

資料來源：內政部民政司、社會司。

　　此外，提到臺灣的非營利組織，一般人就會與「基金會」連想一起，臺灣基金會的發展與社會變遷有其亦步亦趨的關係，基金會也許就是社會變遷的產物，不同的時代會有不同形式的基金會應運而生，完全符合社會的多元性、變化性或開創性，故基金會的名稱就讓人眼花撩亂，它的性質也是十分多元，例如社區基金會、企業基金會、宗教基金會、醫療基金會及援外基金會等（蕭新煌，2006：5）。

　　臺灣基金會的設立與監督管理，都有其對立的主管機關，而其總數量約在三千家以上，但筆者估計最新資料應不止此數（詳見表8-4）。

表8-3b　臺灣的社會團體（4-6類）

年（季）	社會團體				
	體育團體	社會服務及慈善團體	國際團體	經濟業務團體	同鄉、校友會及其他團體
1992	143	227	105	311	61
1993	160	283	101	354	76
1994	180	343	110	440	60
1995	197	426	117	496	69
1996	249	408	114	499	108
1997	272	450	125	551	130
1998	286	510	131	601	141
1999	340	607	133	687	174
2000	402	774	129	804	202
2001	443	918	130	899	223
2002	486	1,049	136	990	273
2003	531	1,135	142	1,109	329
2004	574	1,239	147	1,203	368
2005	624	1,345	149	1,321	391
2006	668	1,475	161	1,443	422
2007	718	1,661	166	1,546	486

資料來源：內政部民政司、社會司。

表8-4　臺灣財團法人基金會數量一覽表

主管機關	數量	主管機關	數量	主管機關	數量
內政部	159	衛生署	119	原委會	4
教育部	615	環保署	29	經建會	4
經濟部	93	文建會	187	退輔會	2
交通部	42	青輔會	13	僑委會	21
法務部	9	農委會	43	蒙藏委員會	1
財政部	8	陸委會	11	新聞局	30
外交部	1				
合計	3,209				

資料來源：丘昌泰、江明修，2008：17。

蕭新煌（2006：5-7）在對臺灣基金會的調查後，作一概括性的輪廓描述，發現有以下特徵或現象：(1)成立歷史短，大都成立於一九九〇年代；(2)集中北臺灣；(3)個人捐助基金最多；(4)教育福利和文藝是主要使命；(5)基金額小，屬「微小型」基金會規模者高達六成七，亦即在 300 家基金會中，基金 500 萬以下（微型）占四成七，基金 500 至 1,000 萬（小型）占二成；(6)人力單薄，男女有別，女性人力較多，領導層大都是兼職或義務職。此為基金會不可解的限制面。睽諸臺灣基金會的成立有其一窩蜂的現象，所以成為熱衷的原因，筆者認為可藉機架起自己可掌握的舞臺，而演出許多的戲碼，或許可再進一步探討企業成立為何去組成它？政治人物為何也去運用它並且擁有它？官員退休後為何也去沾上邊？姑且暫不論基金會成立或存在的動機目的為何？或者先擱置其最終是「私利」或「公益」？畢竟顯而易見的是它的存在活絡了社會的脈動，注入了不少的活水，開啟了活力，推動了社會改革，貢獻不在話下。不過，盱衡未來發展，為促其正常化、健全化、似應按學者研究所指出建議方向前進，不外乎（轉引自：蕭新煌，2006：34-36）：

1.需不斷創新，以防發展停滯。
2.需性別均衡，以降低性別階層化現象。
3.需強化董事會治理功能。
4.需加強人事與福利制度。
5.需深化資源網絡。
6.需建立方案的區隔性與差異性。
7.需加強授能，增強其財源獨立自主能力。

以上針對基金會所作針砭，其實可歸納幾大面向：其一、制度面：在人事、福利及治理的議題、性別的均衡，均應有一套規劃；其二、資源面：應在社會資源網絡連結及「產品」的差異化上強化；其三，策略面：在創新、授能、行銷等面向與時俱進。

(二)臺灣第三部門的功能與展望

自從「小政府、大社會」浪潮漸受重視，原本必須由國家提供的社會福利轉由第三部門或非營利組織承擔，並以其彈性、創新、小巧的性質，適時彌補官僚體系僵硬、遲緩、無效率、慢回應的缺憾，並且非營利組織對增加公民參與，激發公民意識提供了良好的管道。因此就非營利組織的功能面而言，其具備以下功能：（Jun, 1986: 117；黃曙曜譯，1997：204-205）

1.一如多數政府，非營利組織是以服務為主要取向。
2.非營利組織可為政府以及服務對象搭起橋樑。
3.非營利組織乃行動導向，針對其服務對象直接提供服務。
4.非營利組織較政府部門或企業組織少層級節制（甚至全無層級節制），因此非營利組織具有極大的彈性與回應能力。
5.非營利組織可作為檢測創新理念或實驗接待方案的場所。
6.多數的非營利組織，諸如消費行動或環保團體，不只關心公司組織之品質，也密切注意他們對社會大眾的影響，因此非營利組織是公共利益的捍衛者。

眾所皆知，「志願性非營利組織／部門」（voluntary non-profit organization / sector）由於其「取私為公」、「去私存公」的特性使然，極易擔負政府與民間社會合作的使命，實質得具社群導向的政府在執行各項行動方案和加強政府與民間合作策略時優先考量（Osborne and Geabler, 1993: 43-45；江明修，1997：64）尚因非營利組織經由自發性的資源整合工作，不但改進了彼此的經濟狀況及生活便利程度，更重要的是創發了休戚與共「社會意識」，同時非營利組織也可以做到承擔輔助性的公共服務使命及功能，當有助於政府再造工程之實踐。（江明修，1998：22）

不過非營利組織亦非無往不利，它本身有其限制性，故 Salamon（ 1987: 99-117）分析非營利組織的弱點與優點，十分值得參考，氏認為非營利組織的弱點有：（轉引許世雨，1992：21；周威廷，1996：21-22）

1. 慈善的不足（philanthropic insufficiency）：非營利組織無法應付所有現代社會的普遍問題。
2. 慈善的特殊性（philanthropic particularism）：只能針對特殊的對象或議題，而缺乏普遍性。
3. 慈善干涉主義（philanthropic paternalism）：若無適當的規範則可能成為某些特定捐助者的工具。
4. 慈善業餘性（philanthropic amateurism）：可能缺乏專業能力與資源。

雖然非營利組織或第三部門有其不少、不易改變的宿命，如錢的不足、人的流動、法的難解、管得太緊、想得不新、使命不清、績效難評，資源難進等等，而且這些些問題非一朝一夕所解決，但學者提出以下各項議題值得思考（顧忠華，2001：44-45）：

1. 政府部門如何補助民間機構？非營利組織要如何建立它的專業性？
2. 民間機構與公共服務的再思考：哪些適合政府機構？哪些適合民間機構參與？被服務者對服務的接納性如何？要之，政府和民間共同制定合作政策白皮書，做有系統、有規模的推展非營利組織的社會服務工作。
3. 建立非營利組織本身的型態與公信力，可藉傳播、行銷將自己推銷出去。
4. 創造市場競爭條件，做一些良性競爭，非營利組織與政府是一種合夥合作的關係，與企業也建立夥伴關係，冀能獲得捐助。

5.非營利組織間資訊交流與合作，以互通有無，避免資源的浪費，也可採取策略聯盟的方式，有效運用人力、物力並擴大影響力。

6.專業能力的提升，除了採「學習型組織」外，亦可吸引專家學者加入行列。

　　總之，臺灣社會在解嚴後由於政治民主化、經濟自由化、社會多元化的趨力，促使「公民社會」自然成型，第三部門或非營利組織此時正扮演關鍵性的角色，經由各類團體所辦理的社會活動，創造公共利益、善盡公民責任、倡導公民意識，塑造公民文化，為邁向民主社會的優質公民。

四、中國大陸第三部門的發展

　　關於中國大陸第三部門（或市民社會、公民社會）的研究，就筆者近年來所見，大致有下列三種類型：

(一)第一類

　　第一類是把中國公民社會的興起視為「極權社會向公民社會的轉化」，或是「國家對社會控制能力的減弱」（謝文，1992：107-121）。此類論述的主要作者群大多是一九八九年大陸民運後，在海外（尤其美國）求學的知識分子。他們接觸到美國民主社會的公民政治參與，一方面嚮往成熟的公民社會；另一方面對當時大陸政治的保守狀況多所批判，希望將來重建中國的公民社會。然而，這類批判不是情緒性的宣洩，而是從學理上去找根據，他們援引西方"civil society"的相關概念，檢討中國共產社會政治控制與「國強民弱」的問題。這些論述有相當強的學理

性，也有少數文章根據統計數字，說明國家對勞動力控制減弱了，國營產值下降與民營比重的增加，推論出「國家對國營經濟的偏護和非國營經濟的限制日益困難，合法性基礎減弱。」（謝文，1992：119）此類論述雖然是對中國大陸公民社會最早的批判，但嚴格來說，還只是國家／社會「二分法」的概念，尚未具體的分出「第三部門」的屬性。

(二)第二類

第二類是對中國社會轉型的分析：1999年香港「中國社會科學季刊」出版了《轉型時期的中國「第三部門」》專刊（冬季號），雖然是在香港出版的學術刊物，但作者群大多是大陸知名高校或研究中心的學者。如胡鞍鋼、康曉光、秦暉、王力雄、俞可平等人的文章。各篇論文主題和分析方式雖有不同，但大抵以一九九六年《社團管理工作》（吳宗澤、陳金羅主編，1996）所公布的數據為討論基礎。

據統計，一九六五年，中國大陸有全國性社團將近一百個，地方性社團6,000多個。一九六六至一九七六年的「文革」期間全國各類社團陷入「癱瘓」狀態。一九七六年以後社團開始復活，並再度進入繁榮時期。截至一九九六年六月統計，經過合法登記的全國性社團增加到了1,800多個，地方性社團接近20萬個。（康曉光，1999：1-2）

另外，俞可平根據中國社會出版社出版的《中國民政工作年鑑》，中國統計出版社出版的《中國統計工作年鑑》等資料，更進一步說明中國民間社會（社團）力量的迅猛發展與未來的展望。

一九八九年，北京的政治風波之後，中國政府對各種民間組織進行了重新登記和清理，民間組織的數量在短期內稍有減少，但不久後

即重新回升，到一九七七年，全國縣及以上的社團組織即達到 18 萬多個，其中省級社團組織 21,404 個，全國性社團組織 1,848 個。縣以下的各類民間組織至今沒有正式的統計數字，但保守的估計至少在 300 萬個以上，其中村民委員會 73.95 萬個，基層工作組織會 51 萬個。除了社團組織外，改革開放後，中國還發展起了另一類比較特殊的民間組織，即所謂的民辦非企業單位。民辦非企業單位指的是民間的服務性事業單位，據初步統計，到一九九八年這類組織達到了 70 多萬個。（俞可平，1999：108-109）

上述引文中所說的「民辦非企業單位（民非）」，和本文所稱的「第三部門」概念極為相近。

另外，根據二〇〇八年五月二十九日「中國公民社會圖網」所載：

截至二〇〇七年九月底中國有註冊登記的社會組織 36 萬個，包括社會團體 19.5 萬個，民辦非企業單位 16.4 萬個，基金會 1,245 個。社會組織的總數量……近五年來平均年增長率 9%，呈現比較平穩地較快增長趨勢。

（http://doc.itfensi.com/othersh/121204527992593.html，檢索日期：2008 年 5 月 29 日。）

上述俞可平的文章也提到，近年來中國的社團組織除了「數量」快速增加外，社團組織的「種類」、「獨立自主性」、「合法性」各方面也有明顯的改變（俞可平，1999：109-111）：

1. 社團組織種類增多：八〇年代以前，為數不多的社團組織的種類也十分單一，主要是高度行政化的工會、共青團、婦聯、文聯、工商聯、科協等九大團體；而在八〇年代後，民間組織在種類上發生了巨大的變化。對於中國民間組織的分類目前還沒有統一的標準，政府官方把它們分為兩大類：一是社會團體、二是民辦非企

業單位。其中社會團體又進一步分為四類：第一類是學術性團體，指從事自然科學和人文社會研究的民間團體；第二類是行業性團體，主要是企業的同業組織；第三類是專業性團體，指專業人員按專業組成的民間組織；第四類是聯合性團體，主要由各界群眾組成的聯合性社團。據統計，一九九六年的全國性社團中這四類社團的比例分別為 38%、23%、29% 和 10%。

2.**各組織的獨立自主性增強**：首先，從經費來源來看，改革開放前存在的各種社團的經費基本上都是國家的財政撥款，她們沒有獨立的經濟來源；而現在絕大多數民間組織的經費已不是政府撥款，而是由這些組織自籌解決。主要經費來源是成員的會費和捐助、社會各界的捐款、非盈利目的的服務所得等。

3.**各類組織合法性相對增加**：改革開放前，公民社會的合法性程度非常低，中國奉行的是一種政治上高度一元化的組織和領導體制，公於私、國家與社會、政府與民間幾乎完全合為一體，或者說，公吞沒了私，國家吞沒了社會，政府吞沒了民間。改革開放後，一方面，相對獨立的民間組織大量湧現。因此，依據中國的社團管理辦法合法登記且受國家法令保護的情況相對的增加了。

從以上各種現象可以看出：中國第三部門的興起，正改變「國家／社會」的互動模式。由表 8-5 顯示，政府與社會的關係是由第一階段的絕對主導，到第二階段的相對主導，再到第三階段的平等合作。

如上所述，經過一九八九年民運後，海內外興起了討論「公民社會」的熱潮，若干知識分子於一九九九年，在北京清華大學舉辦「非營利部門發展國際學術研討會」；而中國青少年基金會也曾資助出版中國第一套《第三部門》叢書（共十冊，由浙江人民出版社印行），此後，有關中國非營利組織或第三部門的討論更是方興未艾，一直持續到二十一世紀的今日。

表8-5 中國國家與社會關係演變階段

發展階段	第一階段	第二階段	第三階段
政府的地位	絕對主導	相對主導	平等合作
社會團體的地位	官方控制	官民合作	民間自治
國家與社會的關係	國家合作主義體制	準國家合作主義體制	社會合作主義體制

資料來源：康曉光，1999：13。

(三)第三類

　　第三類是對中國第三部門數量與品質的反思。經過一、二十年的探索，中國大陸學者乃至一般社會對「市民社會」、「非營利組織」、「第三部門」的相關理論和基本概念，大致已有初步瞭解，並體認到潮流發展的必然趨勢。有些學者，組織團隊進一步對大陸各省進行實地調查，也獲得了若干統計資料，一方面，顯示中國知識分子對於社會發展的自信（敢排除困難進行調查）；另一方面又有反思的勇氣，敢拿來與國際發展的現況進行比對，思考中國第三部門在就業規模、經濟規模各方面落後於國際的差距。

　　根據北京清華大學公共管理學院 NGO 研究所副教授鄧國勝提出：美國約翰霍浦金斯大學公民社會研究中心，於一九九〇年代結合全球四百五十多位學者，在數十個國家展開「非政府部門」的國際比較研究。後來聯合國也有推動類似計畫，中國當時並沒有參加這些計畫，而是由若干學者組成「課題組」：

　　二〇〇三年「在全國範圍內進行了一次抽樣調查。本次調查共抽取了六個省（東中西各二個省、南北各三個省，分別為遼寧、廣東、山西、江西、甘肅和雲南），每個省抽取了三個市，共十八個市進

行問卷調查。調查物件包括十八個市所有在民政部門登記註冊的社
會團體和民辦非企業單位」，「本次調查共發放社會團體問卷八千
一百二十七份，回收的有效問卷三千四百三十八份，回收率42.3%；
發放民辦非企業單位問卷三千九百五十四份，回收的有效問卷為一
千七百三十三份，回收率43.8%。」（鄧國勝，2007：73）。

再從調查數據中，拿來和國際比較明顯的發現，中國「非政府部門」
在就業人口數，比起其他的國家（共三十六個）是最低的。再從經濟規
模比較，非政府部門總支出也明顯低於其他國家，由表8-6、表8-7可以
看出來：

表8-6　中國非政府部門就業中志願者的貢獻及國際比較（100%）

	非政府部門就業占經濟活動人口比例（包括志願者）	志願者就業占經濟活動人口比例	志願者的貢獻占整個非營利就業的比例
中國	0.38	0.02	3.13
美國	9.8	3.5	34.5
日本	4.2	1.0	24.5
德國	5.9	2.3	40.4
巴西	1.6	0.2	11.9
羅馬尼亞	0.8	0.4	55.5
墨西哥	0.4	0.1	33.5
發展中國家	1.9	0.7	38.3
發達國家	7.4	2.7	38.5
36國平均	4.4	1.6	38.4

資料來源：1.中國的資料來自於本次調查和《中國統治年鑑2003》；國外的
　　　　　資料來自於Lester Salamon (2004). *Global Civil Society*, 2, 298.
　　　　2.轉引自鄧國勝（2007：76）。

表8-7　中國非政府部門的支出規模及國際比較

	總支出規模（億美元）	占GDP的比重（100%）
中國	105.4	0.704
美國	5,020	6.9
德國	940	3.9
斯洛伐克	2.47	1.3
巴西	106	1.5
日本	2,140	4.5
韓國	231	4.8
36國	13,000	5.4

資料來源：同表8-6。

　　由以上三種類型的分析，對中國大陸第三部門的變化情況有些基本圖像，進一步可與臺灣地區的情形加以比較。

五、兩岸第三部門之比較

　　經由第三、第四節的論述，可以瞭解兩岸第三部門隨著政治環境的變遷、經濟發展的實績，乃至國際潮流的影響，近二、三十年來都有明顯的變化。

　　從共同的趨勢觀之：民主化思潮，使兩岸公民社會（市民社會）日益蓬勃；法制化要求，使公、私部門都朝向法制化建置；經濟發展的結果，使民間部門在財物籌措有較充裕的經費……這些都是具體而明顯的現象。

　　然而，從相異的情況觀之，大概可以從以下各項略加比較：

(一)政治環境變遷之快慢

　　兩岸都經歷民主化轉型的過程，只是變遷步調的快慢有所差異。臺灣地區自一九五〇年代迄今，大致經歷了：(1)威權體制（一九五〇至一九八〇年代末）；(2)威權轉型或民主化階段（一九八〇年代末迄一九九〇年代末）；(3)民主鞏固階段（一九九〇年代末迄今）。不同時期的公民意識與公民社會，亦有明顯的變化（劉阿榮，2008）。而中國大陸半個多世紀以來，大致可以分為改革開放以前（一九四九至一九七九年）及改革開放以後。改革開放前中國基本上是左傾的路線，強調「無產階級專政」和「人民民主專政」，但實際上並非人民當家做主，反而是以黨領政，並由少數掌握權力者決定。人民的「大鳴大放」，落得不幸的下場，而一九六六至一九七六年的文化大革命，更是政治奪權下，以人民為政爭工具的慘烈鬥爭。因此，所謂公民社會或第三部門，其獨立性、合法性幾乎不存在。而一九七八年「十一屆三中全會」提出改革開放，對社會控制有所放鬆，但一九八九年的民運，又再度收縮，所幸此後持續改革開放的步調，公民社會或第三部門在數量、類型、獨立自主性、合法性……都有明顯的增長，相關的統計數字在本文第四節已有呈現，茲不贅述。就整體政治環境的開放程度而言，臺灣地區民主化進程要比大陸地區快速許多。

(二)經濟發展實力之消長

　　根據旅美華人學者鄭竹園教授之研究兩岸在一九五〇至一九五八年間，經濟發展在伯仲之間，經濟成長率均為 6%-8%。然而，中共三面紅旗、文化大革命的動盪與破壞，經濟社會呈現停滯甚至倒退。而同一時期，臺灣由於「進口替代」及「出口擴張」策略，經濟成長迅速，所得分配日趨平均。雖然一九八〇年代之前政治仍屬威權統治，社會力未能

快速提升，但經濟實力已足以支持不少民間社會力量，並形成與國家對抗，促使政府改革的壓力。一九九〇年代以降，臺灣因為政黨對立、社會不安、大陸磁吸效應，經濟發展受到相當衝擊，對民間社團或第三部門的支持也較困乏，許多非營利組織募款不易，本文第三節雖曾提及臺灣第三部門的數量增加，但一般而言，近年來經費是困窘的。反之，中國大陸自一九九七年鄧小平南巡講話，堅持改革放開放的道路，迄今經濟增長迅速，也較有財力可以資助第三部門的發展，不過相較於世界各國，仍顯不足（見表8-7）。

(三)法制化的推進

法制是國家治理的基本依據，也是民主社會的重要規範。如本文第三節所示，以公法／私法所設置的法人團體即為「公法人」與「私法人」，第三部門為公部門以外的「私法人」，又可依其設立基礎分為「社團法人」與「財團法人」；依事業目的分為「公益法人」與「營利法人」，第三部門大多屬於非營利的「公益法人」。然而，過去臺灣的法規，大抵對法人團體有較多著墨，但對非營利組織的法制化較不周全。因此，有學者建議推動「非營利組織的法制化」（孫煒，2008：96），而法制化包括三個要素：

> 一、約束性，是指國家內部行為者受到單一或一套具有法律效力的規則與承諾所約束；二、精確性，是指清楚的定義上述規則與承諾所需求、允許，以及禁止的行為；三、委任性，是指透過權威性的授權去執行、解釋與提供規則，並解決爭議，以及制定更為深化的規則（Abbott et al., 2000）。

至於中國大陸對公民社會法制化的規範與保障，近一、二十年來也有明顯的進步（俞可平，1999：111）。例如：一九九七年國務院頒布了

《社會力量辦學條例》，二〇〇二年通過《民主教育促進法》，對於民間團體辦理教育有了法令規範（鄧國勝，2007：82），二〇〇四年還有《基金會管理條例》（同前，頁 73）。顯示大陸在民間組織法制化方面正積極推進中。

(四)國際化的接軌

不論非營利組織（NPO）、非政府組織（NGO）或第三部門（third sector），基本上都是從國外影響到臺灣及中國。雖然我國歷史上有關公益團體或公益組織早已普遍存在，有各種「大共同體」或「小共同體」（秦暉，1999：21- 25），但運用現代學術語言，結合當代法規而組成的NGO、NPO 等，大致上援引自外國。因此，兩岸第三部門的國際化程度與國際接軌，也成為比較的重點，簡言之，臺灣海島型地區的經貿特質，長期與國際互動，也較早接觸國際 NGO 團體，例如國際獅子會、國際扶輪社及其他國際志工組織等。而中國大陸為了防範「外國力量」對中國的不當介入或干涉，因此在民間社團與國際交流上，採取謹慎保守的態度，除非政府所認可或允許的國際交流，否則不易被批准。

(五)數量及品質的落差

雖然兩岸各自經過五、六十年的發展，第三部門數量的增加和品質的提升是有目共睹的（本文第三、四節已有略述）。但若進一步比較，兩岸第三部門的數量，由於人口總數極為懸殊，因此絕對數量上，大陸要比臺灣多百、千倍，但如以社團／人口的比例來看，顯然臺灣要高於大陸。因為臺灣面積小、交通發達，人群聚合遠比廣土眾民的中國大陸容易得多。再者，不同政治制度與社會背景發展出來的第三部門，也展現不同的風格，例如效率、服務品質、團體氛圍等。筆者實地接觸的感

覺是，上述各項臺灣地區仍優於大陸地區。

六、結　論

　　本文論述東亞的國家與社會，並以兩岸第三部門為例，分別陳述，進而加以比較。不過由於兩岸國情與基本法制的不同，資料取得也非易事，一時尚難針對兩岸 NGO 或 NPO 有關於自主性程度、資源多寡、社會的效益、或各自與政府及企業的關係……等等項目加以具體比較，這是未來還可以進一步探討的地方。但經由上述探討，本文可提出若干結論：

　　第一、國家與社會，在西方歷史源流上，可追溯至希臘城邦（polis），而這個字一方面等同於國家與社會同源又殊途發展，近代啟蒙運動思想家將 civil society 和 state of nature 加以分離，試圖建立一種理想的政治社會。然而，黑格爾卻區分為：家庭、市民社會、國家三個部分，認為市民社會指涉的是人民私領域的活動，表現出「個殊性」與「市場化」；公領域的國家才能表現理性無私的精神。

　　因此，國家與社會的劃分，不僅預示了二者之間的支配／反抗關係，也隱含了互動合作的可能。近代政治學、社會學、公共行政等思潮，尤其是左派馬克思主義，對此著力甚深，也形成各種國家理論。而此種國家／社會分析架構，由歐美的學術界探討，傳播到各地，在東亞地區如日本、中國、臺灣……近二、三十年來，已有不少研究成果呈現，本文第一節已述及。

　　第二、社會群體的本質是複雜而多元的，很難以單一向度去概括，因此，國家／社會的架構已由「二分法」發展為「三分法」：國家或政府、企業市場、第三部門或非營利組織。此三個部門的劃分，比較能體現國家社會的基本架構。至於「第三部門」在不同學科領域，有各種不

同的名稱，如：非營利組織、志願團體、公益團體（組織）等，均為各界所慣用，本文第二節至第四節偶有交互使用上述名稱。

第三、三個部門各有主軸任務，雖然以建立良性互動為較佳模式，但嚴格來說，並非完全「獨立」的運作，例如：第一部門的政府、第二部門的企業，均可以捐助設立非營利的公益組織（第三部門），而第三部門往往也能扮演輔助第一、第二部門的角色，例如各地震災，許多公益團體表現的效率與各項救助服務，往往超越第一、第二部門。另外，三個部門也未必能「平等」的運作，在民主法治國家，企業（第二部門）與第三部門，都必須受到國家法令的約束與保障。

第四、兩岸的第三部門雖均「與時俱進」，但發展的程度仍有不同，本文第五節已略加比較，並認為臺灣地區因政治環境、人口及教育，區域幅員……等因素，第三部門的發展比大陸來得早、來得快，表現品質也較佳，這些雖然是作者主觀的觀察與描述，但大體與實況相符。未來兩岸應透過更多的交流，共同促進第三部門的發展。同時還要共同攜手合作，與國際非營利組織接軌，共享經驗，造福寰宇。

參考書目

一、中文部分

王振寰（1993）。《資本，勞工，與國家機器》。臺北：臺灣社會研究季刊社出版。

王紹光（1992），周雪光主編。〈破除對 Civil Society 的迷思〉，《當代中國的國家與社會關係》。臺北：桂冠，初版一刷，頁 3-27。

丘昌泰、江明修（2008），收入江明修主編。〈第三部門、公民社會與政府：臺灣第三部門發展經驗的省思與前瞻〉，《第三部門與政府：跨部門治理》。臺北：智勝，初版，頁 3-26。

石元康（1990）。〈個殊性原則與現代性：黑格爾論市民社會〉，《當代》。第 47 期，頁 20-28。

江宜樺（1995），陳秀容、江宜樺主編。〈政治社群與生命共同體：亞里斯多德城邦理論的若干啟示〉，《政治社群》。臺北：中研院中山人文社科所專書（38），頁 39-75。

江明修（1997）。《公共行政學：理論與社會實踐》。臺北：五南。

江明修（1998b）。〈非營利組織與公共服務：公民社會協助政府再造之道〉，《人事行政》。第 123 期，頁 18-23。

江明修主編（2008）。《第三部門與政府：跨部門治理》。臺北：智勝文化公司，初版。

吳宗澤、陳金羅主編（1996）。《社團管理工作》。北京：中國社會出版社出版。

呂亞力（1993）。《政治學》。臺北：三民書局，再修訂再版。

周威廷（1996）。《公共合產之理論與策略：非營利組織公共服務功能的觀察》。臺北：政治大學公共行政學系未出版碩士論文。

周雪光主編（1992）。《當代中國的國家與社會關係》。臺北：桂冠，
　　初版一刷，

官有垣（2000a）。〈非營利組織在臺灣的發展：兼論政府對財團法人基
　　金會的法令規範〉，《中國行政評論》。第 10 卷第 1 期，12 月，頁
　　75-110。

侯健譯（1989），柏拉圖撰。《柏拉圖理想國》。臺北：聯經公司，初
　　版七刷。

侯鈞生主編（2004）。《西方社會學理論教程》。天津：南開大學出版
　　社，一版五刷。

俞可平（1999），香港社會科學出版社。〈中國公民社會的興起與治理
　　的變遷〉，《中國社會科學季刊》。第 27 期，頁 105-118。

洪鎌德（2004）。《當代主義》。臺北：揚智出版，初版一刷。

范揚、張企泰譯（1985），黑格爾著。《法哲學原理》。臺北：里仁書
　　局，初版。

洪金珠、許佩賢譯（1994），若林正丈著。《臺灣：分裂國家與民主化》。
　　臺北：月旦出版社，一刷。

孫煒（2007），丘昌泰主編。〈臺灣第三部門與政府互動的政策分析：
　　新治理的觀點〉，《非營利部門研究：治理、部門互動與社會創新》。
　　臺北：智勝文化，初版，頁 157-203。

徐正光、蕭新煌主編（1996）。《臺灣的國家與社會》。臺北：東大圖
　　書公司，初版。

秦暉（1999），香港社會科學出版社。〈從傳統民間公益組織到現代「第
　　三部門」：中西公益事業史比較的若干問題〉，《中國社會科學季
　　刊》。第 28 期，頁 15-30。

馬長山（2002）。《國家、市民社會與法治》。北京：商務印書館，一
　　版一印。

康曉光（1999），香港社會科學出版社。〈轉型時期的中國社團〉，《中

國社會科學季刊》，第 28 期，頁 1-14。

張佛泉（1978）。《自由與人權》。臺北：全國出版社。

許世雨（1992）。《非營利部門對公共行政之影響》。臺北：政治大學
　　公共行政學系未出版碩士論文。

黃世鑫、宋秀玲（1989）。《我國非營利組織功能之界定與課稅問題之
　　研究》。臺北：財政部賦稅改革委員會。

黃曙曜譯（1994），J. S. Jun 著。《公共行政：設計與問題解決》。臺北：
　　五南。

賈西津、王名（2004）。〈兩岸 NGO 發展與現況比較〉，《第三部門學
　　刊》。臺北：政治大學第三部門研究中心，頁 169-188。

劉阿榮（2002）。《臺灣永續發展的歷史結構分析：國家與社會的觀點》。
　　臺北：揚智文化事業股份有限公司。

劉阿榮（2008）。〈公民意識與民主政治的辯證發展：以臺灣為例〉。
　　發表於河南鄭州大學主辦之「兩岸四地公民教育學術研討會」，2008
　　年 5 月。

劉黎兒譯（1992），豬口孝著。《國家與社會》。臺北：時報文化公司，
　　初版一刷。

蔡文輝（1979）。《社會學理論》。臺北：三民書局，初版。

鄧正來（1999）。《國家與市民社會：一種社會理論的研究路徑》。北
　　京：中央編譯社，一版一刷。

鄧國勝（2007），丘昌泰主編。〈中國非政府部門的價值與比較分析〉，
　　《非營利部門研究：治理、部門互動與社會創新》。臺北：智勝文
　　化，初版，頁 71-88。

蕭全政（1990）。〈國家機關與民間社會關係的未來發展〉，《重建行
　　政體制》。臺北：國家政策中心出版。

蕭新煌（2006），蕭新煌、江明修、官有垣主編。〈臺灣的基金會現況
　　與未來發展趨勢〉，《基金會在臺灣：結構與類型》。臺北：巨流，

頁 3-37。

謝文（1992），周雪光主編。〈中國公民社會的孕育和發展〉，《當代
中國的國家與社會關係》。臺北：桂冠圖書，初版一刷。

顧忠華（2001），洪建全基金會。〈非營利組織的社會責任與發展趨勢〉，
《非營利組織經營管理研修粹要》。臺北：洪建全基金會，頁 19-50。

二、外文部分

Abbott, R. W., Keohane, R. O., Moravcsik, A., Slaushter, A., & Sindal, D. (2000). The concept of legalization. *International Organization*, 54(3), 401-419.

Carnoy, Martin (1984), *The State and Political Theory*. Princeton University Press, New Jersey.

Cohen J.L. and Arato (1992), *Civil Society and Political Theory*. The MIT Press.

Gold, Thomas (1981), *Dependent Development in Taiwan*.（中譯本為《臺灣奇蹟》。臺北：洞察出版社，1988 年出版。）

Jun, Jong S. (1986), Public Administration: Design and Problem Solving. N.Y: Macmillan Publishing Company.

Osborne, D. and Garbler, T. (1993), Reinventing Government: How the Entrepreneurial Spirit is Transforming the Public Sector form School house to State House. City Hall to Pentagon. MA: Addison Wesley.

Salamon. L. M. (1987) "Partners in Public Service: The Scope and Theory of Government-Nonprofit Relation, in W.W. Powell (ed.). The Nonprofit Sector: A. Research Handbook, PP.99-117. New Heaven: Yale University Press.

Skocpol, Theda (1979), *States and Social Revolutions*. Cambridge, Mass: Cambridge University Press.

三、網路資料

檢索自：http://doc.itfensi.com/othersh/121204527992593.html。線上檢索
　　日期：2008 年 5 月 29 日。

9 解讀 iPod

王佳煌　元智大學社會暨政策科學學系教授兼系主任

摘　要

　　本文依據馬克思的資本理論、剩餘價值論，以及全球商品鏈理論，解讀 iPod 的社會文化現象背後的深層結構問題。本文首先描述 iPod 的成長與發展，摘述市場分析對 iPod 成功的解釋。其次勾勒行動影音的系譜學，刻劃 Walkman 與 iPod 社會文化論著的研究軌跡，接著介紹全球商品鏈理論，依據馬克思的資本論分析，揭露 iPod 產銷結構的剝削邏輯與商品拜物教。

關鍵詞：iPod，Walkman，行動影音，剩餘價值，全球商品鏈

一、導　論

　　iPod 已成為國內外熱門研究的對象。國外對 iPod 的社會與文化研究所在多有，國內則寥寥可數。國內少數幾篇已經出版的論著多偏向企管與行銷的個案研究，如林富美等（2006）依據創新擴散理論，針對 iPod 與 iTunes 做企業競爭優勢的個案分析；何祖銘、王祿旺（2006）以 iPod 等電子產品為例，探討台灣電子雜誌的藍海策略；鄭永欣等（2007）研究台藝大學生使用 iPod 的滿意度與品牌忠誠度。在學位論文方面探討多以工、商、管理學類為主（工程學類四篇、商業管理學類十八篇），焦點集中在創新、競爭、行銷策略、經營模式、著作權等。

　　國外有關 iPod 的社會與文化研究論著頗多，但多偏向使用者、消費者的主體分析。也就是說，他們多半是依據特定的理論觀點（如批判理論、現象學、聽覺的文化研究），採取質性研究的方法，包括深度訪談、民族誌、參與觀察等，探討受訪者、被觀察者使用 iPod（及其先驅 Walkman）的體驗與詮釋（詳見本章第三節）。

　　這種偏向主體意識與意義詮釋的微觀研究固然有其價值，但從馬克思主義與流行文化研究的角度來看，最大的問題在於完全沒有批判的觀點與力道。國內外相關的研究幾乎完全忽視法蘭克福學派文化工業論指出的文化病症：同質化、無意義或無目的的消費（唯一的目的是市場的目的），以及意義思考的邊緣化。如果 iPod 的文化研究只是停留在消費者、使用行為的分類，再加上粗淺的訪談記錄，作為研究的資料佐證（孫國棋，2008），那麼這樣的研究與企管、行銷類的研究有何區別可言？對 iPod 做社會學研究，需要的是理論深度與結構性的分析，而非單純的資料搜集、（深度？）訪談與歸納整理。就算不參考馬克思與文化工業的理論，至少也可以試試紮根理論，依據大量的訪談與觀察，建構能夠發人深省的「理論」，而非單純的分類與訪談記錄摘要。國外的相關研

究多少還有幾篇嘗試往社會（學）理論的層次發展，國內到目前為止，則是付諸闕如。

即使不援引或參考文化工業的理論，只把 iPod 當做流行文化的研究對象，論者也必須考慮到流行文化研究的根本問題意識：文化研究這種分析各種次文化的跨學科研究領域，該如何解讀 iPod 影音內容的文本？其中的文本如何再現當代的流行文化？如何建構消費者的主體意識與使用行為？使用者或消費者是否應該或如何抵抗這種科技產品背後的權力與知識宰制的結構？

不管是文化工業理論，還是流行文化的研究，都不能不參照馬克思的唯物論證，也就是回到物質生活的層面。從馬克思的資本循環論與商品拜物教（fetishism of commodity）來看，iPod 的消費文化並非自成一體的社會行為，而是當代資本主義整合的生產體系與商品拜物教形塑、制約而成的產物。馬克思的資本論指出，從宏觀與結構的角度來看，生產與消費應該視為一體，而非分開來看。消費不只包括一般消費者的個人消費，也包括生產性消費（productive consumption）與勞工個人維生的消費。生產性消費是指商品生產過程中投入的物質，包括原物料、零組件、生產機具等，勞工則是生產性消費的主動力。在資本主義體系之中與剩餘價值的剝削邏輯之下，勞工個人的消費限縮在維生的範圍之內，以降低商品的成本，提高商品的利潤，同時讓勞工可以持續地參與資本主義勞動（Marx, 1990: 711, 717-719）。因此，消費者購買、使用 iPod，不論是炫耀性消費、風格消費、美感消費、美感經濟，或是消費者各式各樣的個人詮釋，都是建立在資本主義體系生產與消費共構連鎖的結構性基礎之上。

準此，筆者擬依據馬克思的資本理論、剩餘價值論與 Gary Gereffi 的全球商品鏈理論（Global Commodity Chains, GCCs），從全球產業分工的角度切入，解讀 iPod 消費背後的剝削結構與機制，指出以 iPod 為核心而形成的商品拜物教。

本章分為五節：第一節說明本文的研究動機與研究目的；第二節描述 iPod 的成長與發展，包括 iPod 的市場銷量與世代發展；第三節勾勒行動影音的系譜學，簡述行動影音的歷史，刻劃 Walkman、iPod 的社會文化研究軌跡；第四節說明 iPod 的全球商品鏈，點出 iPod 背後的物質生產、消費結構與 iPod 的商品拜物教；第五節是結論，綜述本章重點。

二、iPod 的成長與發展

　　二○○一年十月，蘋果電腦推出 iPod。二○○二年第一季的銷售量為 12 萬 5000 台，此後即逐漸爬升，第一季起即急速增加。二○○六年跳升至 1404 萬 3000 台，二○○七年第一季達到另一個高峰，銷售量為 2106 萬 6000 台。二○○七年四月九日，蘋果電腦宣佈 iPod 在五年半內的銷售量即達 1 億台，打破世界紀錄。新力產銷的隨身聽在第十三年才賣出 1 億台，新力的 PS 遊戲主機上市十年才賣出 1 億台，PS2 約五年八個月，任天堂 Game Boy 到第十一年才賣到 1 億台（范振光，2007）。相形之下，二○○八年第二季，也就是六年之內，iPod 銷售量即已超過 1 億 5000 萬台（參閱圖 9-1）。

　　其他資料顯示，截至二○○六年三月，蘋果電腦在全球個人電腦的市占率僅有 3%，但蘋果電腦在美國 MP3 市場的占有率達到 82%，在澳洲的市占率則達 65%。透過 iTunes 線上商店銷售音樂的金額則近 10 億美元（Barrile, 2006: 5）。

　　如表 9-1 所示，iPod 並非單一的商品，而是從影音播放器的核心概念出發，迅速演化為一系列的相關商品。iPod 衍生出 iPod mini、iPod photo、iPod shuffle、iPod nano 與特定限量版機種。每種 iPod 多有其世代，每個世代與種類的 iPod 售價、容量與功能各有其目標市場與風格訴求（厚薄、大小、功能、容量與色彩等）。

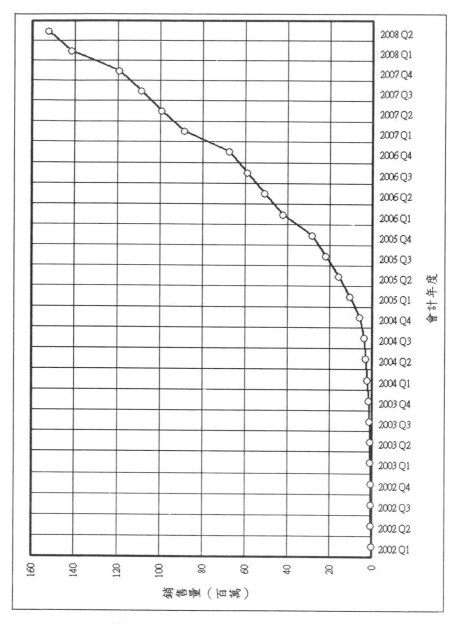

圖 9-1　iPod 累計銷售量（2002-2008）

資料來源：參考蘋果公司與維基百科之資料，網址：

http://en.wikipedia.org/wiki/Image:Ipod_sales_2008_Q1.svg。

表9-1　iPod世代的發展

上市時間	世代與商品線	功能、設計等	容量	售價*
2001/10	第一代iPod		5GB或1,000首歌曲	299
2002/7	第二代iPod	觸控滾輪、視窗相容轉換軟體	5GB、10GB、20GB（4,000首歌曲）	299 399 499
2003/4	第三代iPod		10GB、15GB、30GB（最多可容納7,500首歌曲）	299 399 499
2003/9	第三代iPod第二世		10GB、20GB、40GB	
2004/1	第三代iPod第三世		15GB、20GB、40GB	
2004/1	iPod mini（第一代）	五種顏色、觸控滾輪與四個按鈕	4GB（可容納1,000首歌曲）	249
2004/7	第四代iPod	可隨選歌曲觸控滾輪與四個按鈕	20GB、40GB	299 399
2004/10	iPod photo	相片	40GB、60GB（可容納25,000張數位相片、1萬到15,000首歌曲）	499 599
2004/10	U2 iPod	紅或黑色外殼，機殼刻有U2團員簽名及彩色螢幕	20GB（2,000首歌曲）	349
2005/1	iPod shuffle（第一代）	MP3隨選，快閃記憶體、無螢幕	512MB、1GB	99 149**
2005/2	iPod mini（第二代）		4GB、6GB	199 249
2005/2	iPod photo第二代		30GB、60GB	
2005/9	iPod nano（第一代）	比二號鉛筆薄、黑白兩色、快閃記憶體	1GB、2GB、4GB（1,000首歌曲或25,000張數位相片）	199 249

（續）表9-1　iPod世代的發展

上市 時間	世代與 商品線	功能、設計等	容量	售價*
2005/10	第五代iPod	影像	30GB、60GB（25,000張數位相片或1,000首歌曲）	299 399
2006/9	iPod nano （第二代）	6種機殼顏色	2GB、4GB、8GB	
2006/9	iPod shuffle （第二代）	5種機殼顏色	1GB、2GB	49 69
2007/9	iPod nano （第三代）	影像	4GB、8GB	149 199
2007/9	第六代iPod		80GB、160GB	249 349
2007/9	iPod touch	Wi-Fi、觸控、無線上網鏈結iTunes與YouTube	8GB、16GB、32GB	299 399 499
2008/9	新iPod 第四代iPod nano 第二代iPod touch	硬碟升級（classic）、獨立喇叭免耳機（touch）、最薄與電池續航力24小時（nano）、電玩	120GB（classic）；8GB與16GB（nano）；8GB、16GB、32GB（touch）	

註：*售價以美元計。
　　**第一代iPod shuffle售價於2006年2月降價為69與129美元。
資料來源：修改自Johannes（2006: 30-31）、Levy（2006: xv）、PCuSER研
　　　　　究室（2006：10-17）、維基百科http://en.wikipedia.org/wiki/IPod、
　　　　　蘋果公司網站與相關新聞報導。

　　二〇〇三年四月，蘋果電腦推出 iTunes 線上下載音樂頻道與 iTunes
Music Store（線上音樂商店），供麥金塔電腦消費者下載音樂，每首 0.99
美元。十月，iTunes 與線上音樂商店推出微軟視窗版（iTunes 4.1 for
Windows）。二〇〇五年十月，iTunes 開始銷售 MV 與電視影集（Levy, 2006:

xv）

　　針對 iPod 與其他數位影音播放器，微軟也於二○○六年十一月推出
Zune（快閃記憶體為核心，委託東芝製造），爭奪影音播放機市場，但
一年只賣出 140 萬台，遠低於 iPod 的 4140 萬台（二○○六年七月到二
○○七年六月）。二○○七年十一月，微軟推出第二代 Zune（分為 4GB
與 8GB 兩種）。第二代 Zune 的螢幕比較小，仍有導航按鍵，可收聽調
頻廣播，具有 WI-FI 無線傳輸功能（莊雅婷，2007）。

　　面對 MP3 播放器與（音樂）手機的興起，新力也力圖競爭，一方面
推出 Walkman 手機（索尼愛力信），另一方面推出 MP3 播放機與數位
Walkman，企圖在日本、美國等市場與 iPod 競爭。新力也仿傚 iTunes 的
商業模式，開設 Mora 線上音樂商店。但截至二○○六年初，數位 Walkman
在美國的市占率遠遠落後 iPod（74% vs. 2%），在日本市場也落後一段
距離（45% vs. 15%）（Hall, 2006）。不過，Walkman 手機的市占率也必
須與數位 Walkman 一併考量。在某種程度上，Walkman 手機聽音樂與行
動通訊的功能組合多少也瓜分數位 Walkman 的市場。

　　為什麼 iPod 會這麼成功？市場上早已有各式各樣的影音播放器，其
功能常比 iPod 多（iPod 並無內建的 FM 收音機功能，需要外接；iPod 也
沒有內建的錄音功能），售價比 iPod 低廉，容量比 iPod 大者，所在多有，
進入市場的時間也比 iPod 早。iPod 本身的附帶功能，包括行事曆、通訊
錄、備忘錄、遊戲、音樂鬧鈴、儲存裝置（行動硬碟）、相片播放等，
其他 MP3 播放器或音樂手機也有。iPod touch 的功能多半與 iPhone 相同，
只是沒有手機通訊與藍芽功能。iPod touch 與競爭者新力 PSP、微軟 Zune
一樣，都有 WiFi 無線上網功能。iPod touch 可以透過內建的 Safari 網路
瀏覽器，瀏覽網頁，收發郵件。但是，iPod touch 也有缺點，包括日曆功
能無法輸入文字，在其他搜尋引擎網站上的日曆上只能輸入英文等（陳
大任，2007）。Reppel 等人（2006）則強調，只從組織觀點來看 iPod 的
成功是不夠的，必須從消費者的偏好來看。他們運用半標準化質性線上

訪談（運用梯階軟體 laddering 分析），發現二百五十三位受訪者偏好 iPod 的主要因素包括產品特質（控制力、產品設計、儲存能力、品牌印象等）與價值感（感覺好、放鬆、個體性）等。

整體而言，市場分析者的看法多半為：iPod 不只是一種 MP3 播放器，而是迅速衍生的商品系列。表 9-1 顯示，蘋果以 iPod 為主軸或經典（所謂 classic），針對不同的市場區位（market segments）或利基市場（niche market），研製並行銷 iPod mini、iPod shuffle、iPod nano 等系列產品。不但主軸本身已發展到七個世代，mini、nano、shuffle 也衍生出新世代，甚至還針對 U2 樂團的歌迷，推出 U2 iPod，塑造特定階級的消費風格。蘋果更於二〇〇七年推出兩組與 iPod 相關的系列商品，一是 iPhone，二是九月推出的 iPod touch（8GB、16GB、32GB）。iPhone 是高階手機，也有 iPod 的功能。這種研發、製造與行銷策略一方面提高研發、製造速度的門檻，強化本身產品的競爭力，打亂競爭者迅速跟進、模仿的步調。另一方面則是跨界競爭力與功能整合的強化，如 iPhone 結合 iPod、觸控技術（螢幕）與手機的功能，搶奪音樂手機的市場。iPod 也帶動蘋果公司產品的成長，包括 Mac 等桌上型、筆記型電腦，以及 iTv。蘋果更透過 iPod 與麥金塔電腦的結合，與世界品牌結盟（如 Louis Vuitton、Prada 等）（吳向前、李欣岳，2005）。此外，蘋果公司也提供免費雷射蝕刻服務，可在機身上製作特定字句，以助塑造個人風格。

從第一台 iPod 進入市場，到 iPod touch 的出現，可以看出 iPod 的定位策略。iPod classic 系列為中高階或價位的影音播放器。iPod shuffle 定位為低階、低價 MP3 播放器。iPod mini 與 nano 的重點在於縮小機身，擴大容量。iPod touch 則為高階播放器，具備無線傳輸功能（WI-Fi），方便玩家連上網路與 iTunes 網站，搜尋、下載音樂（與星巴克咖啡異業結盟），或收看數位電視節目等。iPod touch 不只是蘋果公司的另一種 MP3 產品，而是跳脫儲存容量的層次，以觸控面板技術重新界定影音播放器的規格，並調整 iPod 產品的體系（龔俊光等，2007）。換句話說，

iPod 不僅是另類的、別具消費風格的 MP3 或影音播放器，更藉由觸控技術，重新定義同類產品的產業標準。

其次，iPod 的營收來源不只是機體產品，更包括數位音樂與周邊（授權）商品。iPod 與其他 MP3 或影音播放器不同之處，在於它可以連接 iTunes 網站，在線上音樂商店試聽音樂（或有聲書），下載授權播放的數位音樂，創造新的營收管道，提高類似產品的進入門檻。玩家可以操作 iTunes 軟體，連結全球的網路電台，或是將自己的 CD 音樂轉錄到 iPod 中，再編輯歌曲資訊（歌曲類型、專輯封面、歌手），設定音樂播放的視覺效果，安排 iPod 的音樂播放列表，操控音效，燒錄 CD，並搭配相關軟體，訂閱網路新聞、閱讀電子郵件。iTunes 網路平台與 iPod 的結合，推廣並形塑數位音樂、數位影音的經營模式與消費習慣。二〇〇四年七月十一日，iTunes 線上音樂商店售出第一億首歌曲。也就是說，蘋果公司的數位音樂商店只花一年多的時間，即達到約 1 億美元的營收。[1] 這些是許多 MP3 製造商難以模仿或跟進的。在筆者撰文之時，iTunes 網站共提供五百萬首歌曲、三百五十部電視節目、四百多部電影下載，並已售出二億五千萬次歌曲、五千萬次電視節目、一百三十萬多次的電影。預期 iTunes 數位影音的銷售業績還會繼續成長。

除數位音樂之外，iPod 也發展出四千種以上的周邊商品與配件，包括外接喇叭（底座喇叭、迷你隨身喇叭）與家用、車用音響設備（如 BMW、賓士、本田等）、耳機（有線與無線）、背袋（名牌背袋，如 LV、Dunhill、Celine）、果凍套或保護套、運動臂套（跑步、游泳等）、配件包（含保護盒、吊繩、擦拭布等）、iPod T 恤、充電插座、FM 頻道發射器或收音設備、備用電池、卡匣轉換器、傳輸線、遠端遙控、捲線器、充電器、外接錄音功能模組，以及數位相機、記憶卡的傳輸介面等（PCuSER,

---

[1] 參閱蘋果公司網站，網址：
http://www.apple.com/pr/library/2007/04/09ipod.html。

2006）。掌上電玩、電子書、數位廣播（Podcasts）則是 iPod 開發的新功能。美國二〇〇七年出廠的汽車據說也有七成以上可連接 iPod。[2]大陸航空（Continental Airlines）、聯合航空（United Airlines）等著名航空公司也計畫在機艙座位上裝設 iPod 插孔（祈安國，2007）。

三、行動影音的系譜學：留聲機、Walkman 與 iPod

iPod 常被人稱讚為獨特、頗具創意的發明。但我們從科技史的角度來看，iPod 並非史無前例，而是影音行動化、私屬化（privatization）過程中的最新里程碑。

最初的影音裝置據說是愛迪生於一八七七年發明的留聲機（phonograph）。雖然音樂欣賞並不是愛迪生發明留聲機最初的主要目的或功能，發明之後也有近二十年未能普及，但一八九〇年代中期的錄音產業還是將留聲機推上音樂欣賞的路徑（Hargadon and Douglas, 2001: 493）。不過，也有人認為，早在一八六〇年，也就是拿破崙三世在位之時，法國的 Édouard-Léon Scott de Martinville 即以聲波記振儀（phonautograph）錄下一位女士演唱的一句法國民謠（閻紀宇，2008；National Public Radio, 2008; BBC News, 2008）。

留聲機之後，黑膠唱片（機）、卡式與匣式收錄音機、錄影機（包括匣式與雷射影碟機）等各式各樣的音響裝置進入家庭與汽車空間，影音私屬化的時代來臨。隨後手提收錄音機、行動 CD、行動 LD 與汽車音響、汽車電視打破影音裝置固著地點與黑膠唱片的桎梏，開啟影音行動化的時代。新力的 Walkman、蘋果電腦的 iPod，以及各式各樣的 MP3 與

---

[2] Ibid.

MP4 影音播放器，只是整個影音進化史中最新的世代。

　　Walkman 首先激發行動影音與個人音響的社會與文化研究，但 Walkman 的概念並非新力首創，新力的成功在於它首先將行動音樂的欣賞推進到商業化的階段。一說汽車音響是 Walkman 的先驅。又一說指 Andreas Pavel 是首先想到將音響帶在身邊隨時欣賞，並著手自製。另一說是新力的創辦人在紐約街頭看到年輕人帶著手提音響，受到啟發。無論如何，可以確定的是印地安納波里斯一家小公司運用德州儀器的迷你電晶體技術，於一九五四年推出第一個行動收音機（AM）。一九五五年，新力向 AT&T 購買電晶體的技術授權（飛力浦首先開發出卡式錄音帶技術），並於同年推出類似產品。一九七八年，新力推出可攜式卡帶錄音機，Walkman 獨領風騷（Levy, 2006: 24-30），相關的新聞報導與文化研究也隨之湧現（參閱下文）。

　　在行動影音系譜學之中，日本新力研發生產的 Walkman 具有重大的意義，因為它開啟行動影音的社會文化研究。Walkman 不僅是手提式收錄音機的縮小化、迷你版，更形成新穎的影音消費與使用習慣。研究者開始注意到這種迷你的、行動的影音裝置產生的社會文化意義。例如，Hardman（1983）針對 Walkman 進行各種實驗（包括影像 Walkman）。若能善用 Walkman，可以營造自己的劇院體驗與音樂空間，使用者將不再只是使用者，而是以 Walkman 建構舞台，同時扮演使用者與演出者的角色。Hosakawa（1984）指出 Walkman 的特性，討論 Walkman 在都市生活中的文化意義，包括 Walkman 的美學、走（walk）的主體與客體關係，以及 Walkman 建構的秘密劇院（secret theater）。du Gay et al.（1997）論述 Walkman 的生產、消費在社會文化中的意義，並引介班雅明（Walter Benjamin）、威廉斯（Raymond Williams）等社會文化論者的經典論著，供讀者參考。Chen（1998）根據授課班級學生使用 Walkman 的日誌，提出電子自戀（electronic narcissism）的概念，認為年輕學生聽 Walkman，是一種反思的情緒行為（reflexive emotionality），包括情緒調控、情緒

伴隨等。聽 Walkman 也是社會隔絕與放空的策略行為。電子自戀可以說是理性決策與情緒體驗交互作用的表現。

在 Walkman 的研究中，Michael Bull 是最具代表性的學者。Bull（2000）針對個人音響（personal stereo，即 Walkman）的使用行為，融合 Henri Lefebvre 的空間理論與法蘭克福學派早期對科技與感官（senses）的歷史建構研究，透過民族誌與批判的現象學，描述個人音響與日常生活的管理，剖析聽覺的都市體驗（auditory urban experience），詮釋個人音響的社會意涵。Bull 指出，使用者用 Walkman 阻絕（削弱或隔離）都市街道的聲音與都市生活的壓力。他們透過體驗與感覺的調整，將外在的、陌生的空間轉換為私屬的空間，甚至將所聽的音樂與眼前所見的空間場景搭配起來，也就是將外在空間場景美感化（aestheticize）。部分使用者在路途中以音樂建構自身的音樂氣泡，沉浸其中，回憶過往，對周遭環境視若無睹或減少陌生感、疏離感，釐清內在的思緒，削弱某些人事物造成的徬徨與不安，或是振奮情緒，打起精神。女性使用者常可用此種裝置發出「請勿打擾或搭訕」的訊號。

Bull 認為，從現象學的角度來看，Walkman 可以讓使用者表現出一種聆聽的注視（auditory gaze）。這種注視可以避免（擁擠的）都市生活中容易引人不快、不自在或敵意的注視。隨這種注視而來的是公共空間中人際互動的空間與界線區分。空間不只是單純的物理空間或個人的近體氣泡（proxemic bubbles，或個人願意與他人維持的距離），而是透過個人音響的聆聽體驗，在都市中不同的角落區分出各種微小的、私屬的棲息空間。在注視控制與空間區分的過程中，Walkman 的主體更能控制、更有信心、更有方向感，主體性也有進一步的確立與提升。

Bull 隨後延續其理論觀點與思維，繼續從事 Walkman 的批判現象學研究。例如，Bull（2001）針對聽覺與科技媒介的體驗，提出辯證的解釋，焦點包括體驗、感覺、情緒、認知、美感、時間與空間的調控、音境（soundscape）等。Bull（2004）也論證 Walkman 的聲音認識論（aural epistemology），論述 Walkman 使用者如何利用聲音的科技裝置，調控他們與周遭環境、他人之間的關係。透過 Walkman，使用者在都市空間中營造「家」的空間感，並將周圍空間美感化（aestheticisation）、私屬化。

iPod 的研究軌跡接續 Walkman 的社會與文化分析，如 Bull（2005）研究倫敦通勤人士使用 iPod 的體驗與策略，認為這批玩家使用 iPod，不只是單純地消費音樂，而是創造私屬的（privatising）、親密的個人聲音氣泡。玩家因應個人的情緒，在都市街道中建構無縫隙的聲音環境，尋求解放。城市不再是陌生的、疏離的空間，而是 iPod 玩家美感化（aestheticising）的對象與重組過的棲息空間。Bull（2006）進一步的研究指出，玩家使用 iPod，不僅是各種社會互動的策略（隔絕外在聲音或噪音、都市體驗美感化、創造自己私屬的聲音空間、去除孤立感與創造家中自在感、婉謝他人的接觸等），也因為 iPod 的播放選單（playlist）、外接喇叭、大容量等功能，強化玩家操控聆賞渴望、時空環境與社會互動的能力。iPod 玩家不必再像以前的 Walkman 或迷你 CD 玩家一樣，必須在出門前思考要帶哪些卡帶或 CD，而是運用播放選單，配合時間、空間與情緒，隨意播放想聽的音樂。玩家可以在工作時聽 iPod，調控情緒與工作節奏，或是避開工作空間的背景音樂、他人的說話聲等。一家人既可以在自用車（或家中）中共聽一台 iPod 的音樂，也可以用耳機各聽各的音樂。Voida 等人（2006）則是研究一家企業員工使用 iTunes 的社會互動與社會意涵，探討他們如何透過 iTunes 分享數位音樂（控制誰可以分享，誰不能分享，以及交換音樂），經營印象（impression management），界定同事的音樂品味與個性，建構該企業員工的 i-Tunes 線上社群。

這種偏向主體意識、意義詮釋與社會互動模式的研究雖有其貢獻，但若從不同的理論觀點來看，得到的研究發現很可能就不一樣。例如，Beer（2007）補充、修正 Bull 的研究，指出 iPod 或 MP3 播放機的使用者不一定是建構完整的私屬影音氣泡。他們的行動聆聽根本就是都市音

境的一部分，他們只是利用耳機與機器將音樂排在第一位，都市裡各種聲音則是與音樂夾雜混揉。使用者並未完全與社會分離（social withdrawal），並未孤立，只是保持社會距離（social distancing）。Giles 等人（2007）運用紮根理論與深度訪談，研究英國二十名年輕的消費者，瞭解受訪者收藏音樂（黑膠唱片、CD 唱片與數位音樂）的心理意義，結果發現三個層面：其一，音樂收藏是神聖性的行為，iPod 的數位音樂下載與儲存雖然方便，卻缺少那種神聖的體驗；其二，音樂收藏是一種自我展現，但用行動 CD 與 iPod 聽音樂，自我展現的意義是不一樣的（如在公共場合使用行動 CD，抽換 CD 時展現的 CD 盒封面與演唱者，給旁觀者或同好的印象）；其三，數位音樂下載與儲存帶來的感官體驗不一致；數位音樂雖方便，卻是可以刪除的，其收藏意義與黑膠唱片、CD 唱片不可同日而語。

Beer（2008）更進一步從音樂的再組態（reconfiguration）切入，超越、突破業者與論者簡約裝飾（veneer of simplicity）與自然化的行銷修辭與論述，把 iPod 或 MP3 播放機視為一種圖像介面（iconic interface），以 iPod 的滾輪為起點，追索此一介面背後併合（incorporative）與銘紀（inscriptive）之間的辯證關係（前者是指數位音樂的收藏與整理歸檔，如使用者 iPod 與電腦中的數位音樂檔案；後者是指使用者在特定的時空場合，聆聽自己收藏的數位音樂）。這樣的論析與 Bull 等人音樂再脈絡化過程（recontextualizing music）的研究可謂相映成趣。

綜上所述，國外學者對 Walkman 與 iPod 的研究雖有理論的深度，但多偏向現象學主體與微觀的詮釋，忽略結構面的分析。這種研究取向雖有其趣味，卻忽視社會生活背後的物質結構與機制。iPod 的消費是建立在對勞動者的剝削之上，社會分析若只看前者，不看後者，視野與分析深度就會有相當大的局限。因此，本文擬以馬克思的資本循環論、剩餘價值論與 Gereffi 的全球商品鏈理論，揭露目前研究忽視的另一面。

四、iPod、全球商品鏈與商品拜物教

(一)全球商品鏈理論

就像許多製造業產品（特別是消費者商品）一樣，iPod 的研發、設計、製造與行銷是立基於全球商品鏈之上。Gereffi（1994: 96-97）所提的全球商品鏈（global commodity chains, GCCs）理論包括三個向度：一是輸入－輸出結構（input-output structure），即產品與勞務彼此鏈結形成的加值（value-added）經濟活動；二是領域性（territoriality），即生產與流通網絡、商品鏈之中，大、中、小企業的空間分布狀態；三是統轄結構（governance structure），即決定商品鏈中資金、原物料與人力資源分布與流動的權威與權力關係。

全球商品鏈理論指出，當代全球生產與貿易的整合體系可以分成兩種統轄結構：生產者驅動（producer-driven）與買主驅動（buyer-driven）兩種商品鏈。前者多為大型跨國製造商建構的全球與區域生產網絡，後者多為大型批發、貿易與設計公司促成的分散式生產網絡。前者多為資本密集與技術密集產業，以汽車工業、電腦產業、航太產業、重機械工業與耐久消費財產品為主，後者多為勞力密集產業與一般消費財產品，以成衣、鞋類、玩具產業為主。前者掌握的核心優勢為關鍵技術與重要零組件製造能力，後者掌握的核心優勢則為產品設計、訂單商機與行銷管道（兩種商品鏈的對照，可參閱**表** 9-2）。這兩種商品鏈在全球開發中國家或新興工業國家塑造的出口模式可分為：農礦產品出口、出口導向組裝、零組件供應轉包、代工製造與自有品牌製造。在東亞地區更搭配社會與文化脈絡，形成三角製造結構，亦即美商制定規格與下訂單，新興工業國家以中間人的地位接單，把一部分或全部製程移到海外工資較低的國家（Gereffi, 1994: 97-99; Gereffi, 1998: 41-46）。這個理論既可從

事宏觀的、歷史的分析，也可以進行微觀的、（企業）組織的、國家政策層面的議題研究（Gereffi et al., 1994: 9）。

表9-2　生產者驅動與買主驅動商品鏈

	生產者驅動	買主驅動
全球商品鏈的驅動者	工業資本	商業資本
核心能力	研究發展與生產	設計與行銷
進入障礙	規模經濟	範疇經濟
商品類別	耐久性消費者商品、中間商品、資本財	非耐久性消費者商品
典型產業	汽車、電腦、航具	成衣、鞋、玩具
製造商	跨國企業	地方企業，特別是開發中國家
主要網絡聯繫	投資	貿易
主要網絡結構	垂直	水平

資料來源：Gereffi (1998: 42).

　　這兩種商品鏈之間的界限並非絕對的，有模糊與交叉的現象。如電腦產業似乎屬於生產者驅動的產業，跨國企業實際的經營模式與策略卻已逐漸偏向買主驅動的商品鏈。IBM、惠普等電腦及周邊設備跨國企業早已將生產製造過程外包，或者直接向台灣等高階新興工業國家採購零組件與準系統，本身則專精於研發、產品設計與行銷服務。IBM 已轉型為資訊服務廠商，戴爾更是幾乎完全沒有生產線的跨國企業。就此而言，個人電腦產業商品類別多為耐久性消費者商品，應該不是生產者驅動，而應歸入買主驅動，主要網絡聯繫則包括投資（組裝中心與行銷據點）與貿易兩者。

(二)iPod 的全球商品鏈

iPod 的統轄架構分成三個向度：第一向度是產品概念的發想、軟體開發、研發與設計；第二向度是零組件採購與委外組裝；第三向度是產品的流通、行銷與廣告。這三個向度構成菱形的、巢狀產銷網絡（diamondoid / nested production and distribution networks）。這種網絡以蘋果公司的研究發展、工業設計，以及品牌形象與行銷為核心，透過委外、代工，向外開展、建構供應鏈，帶動相關與周邊商品的產銷結構。

在第一個向度，蘋果公司（特別是 Steve Jobs）提出 iPod 的產品概念，從事研發與產品設計，編寫專屬的作業系統與相關軟體（有些軟體也是委外），設計產品機型，訂定規格需求與生產數量。值得注意的是，iPod 與 iTunes 就像蘋果之前的麥金塔電腦一樣，不完全是公司內部工程人員研發出來的產物，而是開放式創新（open innovation）的成果。[3]蘋果的成功關鍵不完全在於內部閉鎖式研發獨門技術，而是匯流、整合、改良他人的發明集其大成（Anonymous, 2007）。

在第二個向度，蘋果以委外與原廠委託製造（Original Equipment Manufacturing, OEM）的模式下單，交給專門製造電子零組件與組裝的廠商，節省各種成本，包括員工薪資、福利、廠房、設備等。此一向度分為零組件採購與組裝。零組件供應分為高加值（highly value-added）與低加值（lowly value-added）兩個部分。高加值或高價零組件，包括硬碟、

---

[3]開放式創新是一種新的創新典範，與傳統的封閉式創新不同。封閉式創新（close innovation）強調單一企業獨立完成基礎研究與應用開發，最後製造產品，推入市場，並以智慧財產權法制保護其權益，其過程是直線式的；開放式創新則不限於內部研發，科技可自行研發，亦可向其他企業取得，再製造產品，進入市場，其過程是擴散式的。在這個過程中，企業可授權其他企業使用其研發之技術，也可能衍生新的技術與市場。參閱 Chesbrough（2003: xvii-xxviii; 2007: 1-4）。

控制晶片與顯示模組等。低加值或低成本部分則是電阻器、電容器等。如 iPod 主軸系列的硬碟為東芝的產品，iPod mini 的微型硬碟則是採用日立與 Seagate 的硬碟。iPod nano、shuffle、touch 則採用快閃記憶體，其中 nano 的快閃記憶體分別向東芝、三星等採購；中低階零組件則分別向台灣等地廠商採購，或由組裝廠商負責採購。第五代的 video iPod 硬碟向東芝採購，顯示器模組（display module）則向東芝－松下（Toshiba-Matsushita）採購，影像或多媒體處理器、控制晶片等向美商採購為主。組裝、測試與低加值零組件則委由台商處理（Linden et al., 2007: 3-7）。

　　組裝廠商的生產線集中在大中華地區（中國大陸、台灣）。組裝廠商包括鴻海精密、英華達與華碩，生產線遍布在大中華地區，各種零組件則向其他廠商採購。通常 iPod 不同的機型分別委託不同的廠商組裝。例如，鴻海旗下的富士康負責組裝 iPod nano，華碩組裝 iPod shuffle。video iPod 則是例外，交給廣達電腦與英華達製造。製造 nano 的收入占富士康收入 5%，shuffle 占英華達收入約六成（Einhorn, 2007）。其中華碩與蘋果合作最多，除 iPod shuffle 之外，尚包括 MAC mini、刀鋒伺服器、迷你準系統等。零組件供應商包括正崴、今皓（連接器）、同協（沖壓元件）、連展（外接式鋰電池）（吳向前、李欣岳，2005）、台達電（電源轉換器）、機殼（可成、綠點）、台灣晶技（石英原件）等。前文稱此種組裝網絡為菱形的，即是以蘋果公司為起點，向東北亞的日、韓廠商採購高階零組件，向台灣下單與採購零組件，最後在大陸組裝出貨。

　　這種統轄模式的特質是蘋果公司獲利最多，其次是提供高加值零組件的廠商，再次是提供低加值零組件與組裝、測試的台商。Linden 等人（2007）以第五代 video iPod（30GB，市價 299 美元）為例所做的估算，推斷蘋果公司從中獲利最多。根據表 9-3 的資料，該種機型成本約 144.4 美元，亦即蘋果公司約獲得 154.60 美元的毛利（還要扣掉研發與人事等成本）。前十大高價零組件成本占 85%，其他零組件占總成本 15%。硬碟成本占 51%，供應商東芝毛利率 26.5%，利潤 19.45 美元。多媒體處理

器由美商 Broadcom 提供，成本占 6%，毛利率卻占 52.5%，利潤則只有 4.39 美元。組裝與其他零組件占總成本比例多為 3%（英華達）、2%（韓商供應 SDRAM）、1%（印刷電路板），利潤多不到 1 美元。

表9-3　Video iPod主要零組件成本分析　　　　　　　（美元）

零組件	供應商	總部	製造地	預估出廠售價	占總成本比例	毛利率	估計利潤
硬碟	東芝	日本	中國	73.39	51%	26.5%	19.45
顯示器模組	東芝—松下	日本	日本	20.39	14%	28.7%	5.85
影像／多媒體處理器	Broadcom	美國	台灣或新加坡	8.36	6%	52.5%	4.39
Portal Player CPU	PortalPlayer	美國	美國或台灣	4.94	3%	44.8%	2.21
組裝測試	英華達	台灣	中國	3.70	3%	3.0%	0.11
Battery Pack	--			2.89	2%	24.0%	0.00
Display Driver	Renesas	日本	日本	2.88	2%	24.0%	0.69
Mobile SDRAM (32MB)	三星	韓國	韓國	2.37	2%	28.2%	0.67
Back Enclosure	未知			2.30	2%	26.5%	
主機板	未知			1.90	1%	28.7%	
小計				123.12	85%		33.37
其他零組件				21.28	15%		
總計				144.40	100%		

資料來源：Linden et al.（2007）。

再以 iPod shuffle（512MB 與 1GB）為例。根據 IDC 的估算，shuffle 採用南韓三星的 Nand 快閃記憶體，占該型機總成本約 63%，MP3 解碼晶片係採用美商 SigmaTel 的產品，占成本比例 12%。每賣出一台 shuffle，蘋果約可獲得 35% 到 40% 的毛利，加上快閃記憶體價格迅速下滑，蘋果所獲毛利更可提高。[4]

iPod 全球商品鏈統轄的第三個向度則是透過廣告（傳統媒體與網路媒體）、設立直營店（還有販賣機）與網路商店、透過經銷商等銷售產品。

iPod 的行銷與其他廠商的 3C 產品類似，如加強品牌印象與產品形象、產品多樣化、價格差異化（供不同消費能力的消費者購買使用，如 iPod shuffle 與低價 MP3 播放機同業競爭）等。但 iPod 的第三個向度有四個特點值得注意：

其一，iPod 的行銷不只是靠直營店、經銷商、網路商店等一般管道。賈伯斯是蘋果公司與 iPod 產品發表、展示與廣告的核心人物，其高科技雅痞形象與蘋果產品「酷」（cool）的感覺，一向是蘋果行銷活動不可或缺的成分與特色。某些廠牌的電子或家電產品也有董事長或總裁在產品廣告中出現，但其意象、效果似乎難與賈伯斯相提並論。[5]

其二，iPod 與其他同類行動影音商品不同之處，在於 iPod 搭配 iTunes 軟體，協助消費者建立、分享個人的數位音樂圖書館，購買數位音樂，增加營收。iTunes 軟體不只讓消費者線上欣賞音樂，更可以從 iTunes 音

---

[4] 此段資料係轉引自財團法人國家實驗研究院科技政策研究與資訊中心之網頁資料「iPod shuffle 成本分析發現毛利率高達 40%」，網址為 http://cdnet.stpi.org.tw/techroom/market/ee/ee030.htm（該網頁則是引用 IDC 的資料）。

[5]「酷」有很多定義，看起來也缺乏學術感。但「酷」的概念畢竟是國內外部分次文化（尤其是青少年與年輕人的習慣用語）。iPod 的「酷」或許可以採用開放的、彈性的定義方式，尋求最大公約數，如簡潔的線條、鮮明的色彩、精緻的材質觸感等。

樂商店下載音樂，編輯選單、轉錄 CD 音樂，更將內容擴展到電影、影片，有聲書與 Podcast 也可能是未來的發展方向（Levy, 2006: 115-142）。蘋果打破過去自行開發專屬作業系統與應用軟體的策略，跨越微特爾體制（Wintelism）的界限，開發與微軟視窗相容的 iTunes，擴大 iTunes 音樂下載的商機。蘋果也與摩托羅拉合作，開發與後者手機相容的 iTunes。[6]

其三，iPod 衍生周邊配件商品，如耳機、果凍套、基座音響組、轉接器、FM 收音機發射器、汽車音響轉換器等。iPod 也與不同知名品牌進行異業結盟，如 Harman Kardon、Bose 設計的音響組，B&Q 設計的耳機，Dior、Dunhill、Prada、LV、Bottega Veneta、Celine 設計的皮套或帆布套（李書齊，2005）。周邊商品帶動其他中小型電子業製造商與批發零售業的發展，與知名品牌的異業結盟更提升 iPod 的形象。iPod 不只是另一種影音播放器，更是階級地位的象徵，讓使用者或玩家有意無意地投入炫耀性消費（conspicuous consumption），形成蘋果產品玩家的文化與社群。

其四，iPod 不是單一系列的產品。蘋果公司的策略似乎是以 iPod 與 iTunes 軟體為核心，帶動或搭配蘋果軟硬體產品的產銷。如蘋果電腦 iMac 的銷售業績隨 iPod 而水漲船高（吳向前、李欣岳，2005：61），Apple TV、iPhone、MacBook Air 也隨之推出。

從馬克思的剩餘價值論來看，iPod 全球商品鏈的統轄結構不只揭露 iPod 行銷與消費的利潤分配，更反映出 iPod 消費背後的剝削邏輯。馬克思的剩餘價值論指出，剩餘價值包括絕對的剩餘價值與相對的剩餘價值剝削。絕對剩餘價值的剝削以勞工超時工作、低工資與惡劣、危險的工作環境為基礎。相對剩餘價值的剝削則是以科技、機器大量生產取代勞

---

[6] 儘管如此，蘋果並未完全向微軟或開發原始碼靠攏，蘋果公司仍然開發本身產品專屬的作業系統與作業軟體，如二○○○年的 OS X 系統、二○○五年的 Tiger 系統與 iLife 套裝軟體（吳向前、李欣岳，2005：63）。

工的心智與身體勞動（Marx, 1990: 432-433）。不論是高階（價）或低階的 iPod，都需要以廉價的勞動力為基礎。根據 Frost and Burnett（2007）的記述與整理，二〇〇六年六月十一日，英國《週日郵報》（*Mail on Sunday*）的報導指出，中國深圳一家生產 iPod 的工廠有二十萬名勞工，工作環境極差（一百人睡一間通鋪，採軍事化管理），每位勞工每天工作十五小時，每月平均的工資只有英國 iPod 售價的四分之一，或是每個月 27 英鎊（400 元人民幣或 53 美元），沒有工會為他們爭取權益與福利。蘇州的廠房則有五萬名勞工（多數為女工），每位勞工每天工作十二小時，每月平均工資 54 英鎊（約人民幣 791 元或 106 美元）。這個 iPod 城市（iPod city）新聞披露之後，中國內外的報章雜誌與部落格、網路論壇紛紛跟進討論。《每日鏡報》（*Daily Mirrors*）、《華盛頓郵報》（*Washington Post*）、BBC（稱這些勞工為 iPod 奴隸）、路透社等均有追蹤報導。蘋果電腦的官方反應則是四平八穩，僅宣稱該公司絕對要求代工廠商遵守相關規定，該公司與官方均派遣專家到代工廠商之廠房檢查，結果是該廠商僅違反工時不得過長之規定。與此同時，代工廠商以妨害名譽之罪，控告兩名報導的大陸記者，聲請凍結其資產，並要求巨額賠償。如此喧騰三個月左右，事情逐漸止息，代工廠商也在各方協調之下，撤銷對兩名記者的告訴（Frost and Burnett, 2007）。

不論接單生產 iPod 的廠商所雇的勞工是否工時過長，還是沒有提供良好的工作環境與福利，在 iPod 全球商品鏈組裝與製造的環節中，勞工的低工資恐怕是難以否認的事實。如馬克思所言，這種剝削邏輯的重點不在於資本家究竟是善人還是惡人，也不在於資本家的企圖是否良善，而是在於整個資本循環剝削的結構特性。就此而言，在商品鏈當中的每個資本家都只是資本主義生產方式的傀儡或剝削結構的替身而已（Marx, 1990: 92）。

另一方面，使用者對 iPod 的理解與詮釋在微觀層面上是可以理解的，但從馬克思的觀點來看，使用者或消費者其實是陷入 iPod 的商品拜

物教。所謂風格消費、美感消費或美感經濟，正是資本主義商品拜物教透過 iPod 而產生的虛像與幻影，賈伯斯則以其個人意象與行銷策略，成為 iPod 拜物教的教主。蘋果不斷推出新世代、新功能、新服務、新產業標準的 iPod，催促消費者不斷地換機升級。消費者考慮的是價格、功能與售後服務，全然不知（或不在意）他們的消費結果是促成勞工繼續以僅夠維生的薪資，不斷再製勞動力，維持資本主義的再生產與資本的持續積累。勞動者與消費者之間的社會關係呈現為物與物之間的關係，商品本身好像有自己的生命，因此而有「世代」之說。某些學者擺出流行文化專家學者的姿態，以「美感經濟」、「風格消費」等引人入勝的華麗詞藻與概念工程，論述 iPod 的盛行。[7]這就像當初馬克思批判的那些政治經濟學家一樣，無視於勞工活生生的勞動為商品注入的價值，將商品視為本有價值的實體，為 iPod 的商品拜物教建構庸俗的（vulgar）論述基礎（Marx, 1990: 165, 173-175, 719, 983）。這並不是說，我們只能用馬克思的理論觀點，分析 iPod 或其他當代流行的科技裝置。這也不是說，我們完全不能運用「風格」、「美感」等概念或詞語，研究 iPod、iPhone 等當代資訊通信科技裝置。早在一九三〇年代，阿多諾（Theodor W. Adorno）就已針對留聲機的形態（form）相關的美感意義，提出批判，如唱片將音樂石化（petrified）造成的物化、非人方式（inhuman manner，按這裡是針對機械鋼琴 mechanical piano，似乎也預見到電子音樂的興起）、較柔和的野蠻狀態（gentler barbarism），以及對藝術作品的威脅（Adorno, 2002: 277-282）。本文要強調的是：學者的工作不是隨波逐流，提出表象化的修辭與論述，而是嘗試從各種角度或運用各種理論觀點，交叉詰問其研究對象。Beer（2008）的分析及其理論依據，或許可以供有志於風格與美感消費研究的學者參考。

---

[7]參考坊間以「風格社會」、「美感經濟學」、「美學經濟」為書名或篇名的通俗論著，另可瀏覽如：
http://www.aestheticeconomy.com/blog/?page_id=114。

五、結　論

　　本章首先指出國外 iPod 社會文化研究的特色，指出國內對 iPod 的社會文化論著的特點與缺失。iPod 社會文化研究的關鍵性問題在於只做微觀的研究，探討受訪者與被研究者的個人詮釋與意義理解，忽略 iPod 消費背後的剝削結構與機制，以及以 iPod 為核心而形成的商品拜物教。因此，筆者主張依據馬克思的資本理論、剩餘價值論，以及 Gereffi 的全球商品鏈理論，從結構的角度切入，提出不同的解讀與論證。

　　第二節描述 iPod 的市場成長與世代發展，作為本文論述的資料基礎，以便讀者對 iPod 有初步的認識與瞭解，同時整理市場分析者的看法，說明 iPod 成功的主要原因，包括拉高競爭門檻、跨界競爭、異業結盟、商品定位（價）與行銷策略。

　　第三節提出行動影音系譜學的概念，刻劃 Walkman 與 iPod 的研究軌跡，指出當前 iPod 社會文化分析的研究主流與取向，如微觀研究、主體意識、個人詮釋與社會互動模式，由此突顯本章從結構面切入剖析 iPod 的主張。

　　第四節簡介全球商品鏈理論，說明 iPod 的統轄結構。此一統轄結構分成研發設計、零組件採購與組裝，以及流通、廣告、行銷等三個向度。iPod 的研發呈現出開放式創新的特質，高價或高階零組件向日、韓、美商採購，中低階零組件則向台商採購或由台商組裝廠負責。流通、廣告與行銷則由蘋果公司負責。如此構成產銷節點加值程度不一的菱形的／巢狀的產銷網絡。

　　全球商品鏈理論有助於揭露 iPod 產銷結構背後的剝削邏輯，特別是絕對剩餘價值的剝削。雖然許多論者主張現在的資本主義生產已經進入後福特主義（批次生產、少量多樣化生產）、豐田主義（及時生產 just-in-time 與精實生產 lean production）的階段，但從 iPod 的案例來看，絕對剩餘

價值的剝削與這些生產體系並不衝突，更無矛盾，反而可以形成完整的搭配，讓勞工的活生生勞動徹底整合到機器的勞動體系（死的勞動）當中。在這種結構之中，消費者購買、使用 iPod，就不完全是個人的主體詮釋與小規模的社會互動分析可以理解的，而是資本主義生產體系制約、形塑而成的社會行為。消費者身陷 iPod 拜物教之中，許多流行文化的學者也隨波逐流，走上馬克思時代庸俗政治經濟學家的老路，透過表象化的論述，為 iPod 的商品拜物教建構神秘的、流行的論述。美感經濟、風格消費等詞藻，則是這種論述的具體代表。

參考書目

一、中文部分

PCuSER 研究室，2006，《iPod 夢幻採購鑑定團》。台北市：電腦人文化。

吳向前、李欣岳，2007，〈iPod 風暴，徹底研究〉。《數位時代雙週》，101: 60-65。

何祖銘、王祿旺，2006，〈藍海策略應用於臺灣電子雜誌之可行性研究〉。《傳播管理學刊》，7(3): 113-125。

李書齊，2005，〈iPod 週邊經濟效應，大吹異業結盟風〉。《數位時代雙週》，101: 94-95。

祈安國，2007，〈異業結盟，iPod 娛樂全球〉。《聯合報》，10 版，2 月 24 日。

林富美、蘇珊如、張寒梅，2006，〈數位音樂時代企業之競爭優勢：APPLE 公司數位音樂平臺之探討〉。《傳播管理學刊》，7(2): 95-130。

范振光，2007，〈上市 5 年半，iPod 售出 1 億台〉。《聯合報》，A12，4 月 11 日。

孫國棋，2008，《個人化的社會分類：iPod 族之生活風格與使用文化》。桃園縣：元智大學資訊社會學研究所社會學組碩士論文。

陳大任，2007，〈iPod touch 勁敵是 iPhone〉。《中國時報》，E3，10 月 9 日。

莊雅婷，2007，〈微軟二代 Zune 要搶 iPod 市場〉。《經濟日報》，A8，10 月 4 日。

閻紀宇，2008，〈人類最早錄音，上網聽得到〉。《中國時報》，F2，3 月 29 日。

鄭永欣、許慧珊、柯博仁、陳至煌，2007，〈臺藝大學生對 iPod 產品的使用滿意度及品牌忠誠度之探討〉。《圖文傳播藝術學報》，2007（民 96）：239-250。

龔俊光、許桂芬、高振偉、洪春暉，2007，〈從 iPod touch 看 Apple 在可攜式多媒體產品之發展動向〉。《產業焦點評論》，資策會市場情報中心。

二、外文部分

Adorno, Theodor W., 2002, *Essays on Music*. Selected, with introduction, commentary, and notes by Richard Leppert, new translations by Susan H. Gillespie. Berkeley/Los Angles/London: University of California Press.

Anonymous, 2007, "Leaders: Lessons from Apple." *The Economist* 383 (8532): 9.

Barrile, Steve, 2006b, "Ingredients for the Success of the Apple iPod: Marketing." *Businessdate* 14(3): 5-7.

BBC News, 2008, "Oldest Recorded Voices Sing Again." March 28, Online: http://news.bbc.co.uk/2/hi/technology/7318180.stm.

Beer, David, 2007, "Tune Out: Music, Soundscapes and the Urban *Mise-en-scene*." *Information, Communication & Society* 10(6): 846-866.

Beer, David, 2008, "The Iconic Interface and the Veneer of Simplicity: MP3 Players and the Reconfiguration of Music Collecting and Reproduction Practices in the Digital Age." *Information, Communication & Society* 11(1): 71-88.

Bull, Michael, 2000, *Sounding Out the City: Personal Stereos and the Management of Everyday Life*. Oxford: Berg.

Bull, Michael, 2001, "The World According to Sound: Investigating the World of Walkman Users." *New Media & Society* 3(2): 179-197.

Bull, Michael, 2004, "Sound Connections: An Aural Epistemology of Proximity and Distance in Urban Culture." *Environmental and Planning D: Society and Space* 22(1): 103-116.

Bull, Michael, 2005, "No Dead Air! The iPod and the Culture of Mobile Listening." *Leisure Studies* 24(4): 343-355.

Bull, Michael, 2006, "Investigating the Culture of Mobile Listening: From Walkman to iPod." Pp. 131-149, in *Consuming Music Together: Social and Collaborative Aspects of Music Consumption Technologies*, edited by Kenton O'Hara and Barry Brown. Dordrecht: Springer.

Chen, Shing-Ling, 1998, "Electronic Narcissism: College Students' Experiences of Walkman Listening." *Qualitative Sociology* 21(3): 255-276.

Chesbrough, Henry, 2003, *Open Innovation: The New Imperative for Creating and Profiting from Technology*. Boston, Massachusetts: Harvard Business School Press.

Chesbrough, Henry, 2007, "Open Innovation: A New Paradigm for Understanding Industrial Innovation." Pp. 1-12, in *Open Innovation: Researching a New Paradigm*, edited by Henry Chesbrough, Wim Vanhaverbeke, and Joel West. Oxford: Oxford University Press.

du Gay, Paul, Stuart Hall, Linda Janes, Hugh Mackay, and Keith Negus, 1997, *Doing Cultural Studies: The Story of the Sony Walkman*. London/Thousand Oaks/New Delhi: Sage Publications.

Einhorn, Bruce, 2007, "Apple's Chinese Supply Lines." *Business Week Online* 1/8/2007: 7.

Frost, Stephen and Margaret Burnett, 2007, "Case Study: the Apple iPod in China." *Corporate Social Responsibility and Environmental Management* 14: 103-113.

Gereffi, Gary, 1994, "The Organization of Buyer-Driven Global Commodity Chains: How U.S. Retailers Shape Overseas Production Networks." pp. 95-122, in *Commodity Chains and Global Capitalism*, edited by Gary Gereffi and Miguel Korzeniewicz. Westport, Connecticut and London: Greenwood Press.

Gereffi, Gary, 1998, "More than the Market, More than the State: Global Commodity Chains and Industrial Upgrading in East Asia." pp. 38-59, in *Beyond the Developmental State*, edited by Steve Chan, Cal Clark, and Danny Lam. Eds. London: MacMillan Press Ltd.

Gereffi, Gary, Miguel Korzeniewicz, and Roberto P. Korzeniewicz, 1994, "Introduction: Global Commodity Chains." pp. 1-14, in *Commodity Chains and Global Capitalism*, edited by Gary Gereffi and Miguel Korzeniewicz. Westport, Connecticut and London: Greenwood Press.

Giles, David C., Stephen Pietrzykowski, and Kathryn E. Clark, 2007, "The Psychological Meaning of Personal Record Collections and the Impact of Changing Technological Forms." *Journal of Economic Psychology* 28(4): 429-443.

Hall, Kenji, 2006, "Sony's iPod Assault Is No Threat to Apple." *Business Week* 3975: 53.

Hardman, Chris, 1983, "Walkmannology." *The Drama Review* 27(4): 43-46.

Hargadon, Andrew and Douglas, Yellowless, 2001, "When Innovations Meet Institutions: Edison and the Design of the Electric Light." *Administrative Science Quarterly* 46(3): 476-501.

Hosokawa, Shuhei, 1984, "The Walkman Effect." *Popular Music* 4: 168-180.

Johannes, Amy, 2006, "iPod Nation." *Promo*: 19(4): 26-31.

Levy, Steven, 2006, *The Perfect Thing: How the iPod Shuffles Commerce, Culture, and Coolness*. New York: Simon & Schuster.

Linden, Greg, Kenneth L. Kraemer, Jason Dedrick, 2007, "Who Captures Value in a Global Innovation System? The Case of Apple's iPod." Personal Computing Industry Center,

http://pcic.merage.uci.edu/papers/2007/AppleiPod.pdf.

Marx, Karl, 1990, *Capital*. Vol. 1. London: Penguin Group.

National Public Radio, 2008, "Sound Recording Predates Edison Phonograph." March 27, (Online Available)

http://www.npr.org/templates/story/story.php?storyId=89148959.

Reppel, Alexander E., Isabelle Szmigin, and Thorsten Gruber, 2006, "The iPod Phenomenon: Identifying a Market Leader's Secrets through Qualitative Marketing Research." *Journal of Product & Brand Management* 15(4): 239-249.

Voida, Amy, Rebecca E. Grinter and Nicholas Ducheneaut, 2006, "Social Practices around iTunes." Pp. 57-83, in *Consuming Music Together: Social and Collaborative Aspects of Music Consumption Technologies*, edited by Kenton O'Hara and Barry Brown. Dordrecht: Springer.

10
越「境」：菲裔家務助理的「家」[1]

■源　起

■家務助理與幫傭：我來，我見，我服務

■研究方法與執行

■研究發現

■結　論

楊長苓　元智大學通識教學部兼任助理教授

[1]本文曾於「2008 亞太社會文化研究學術研討會」發表初始版本，感謝王佳煌教授的建議與評論；同時也感謝匿名評審給予的肯定與修訂建議。我的菲律賓好友們，謝謝妳們提供的情感支持、知識挑戰；妳們對於臺灣社會空間的挪用與實踐，給予我母職生活內重要的智識啟發。

摘　要

　　本研究以質性研究的參與式觀察與深入訪談，針對菲律賓家務助理發問，並試圖理解在其越（國）境移動時，她們的工作內容、工作處境、人際關係與生活世界，將如何影響她們對於「家」的定義與認同。

　　研究發現，絕大多數菲裔家務助理在穩定的長時工作下，對於何處為家、誰為家人，以及如何處理家庭關係，均突破了現行研究／政策之定義框架：越「境」移動不再是單向跨越菲律賓往台灣移動，而同時是由具有生命記憶的台灣移往菲律賓；「家」不盡然是家務助理的原生家庭，卻可能是目前安身立命的雇用家庭，甚至兩者均是；「國」、「家」的定義不同，既可能牽連個人自我認同的改變，也同時影響家務助理對於生活世界的空間使用與工作態度，甚至會使家務助理思索自己的能動性，以獲取社會空間中最適切的位置。而一旦穿越僵化的「國」、「家」想像，續約、逃跑、照料、空間的使用／不使用，便展現了極為豐富的意涵。

關鍵詞：外籍勞工，菲傭，家務助理，越境，家

一、源　起

　　為了幫獨生女 Emma 找玩伴，二○○六年六月我每天開車送她到城市遠端的夏令營玩耍。在這裡，我看到一位年輕女性：她說話柔和有禮、衣著簡單大方，黝黑的頭髮微微捲曲、臉上永遠帶著溫暖美麗的微笑。上午八點半，她戴著寬邊遮陽帽、撐著 UV 遮陽傘、牽著可愛男生小小的手走進營區。雖然我們並不認識，但她總會對我點頭微笑表示友善。幾天後，小小男生與 Emma 建立了良好的友誼，我也漸漸與她說話聊天。這一聊，不僅從夏令營聊到了她家；從那年，延續到現在；也將我帶往過去好奇、卻不曾觸及的領域。

　　這位秀麗的女性對家庭與孩子的照料非常周到，我們經常討論什麼時候該帶孩子去哪裡郊遊（桐花、螢火蟲、划龍舟、101 施放煙火），什麼表現值得讓他們吃兩球甜蜜涼爽的冰淇淋；坐在她們家乾淨整齊的客廳，我們交換買菜的地點、做菜的心得，以及如何迅速料理美味營養兼顧的餐點。開車出遊時，她經常詢問我車上播放的童謠曲目與歌詞，偶爾也發表她對孩子聽歌的想法；我們多次討論晚上為孩子唸書的時間與方法，交換孩子正在閱讀的繪本，也慎重其事地為孩子安排 play date，每星期至少兩次下午讓孩子一起遊戲。

　　跟她聊天的時候，我發現她的決定多以孩子與家庭優先，而在這些優先順位的背後，當然有她對家庭、對孩子深厚情感的支持。這樣的愛，讓我不得不停下腳步認真思索，這位秀氣、端莊、顧「家」且可獨立決定家庭生活許多面相的女人 Aunty Monica[2]，是以什麼樣的身分認同，在這裡過著什麼樣的生活？

---

[2] 我與菲裔家務助理朋友們之間彼此均以 aunty 相稱：對我而言，她們照顧我的孩子，如同我孩子的 aunty；對她們來說，我照顧「她們的孩子」，當然也是 aunty。

來自菲律賓，與我相識時三十二歲，在台灣為同一個家庭工作六年的 Monica，為了雇主家庭第二個小孩來到台灣。小小男孩出生迄今，她不曾離他遠行。費心打掃、煮菜、照顧孩子情緒與生活的身影，與我在許多研究論文中看到的「菲傭」與「外勞」大不相同：Monica 是家庭的一份子，有權力為自己與孩子的生活做決定，也受到極大的尊重。她的雇主說：「如果沒有 Monica，我看我們連生活都有問題」、「幸好有她，不然，我們哪裡有時間跟孩子玩？」、「Monica 解決我們家事分工的衝突，要不然，婚姻都要出問題了」。

我瞭解，Monica 的經驗不能代表全數菲裔家庭助理在台灣的生活狀況，但她的確反映以往研究疏於討論或避而不談的議題：菲裔助理對於家、對於邊境、對於生活空間的「真實情感」，而非結構性地論證她們如何在國族、經濟、勞動結構中被雇主剝削、歧視（藍佩嘉，2002，2004，2006）。於是，我開始閱讀相關的論文與田野訪談，希望更接近 Monica 與她朋友的生命。

二、家務助理與幫傭：我來，我見，我服務

像 Monica 這樣的人，多半是一九九二年「就業服務法」通過後，依其「外國人之聘僱與管理」專章，允許民間產業引進外勞的規定而申請入境[3]。東南亞國家勞工依循這個法令慢慢進入台灣（見**表 10-1**），形成

---

[3] 外籍勞動力由來已久，但正式引進低技術外勞則是一九八九年，政府推動十四項重要建設時以專案方式整批引進。

建設台灣與照顧台灣的重要力量[4]。

表10-1　菲律賓入台灣勞動人數

當年新聘或續聘來台之人數	年
1,193	1992
23,025	1993
34,387	1994
50,538	1995
65,464	1996
60,601	1997（前三季）
87,360	1998
84,160	1999
51,145	2000
38,311	2001
46,371	2002
45,186	2003

資料來源：Philippine Overseas Employment Administration, POEA.

　　這批建設與照料台灣的重要幫手，過去多以「外勞」、「傭人」、「客工」、「移工」等稱謂作為代表。但對我來說，以上各個稱謂均存在令人不快的刻板印象：外勞的「外」指稱來自境外，在言語上強調了與本地勞動力的差異性，並可能帶來族群的對立[5]，卻不考慮勞動者相似的結構位置與工作處境；傭人與幫傭，傳遞的是雇用者與協助者間主從

---

[4]引進之勞動力依就業服務法第五章第四十一條之第七款為家庭幫傭、第八款為因應國家重要建設工程或經濟社會發展需要，經中央主管機關指定之工作。主管機關指定之工作如高捷、雪隧等工地；家庭幫傭則包括家庭照顧與病人看護，所以我認為他們是建設、照顧台灣的推手。
[5]引進外籍勞動力最大的爭議之一便是外勞與本勞間的相互排擠，因此國內許多專家希望勞動政策可對外籍勞動者進行徵聘數額、工作時日的限制，但這同時迫使外籍幫手置身較差的工作條件與工作環境。

位置的高低，卻忽略這群人對於需要勞動力的家庭與國家的貢獻與幫助；移工與客工，強調了勞動力來自的國家與目前置身的國度之社會關係或認同強度之聯繫，卻忘記考量國家認同與社會關係的強弱從來不僅是出生地與原生家庭，反而更可能是生命經驗的建構與累積（楊長苓，2004）。

緣此，本研究以「菲裔家務助理」與「家務幫手」取代目前普遍使用之「菲傭」：家務是其主要工作內容，而助理的助，為幫助、協助，理為打理、料理。希望藉此強調，如果缺乏這批助理／幫手，雇用家庭勢必發生某種困難：無法出門上班、降低生活品質、必須照顧因家庭關係所衍生的工作等等。因而，對於這群協助家庭事務的人，必須稱之以幫手、助理，表示感謝。

值得注意的是，家務助理開放迄今已逾十五年，學術界與社運界雖然有許多關於家務助理的討論，但總是以政策制訂、勞動力與經濟發展、勞動者工作環境與可能感染／散播的疾病等論文為主。直至近年，才有非常精彩的論文討論家務助理與當地國家認同之建構（曾嬿芬，2004），以及她們所必須面對的困境與問題（夏曉鵑，2002）。

異於曾嬿芬與夏曉鵑著墨的國家政策與動員方式，藍佩嘉（2002，2004，2006）以其豐富的田野經驗與深度訪談討論外籍家務助理的社會處境，她不僅仔細地論述在居住地與工作地的移動間，家務助理如何面對生活中降低與升高的社會地位；並比較不同的時、空、裝扮與行為，如何調整家務助理的主體性與能動性。透過這些論文，外籍勞動者不再是冰冷的統計數據，而有了人的聲音、味道與活潑的氣息。

然而，藍佩嘉的論文雖然精彩深刻，卻似乎存在一條隱形的主軸，家務助理與雇用家庭彼此間有著「在地理上親近、在地位上疏遠」[6]的界

---

[6]引自 Global Cinderellas 的中文簡介，參見：
http://pclan.social.ntu.edu.tw/html/publishbook.htm

線，並且在家庭中充滿衝突、嫉妒、控管、與「移」情[7]。這種論述，雖然與現況多有吻合之處，然而，卻也否定了我們對於「親戚」、「家庭」、「認同」的主動建構：長時間的相處、相互的關照，雇用家庭與家務助理之間，不可能有真正的情感出現嗎？熟知生活細節、安定家務工作，家務助理，永遠不會是家庭的親人嗎？

　　這種描繪方式，看不到 Monica（以及其他與 Monica 類似的家庭助理）的微笑與獨立：透過 Monica 與她的眼睛（以及她的雇主家庭），我看到家務助理與雇用家庭彼此的親近、信賴、喜愛等「好」關係（在小孩子手繪的 family trees 上，Monica 跟爸爸、媽媽放在一起）。於是我好奇，在這樣的關係中，助理與雇用家庭以生活彼此聯繫、相互建構所打造的空間，對她們而言是否為「家」？「家庭關係」又指什麼？這些行為與定義，是否改變了家務助理的個人認同、家庭責任、與生活方式？

三、研究方法與執行

　　每位家庭助理都有來台工作的特殊理由，也都在置身於此的過程中發展各自與家及周邊環境的感情依附。由於研究者企圖透過家務助理的生活世界去理解家務助理對於家庭與家庭關係的經驗、理解與詮釋，因此研究將以質性分析[8]作為工具，並使用參與式觀察與深度訪談，以深入

---

[7]我特別把「移」情的移字點明，因為「移」這個字有很明確的意義：本來沒有感情的，因為借、因為轉換，情感才出現。但是，雇用者與協助者之間的情感，難道不可能因為長期累積、經年培養而產生嗎？

[8]傳統學術領域經常忽略少數民族、邊緣群體的生命議題，由於涵蓋面廣泛無法化約為數據簡單地對應至糾葛複雜的經驗世界，因此質性研究比量化研究更適合針對這些案例進行現象研究與詮釋。參見 Strauss, A., Corbin, J. (1998). *Basics of qualitative research: techniques and procedures*

理解其生命經驗與觀點。

採取質性研究的主要原因是，家務助理的個別經歷非常重要，因而我希望能夠細緻地看待他們的生命過程，而不是將她們視為沒有面孔的資料提供者，或變成某家庭助理、某逃跑勞工那樣數字性的資料。我希望能夠藉著她們的話語，呈現出她們的經驗、記憶與主體性，並且以此為基礎，重新打造家庭助理的世界圖像，去分析其所落腳的社會位置，以及相互對應的社會結構。

本研究主要的觀察與訪談對象為從事家務勞動的菲裔家務助理（Philipino domestic helper）[9]，次要的訪談對象為雇用家庭中與家務助理主要溝通者。研究進行期間為二〇〇七年六月迄今，共訪談十一位家務助理、九位雇用家庭主要溝通者（見**表 10-2**，均為假名），受訪對象全為女性。家務助理年紀自二十二至五十八歲，未婚、已婚、分居的狀況都有；雇用家庭之受訪者年紀二十八至五十二歲，家務助理與雇用者年紀大小互見。訪談語言為英語與中文，目前受訪者的固定工作地點均在台北市。

我所邀請的訪談對象多半是自己摸索著認識的菲裔家務助理，也有幾位是朋友雇用的幫手，以及家務助理滾雪球的介紹。我認識她們的地點多半是學校大門、付費遊戲場、公園與私人俱樂部。由於自己照顧孩子，所以我總是在那樣的場合裏見到同樣在照顧孩子的她們。臉面熟悉之後，便慢慢地開口聊天，而通常在邀請訪問前，我已經與家庭助理成為相互信賴的好朋友。

有趣的事情是，在我與家務助理熟悉之後，往往也會在她們的介紹下「認識」她們的雇用家庭：或許是真正見面、約小孩一起出去玩；也

---

for developing grounded theory. (2nd ed.). Thousand Oaks, California: Sage Publications.

[9] 這是研究限制之一，我目前的訪談對象全為菲律賓裔的家庭助理，印尼或越南裔尚未包括在研究之中。

或許是從她們的言談中知道某些雇用家庭的私密事件。由菲裔家庭助理介紹我進入雇用家庭，讓我瞭解以往研究所指稱的主／從關係太過僵化，需要挑戰：可以引薦自己的朋友給雇用者的家務助理，她跟這個家庭是什麼關係？而在聊天中獲知許多家庭不為人知的秘密也反轉了過去研究對於「家庭權力」的刻板印象：不只是雇用家庭可以進入家務助理的私領域，家務助理也可以在雇用家庭的私領域中通行無阻。這兩點讓我相信，家務助理與雇用家庭間，有許多權力翻轉與關係改變的可能。

表10-2　受訪對象簡要資料

家務助理	在台工作期間	主要工作	雇用家庭狀況	主要溝通者
Monica	固定6年	育兒、打掃、餐點	雙薪家庭、職業婦女	受訪
Blima	逃跑，第二次聘用	育兒、打掃、餐點	單親家庭、家庭管理	受訪
Nora	計畫離開（10年）	育兒、打掃、餐點	單薪家庭、家庭管理	受訪
Lynn	固定（6年）	育兒、打掃、餐點	單親家庭、家庭管理	受訪
Pinne	固定（2年）	照顧老人	雙薪家庭、職業婦女	受訪
Berna	固定（6年）	育兒、打掃、餐點	雙薪家庭、職業婦女	受訪
Nolie	固定（2年）	育兒、打掃、餐點（Berna表妹）	雙薪家庭、職業婦女	
Jamal	離開（8年）	育兒、打掃	單薪家庭、兼職婦女	受訪
Cicile	固定（6年）	育兒	單薪家庭、兼職婦女	
Judy	逃跑（2年）	育兒	雙薪家庭、工廠	受訪
Sonia	逃跑（6年）	老人、打掃、餐點	單薪家庭、家庭管理	受訪

資料來源：本研究整理（2008.06.18）。

由於邀請訪談前，我與家務助理已經熟識，我不僅知道或熟悉她們在雙邊國家的生活狀況，也在相互信任的基礎上可避免家務助理有「說或不說」、「說到哪個程度」的尷尬。值得注意的是，討論家務助理既有的家庭生活時，她們有時會特意交代我"please don't tell my mom, she's gonna be sad / angry / disappointed"，這種說法有人認為是家務助理與雇用家庭權力與訊息不對等的關係，但我卻覺得每個人本來就會有各自的秘密，不願意與人分享。

不同於藍佩嘉進行訪談的時間與空間（藍佩嘉，2002），我的訪談多半是在雇用家庭中發生，因此我們擁有較為完整的時段坐下溝通。有時候，我們相約吃飯或出遊，那樣的時間也很適合進行觀察與訪談。雖然，受到家務工作或照料孩子的影響，訪談經常被打斷，但透過「打斷」的事件，反而可以看見她們處理身邊瑣事的態度，成為繼續發問或編織她們生活印象的素材。

四、研究發現

(一)家是親人相聚的處所，親人是與我們相互照顧生活的人

Despres（1991）曾經指出，家是為我們帶來愉快感覺的地點：我們在家中遮風避雨感受安全與控制，展示自己也接待朋友。家可以打造自我的認同，也可以保有生命的連續。但是針對菲裔家庭助理的研究卻使我們必須面對一個更基本的問題：在兩個或多個不同的地方移動、居住，究竟什麼是家？哪一個（或哪幾個）家又是她們認同所繫？

I am really very lucky. Vicky and Jeffery they treat me quite well. I am like their little sister. On Saturday night, Jeffery cooks and Vicky helps. I take care of kids and wait for family dinner…. they also ask Jeremy to put my picture on family tree. I feel easy when I stay here. I love them deeply…. I can say, they are my family. Here is my home (Monica).

Monica 是非常特殊的家庭助理，她為同一個家庭服務六年。家裡有兩個孩子，雙薪忙碌的父母非常信賴她，也非常尊重她。假日她們經常一起出遊，也交換養育經驗，在這裡，她被需要、被照顧，孩子的父母視她為妹妹，這種感受是她在菲律賓不曾有的。

Sometimes I feel confused. I mean, when I went back to my house in Philippine, I do not want to stay at home. I feel uncomfortable; I do not know how to talk and what to say. I have to think what I HAVE to say to break the silence (Monica).

返「鄉」時 Monica 感覺並不自在，因為家與親人在長時間的分隔中顯得陌生疏遠。她雖然年紀最小，卻是家中唯一在外地服務的成員。哥哥結婚、姊姊出嫁，所有的東西都需要她一一打點。外地工作十年之後，菲律賓的家對她而言陌生多過熟悉，這種陌生讓沉默充滿壓力，使得 Monica 必須「營造」特別的話題去溝連彼此。

透過 Monica，我們可以看到，因為雇用者的照料，家務助理對於「家」的理解有了轉變，使得她將「境外服務的場所」視為「真正的家」。這也讓我思考下一個問題：家人與家庭關係。沒有血緣的人可以透過長時間相處與體諒而成為親人嗎？Lynn 這樣回答：

I love Tina (employer). She is quite nice to me. When I am sick, she always bring me to see the doctor. She never asks me to carry heavy stuff, holds my hands upstairs and downstairs. Actually, I am too old to do cleaning job. However, she seems not mind. For me, I will never ever do anything to hurt this family. It's my family (Lynn).

Lynn 今年五十五歲，腸胃孱弱，體態嬌小，從資本主義的邏輯思考，她並不是最適合的勞動者，甚至，她可說是不適宜的：年紀過大、身體不好，這降低了她的勞動價值、勞動品質與勞動時間。但雇用她的 Tina 卻認為：

> 我們家這個太太啊（指 Lynn），的確是老了點，可是她剛來的時候也才四十幾。她對小朋友很好，做事也很認真，身體雖然差，可是我不舒服的時候她不是也得照顧我？讓她休息一下就好了。相處久了，難免有感情，就把她當成自己的家人，也不會計較她做的事情跟別人比是多是少（Tina，雇主）。

悉心照料、相互扶持所建構的「家」，Tina 跟 Lynn 在共同相處的歲月中，透過相互照料所形成的感情，穿透階級、權力、種族等界線，挑戰了我們對於家、對於作客的單薄想像。

Pinne 的主要工作是照顧行動不方便的老人，她非但不覺得「照顧」是一件麻煩事，反而在每日照料中與老人建立了深厚的關係，並認為「照料」可以成為具有品質的活動：

> I have to take care of him everyday. I push him everywhere … the park, the hospital, the restaurant, I even push him to wash room. We talk a lot, from his young days to my daughters out there. I am very happy to have such the quality time to share my life with the one who is nice. You know what? I call him papa.

對 Pinne 而言，每日的照料是生活分享的最佳時機，這一輩子沒有另外一個人對她說過那麼多的話，也沒有另外一個人聽她說過那麼多事情。這些話語累積在時間中，也凝結出「家人」一般的情感。

相對的，離開生長地、離開與自己有血緣的親人，也可能讓我們所認為的「家」、「家人」成為緊張陌生的來源：

The most difficult thing for me, I can not recognize my kids. You know, I have been working here for more than 10 years. My boy grows up. He changes. When I left, he's 4, now he's 14. He is not a kid anymore, he's adult. I do not know how to talk to him. He doesn't know how to talk to me, either. When we were together on my off holidays, he tried to avoid me…. Not actually feel upset, we are strangers. I know (Nora).

　　如同 Monica，Nora 回到「家」，感覺不再認識自己的孩子，身體的變化、情感的疏遠，雖然 Nora 在此地工作最主要的收入都是匯回老家供孩子讀書、提供良好的生活品質，但彼此感覺遙遠陌生，卻是難以抵抗的事實。

My little girl can not stand up when I come to Taipei. Now, she got her period. I feel happy for her but sad for myself. She might enjoy her day with my sisters and my mother, yet, I got nothing. I know nothing about her (Cicile).

　　當一個家不再讓人感覺安適自在，那還稱作「家」嗎？Cicile 說：

I don't know how to say, but I feel more comfortable when I stay here. Here I know everyone, I know everything, I can ask for helps if I need. When I was back to Philippine, I had no idea what to do. They treat me as a guest. I also feel that I am a guest.

(二)從家到鄰里：使用的積累、情感的依附、認同的爭奪

Hockey（1999）討論家的時候企圖展延家的邊界，他指出受限於體力與行動，老年人往往只在周邊鄰里活動而不會驅車遠行。長時間的使用與依附，鄰里空間飽含他們特殊的地方記憶，並將生命款款編織到鄰里空間裡。這種編繫地方認同與記憶的基礎，提供過去與未來的連續性，是記憶與依附串連個人生命與人際網絡的起點。Parrenas（2001）繼續論證，跨越疆域的家務助理往往在生活中感覺失落、沒有歸屬感，正是因為空間與情感都有了空缺。然而，Berna 卻以身體力行改變了這種版圖：

I like to go around the corners. I like shops, diners, small parks here. I meet my friends, babies, and interesting things here. I know I am gonna miss this place a lot when I have to leave (Berna).

Berna 在大安區生活六年以上，她知道哪裡有便宜新鮮的水果，哪裡有會說菲律賓話的店家。她有自己經常光顧的美髮店與小吃攤，有每天出沒的公園與市場，對她來說，這些熟悉的環境讓她感覺生命充滿豐富的變化。

當然，家庭鄰里不會永遠單純美麗，Somerville（1997）便指出家的意義是在意念、形式的演化遞變中，由社會建構地精確鍊造。他指出，家不僅是社會概念的物質體現，也是權力象徵的多重表演。家庭的空間、配置、使用與意義，均是社會作用的結果。家裏的生活軌跡不僅是日常生活的表演場景，對外也有社會時空的建構意義。

既然，家是擁有社會位置、具有文化象徵意義的社會建構，在 Hayden（1996）的閱讀脈絡中，家庭便成為社會時空生產的重要地點。因此，家的打造與意義延伸／競爭不是單一的靜態展演。作為空間的實踐，不同時期中，性別、階級、文化與權力在家裡互動，對內／對外實質地建

構各種權力關係；並在不同的社會場域中，生產／再生產不同的社會意義。從這個角度，我們可以看到逃跑家務助理的細緻面相。

(三)逃跑，遠離失去、維持愛

誠如前述，絕大多數菲裔家務助理在穩定的長時工作下，對於何處為家、誰為家人及如何處理家庭關係，均突破了現行研究／政策之定義框架：跨（國）移動不再是單向的跨越菲律賓，而可能是跨越台灣；「家」不見得是助理成長的原生家庭卻可能是安身立命的雇用家庭，甚至兩者均是；也因為家的定義不同、個人的認同改變，逐步影響她們對於生活世界的態度，甚至思索各自的能動性以獲取社會空間中個人最適切的位置。穿越僵化的家庭想像，續約、逃跑、使用與不使用公共空間都有了極為豐富的意義。

劉梅君（2000）曾經論證，外勞的工作建立在「生產」與「社會再生產」分離的基礎上，外勞藉著在台灣「生產」所得的微小剩餘（工資給付），匯回母國維持其「社會再生產」所需。維持「社會再生產」的動力，使得生產關係穩定，並嚇阻對資本的挑釁。然而，在我所訪談的外籍家務助理中，卻可看見生產關係因為社會再生產，而必須挑戰資本：

We did not earn enough. Money is not enough. Every time my kids just said they need more. That's why I ran away. I could earn more if I go to different families. I do not need to pay insurance, I get more salaries, I have my friends and life. Believe it or not, we really want to run away (Jude)!

將「逃跑外勞」社會問題化，藍佩嘉（2006）指出，台灣對於外籍

客工[10]的高壓控制與人身規訓，使得合法地位與契約關係成為協助奴役的機制，處罰了依法工作的移工，並間接促成移工逃跑、追求法外自由。但僅針對配額、工作機會、護照等勞動條件進行討論，卻忽略了「家」也是逃跑的重要原因：

I have to leave. I don't want to lose. I already lost my kids, they are in Philippines. I took care of two kids in Singapore. Then I left. Now I have to take care of two kids again. I love them. The more I take care of them, the more I love them. I can not breath when I think one day I have to leave them again. So I prepare, I practice, I go. I do not want to lose my kids again (Blima).

長期照顧使得雇主家的孩子成為自己的孩子，而勞動年限期滿必須離開的規定，對於許多女性家務助理而言，卻必須再次經歷離開孩子的痛苦[11]。所以，某些助理坦承，與其等待痛苦，不如慢慢準備、先行離開。在這樣的例子裡，不是經濟、不是自由、不是生產等關係使得家務助理離去，反而是聯繫著勞動者與被照顧者的情感，將兩者遠遠地推開。

I like grandpa. He could not see. When he passed away, I ran. He is my only family. Without him, I do not want to stay in the house one more minute. You know, my employer is terrible. But I still come back. Only for my grandpa (Sonia).

---

[10]我對外籍「客」工的客有點意見，但凡作客，就不會是家人。可是，對許多受到外籍幫手照顧的小孩與老人而言，客工比家人還親。對某些客工而言，這裡的家比自己的家還要熟悉。以此為家，回到家則像在作客。這個「家」與「客」的關係，還有很大的空間可以討論。
[11]不僅是外籍家務幫手會有這種考量，雇主相對地也會有這種考量，所以有時會請外籍家務幫手先行離去。

走與回，背後不盡然是經濟或資本的考量，反而也可能受到相互間的感情、自己的認同與時空積累的依附之影響。對家務助理而言，哪裡是他們的家？是自己深深喜愛的小孩跟自己每天相處，自己親手打掃，在勞動中起造的「家」；還是遠在他方，藉著電話、相片、電匯、郵寄所建立的「家」？是兩者皆是？還是兩者都不是？

這是 Jamal 的回答：

I got two homes. One is covered with my works, one is covered with my past life. I work to keep my home tidy and clean and pretty. When I take a rest, I feel great at home. I work also for my kids and my life out there. When I think about my kids' smile, I miss my home there, too (Jamal).

五、結　論

研究論文快要完成的某天下午，我接到 Monica 自菲律賓打給我的電話。她的聲音帶著難過，說話有點急促不安：Aunty Linda, I can not come back. Something happened in my family. What I am gonna do? 我們花了四十分鐘討論她面臨的處境後，她決定把那邊的家務事處理完再回到這裡。

掛了電話，我繼續思索她的話。我想，她不用"go to" 而用"come back"，那應該就顯現了台灣，或者我們（雇用家庭與她的台灣朋友），比起她所來的國度，擁有一樣的親切安適。而她與我討論切身問題，也顯見我們擁有真實的友誼而不僅是相處時不得不的移情。

我並不相信所有的外籍家務助理都可以把台灣雇用家庭當成自己的家，也不會天真地認為權力、階級、社會關係都能夠在家務助理的自我認同與生活表現中得到翻轉。但是，我確實相信有這樣的關係存在，也認為研究應當指出這種現象，而非以文字或論述，讓這群人對自己的認

同、生活的掌握，再度落入邊緣與無助的位置。越「境」書寫，是試著讓微弱的聲音超脫被壓迫的情境、試著讓模糊的身影走出被牽制的關係，讓觀察與訪談攜帶的沉默卻龐大的力量，提供我們認識家務助理複雜面孔的能量。

參考書目

一、中文部分

夏曉鵑（2002）。〈菲律賓移駐勞工在臺灣的處境〉，《臺灣社會研究季刊》。

曾嬿芬（2004）。〈引進外籍勞工的國族政治〉，《臺灣社會學期刊》。

楊長苓（2004）。《銘印、協商與抵抗的空間實踐——由康樂里非自願拆遷重思都市規劃與建築歷史》。台灣大學建築與城鄉研究所博士論文。

劉梅君（2000）。〈「廉價外勞」論述的政治經濟學批判〉，《臺灣社會研究季刊》。

藍佩嘉（2002）。〈跨越國界的生命地圖：菲籍家務移工的流動與認同〉，《臺灣社會研究季刊》。

藍佩嘉（2004）。〈女人何苦為難女人？僱用家務移工的三角關係〉，《臺灣社會學》。

藍佩嘉（2006）。〈合法的奴工，法外的自由：外籍勞工的控制與出走〉，《臺灣社會研究季刊》。

二、外文部分

Despres, C. (1991). The meaning of home: Literature review and directions for future research and theoretical development. *The Journal of Architectural and Planning Research, 8*(2), 96-115.

Hayden, D. (1996). The power of place: Urban landscapes as public history. Cambridge: The MIT Press.

Hockey, J. (1999). The ideal of home: Domesticating the institutional space of old age and death. In T. Chapman & J. Hockey, (Eds.), *Ideal Homes? Social Change and Domestic Life*. London: Routledge.

Parrenas, R. (2001). *Servants of Globalization: Women, Migration and Domestic Work*, Stanford, CA: Stanford University Press.

Somerville, P. (1997). The social construction of home. *Journal of Architectural and Planning Research, 14* (3), 226-245.

11

透過部落格網誌，讓台灣大
學生們有個有趣的日文閱讀
與寫作課程

■Introduction
■Review of Previous Studies
■Methodology
■Results
■Discussion and Conclusion

中澤一亮　元智大學應用外語學系助理教授

摘　要

　　部落格指的是一個使用者所創造出的非同步多功用的網站，而許多的第二語言寫作研究學者在最近漸漸注意到把部落格的使用融入到語言學習中。

　　先前的研究（Campbell, 2003; Ward, 2004）記述了部落格的使用是一個有效的工具，此工具能幫助英語為第二語言（ESL）／英語為外語（EFL）的學習者在寫作上及閱讀上技能的改善，因為部落格寫作是一種以過程帶動，並具有同儕評審效應的寫作環境，可讓作者與真正的讀者進行互動式的溝通。

　　部落格的使用在 ESL／EFL 的學習環境已被廣泛地研究（Campbell, 2003; Pinkman, 2005; Wu, 2005, Ward, 2004 among others）。然而，有關應用部落格在學習其他語言的研究上，特別在日語方面是相當稀少的（Eda, 2006; Hatakeyama, 2006）。日語的書寫系統很複雜（Taylor & Taylor, 1995），而學者也發現日語學習者在電腦上打日文時，經常遭遇到困難（Nakazawa, 2003）。因此，在部落格上進行日文寫作可能無法對日語學習者產生如預期般正面的效果。所以，對學習日語的學生們而言，研究使用部落格對以學習日文為外語的寫作練習之影響是必要的。

　　此研究將探討，台灣私立大學學生對於使用部落格來完成中級日文寫作及閱讀課程作業的看法。在二○○六年，研究者使用問卷調查來收集五十三位三年級台灣的大學學生在經過一個學期的部落格使用後的資料。此研究結果將包含學生對於運用部落格寫作的態度，對於寫作及閱讀技能改善的認知，以及享受與讀者們互動的樂趣、討論及啟示。

關鍵詞：部落格，日文，閱讀及寫作課程

1. Introduction

Writing is not considered as vital component of a language class in the traditional language program (Umemura, 2002). Consequently, language teachers do not allocate a substantial amount of time to students' practices of writing. Several second language (L2) researchers (Hyland, 2003; Kroll, 1990; Silva & Matsuda, 2002) discussed the problems of assignments in the L2 writing course including the lack of context in tasks (i.e., writing for grammar), writing in a limited variety of genre, and the lack of interaction with authentic readers (i.e., only a teacher reads students' writings). Harmer (2001) pointed out that foreign language (FL) learners do not have high expectations for the reading class due to their previous unfavorable experiences. Generally speaking, students play only a receptive role in the L2/FL reading class. They read materials chosen by their teacher and answer questions that the teacher asks.

In order to solve these problems, teachers design writing assignments carefully and try to include various activities, such as brainstorming, discussion, and peer editing, before, during, and after writing tasks. Teachers also bring authentic materials to read to the classroom. However, this might cause another problem that teachers are overwhelmed by and burdened with this kind of required preparation to improve the quality of the reading and writing class.

The present study, therefore, attempted to solve the above-mentioned problems of the L2/FL reading and writing course by altering the means of writing and reading from pen and pencil to the Weblog (hereafter blog). Fifty-three junior students participated in a one-semester long blog project of a third-year Japanese reading and writing course at a private university in Taiwan. A questionnaire was distributed to explore their perceptions about the project at the end of the fall semester in 2006. By analyzing students' responses to the questionnaire, the present study will investigate the following research questions.

1) Did the students enjoy writing and reading blog articles?
2) Did they interact with readers of their blogs?
3) How did they perceive educational effects of the use of blogs?

Advantages and disadvantages of the use of the blog in a Japanese reading and writing course, implications for writing tasks and the blog project, and directions for future research will be discussed as well.

1.1 What is a Blog?

The blog is one of the most recently developed on-line services that has characteristics of website, journal, database, e-mail, photo album, and bulletin board (McIntosh, 2006; Pinkman, 2005). Anyone can obtain a personal blog account by registering in a website of his/her choice that provides the blog service. The blog does not require users to have the knowledge of computer language at all, and it is relatively easy to create and maintain a blog account. Articles that blog users write will be date stamped and posted counter-chronologically (Baoill, 2004). In other words, the most recent article will be presented at the top of the blog. Another notable characteristic of the blog is that readers can leave comments on articles that they read. Through these comments, blog users and readers can interact with each other.

2. Review of Previous Studies

The use of technologies in L2/FL teaching and learning has become popular because of the dramatic and rapid development of technologies (Lam & Pennington, 1995; Levy, 1997; Warschauer, 2000). Among a large number of studies concerning the use of technologies in the context of L2/FL teaching and learning, most recently, studies about blogs in the English as a second language (ESL) /English as a foreign language (EFL) context are gaining popularity (Godwin-Jones, 2003; Huffaker, 2005; Pinkman, 2005).

Previous studies presented several rationales to utilize the blog in L2/FL teaching and learning to help students improve their reading and writing skills (McIntosh, 2006; Pinkman, 2005). The use of blogs, first, possibly motivates students to write since students can reach their real readers through their blogs (McIntosh, 2006). The blog allows unlimited numbers of people all over the world to read and provide comments on various blogs by using an Internet browser (Suzuki, 2004). Students will write when they would like to share something with authentic readers and when those readers provide feedback on their writings (Kennedy, 2003). Second, students will write not for grammar but for communicative purposes (Campbell, 2005). One of the major advantages of using blogs is to offer an environment in which students can engage with the topic and interact with readers to develop rhetorical skills, such as persuasion and argumentation (Godwin-Jones, 2006). Students may pay more attention to contents of writing and be aware of readers when there are real readers of their writings in comparison with when the teacher is the only reader of their writings (Nardi, Schiano, Gumbrecht, & Swartz, 2004). Third, the use of blogs provides students with more opportunities to write since they can write as long as they have the access to the Internet (Godwin-Jones, 2006; Huffaker, 2005). The blog enables students to write and read even outside the classroom.

As to the benefits of blogs in reading, first, blogs provide students with opportunities to read various types of language registers (Godwin-Jones, 2006). The contents of blogs vary depending on the blog owners' interests. In the traditional class, it is the teacher who chooses reading materials. Those materials might be influenced by the teacher's preferences. Students, therefore, may have limited types of readings. The use of blogs can solve this problem. Second, reading blogs can be considered as active reading, while the classroom reading tends to be passive. Students can choose which blog to read. If the contents of a blog do not interest them, they can choose to exit the blog (McIntosh, 2006). Students actively decide whether they read a blog or not based on their judgment.

As reviewed above, most of the previous studies discussed the effects of the use of blogs on the improvement of students' writing and readings skills. However, few studies (Hatakeyama, 2006; Wu, 2005) have been conducted to explore what students' perceptions are concerning the use of blogs in class. , The studies conducted in the Japanese as a foreign/second language (JFL/JSL) context (Eda, 2006; Fukai & Nakazawa, 2007; Hatakeyama, 2006) and conducted with Taiwanese learners of Japanese are scarce (Nakazawa, 2007). Greenspan (2003) and Henning (2003) estimated that the number of blog users would increase up to 5,000,000 in the near future. As a result, the use of blogs in L2/FL teaching and learning may increase as well. Furthermore, the use of technologies in L2/FL teaching and learning added a new type of literacy that students need to enhance, namely "digital fluency" (Huffaker, 2005, p. 93). This digital fluency may become a valuable asset to the successful reading and writing (Stevens, 2005; Thorne & Black, 2007). Therefore, it is extremely important to understand how students feel about the use of blogs in the reading and writing class.

3. Methodology

3.1 The Study

This study investigated students' perceptions of the use of blogs in a third-year Japanese reading and writing class. A survey research method was employed to answer the research questions. A questionnaire was administered to junior students double-majoring in English and Japanese at a private university in Taiwan after a one-semester long (18 weeks) blog project in the fall semester of 2006. The following sections will describe the participants, questionnaire, the blog project, data collection procedure, and data analysis.

3.2 Participants

Participants of the present study were 53 junior students (9 males and 44 females) double-majoring in English and Japanese at a private university in Taiwan. They enrolled in a fifth-semester Japanese reading and writing course instructed by the researcher. The participants were divided into two sections of the course, and each section met once a week for two hours.

3.3 Blog Project

The blog project was intended to make the reading and writing course more enjoyable and to familiarize the participants with writing and reading relatively longer texts since they did not have many practices writing an essay previously. The participants were asked to fulfill the following four requirements in the project.

1) Write an article and post it on their blogs at least once. If they want, they can post as many articles as they want.
2) There is no limit for the length of an article. They can write as long / short as they want.
3) The topic of an article can be anything that they want to write or that interests them.
4) Read at least two of the classmates' blogs and leave comments. Comments can be as long/short as they want.

Since this reading and writing course was the first formal practice of reading and writing for the participants, first two requirements were intended to encourage them to write and read more than they did before. Some students cannot write as much as they like if the teacher decides topics for writing, they were allowed to write on anything they would like to write as the third requirement specifies. One of the course objectives was improving students' reading skills. Thus, the fourth requirement was included to provide more opportunities to read in Japanese. This project was part of the assignments of the course that would count toward the participants' final grades.

Besides the blog project, there were three additional writing tasks in the course so that the participants can practice handwriting and how to use the

Japanese composition form (原稿用紙). Instructions were given in how to use the composition form and how to organize ideas before actually writing, namely brainstorming and revising ideas in the 4th week of the course. The first writing assignment was given in the 5th week, the second in the 8th week, and the third in the 15th week. The participants were asked to share their opinions, thoughts, and experiences related to the contents of the textbook used in the course for the three composition tasks. They first turned in a preliminary draft, and the instructor corrected or provided feedback on it and returned it to the participants. The participants, then, revised it and turned in a final draft.

3.4 Questionnaire

The questionnaire was created by adapting the questionnaires employed in previous studies (Hatakeyama, 2006; Wu, 2005). There were 43 question items typed in Chinese on four pages. The questionnaire consisted of multiple choice, 6-point Likert scale ranging from strongly disagree (1 point) to strongly agree (6 point), and open-ended questions.

3.5 Procedure

The instructor of the course explained the blog project as well as how to create a blog account using a free Japanese blog provider, Webry Blog (http://webryblog.biglobe.ne.jp/), at the beginning of the course. The participants created their own blog accounts after the class due to the limited class time. They started posting articles from the 2nd week of the course. The questionnaire was administered to the 53 participants at the end of the semester, that is the 18th week of the course. It took students no longer than 20 minutes to answer the questions. Two of the participants did not respond to the questionnaire. Therefore, the responses from 51 participants will be analyzed.

3.6 Data Analysis

In order to answer the research questions, the responses to the questionnaire were analyzed by examining the Liker score and the distribution of answers to each question. Open-ended questions were tallied up and categorized into types of answers.

4. Results

This section consists of four sections. Results of the participants' responses will imply answers to the research questions, 1) Did the students enjoy writing and reading blog articles?, 2) Did they interact with readers of their blogs?, and 3) How did they perceive educational effects of the use of blogs? and reveal general comments about the use of blogs in a class and the project.

4.1 Enjoyment of Blogs

This section reports results of the participants' responses regarding their enjoyment of blogs and answers the first research question. The first statement was "I did NOT enjoy writing on a blog as an assignment of the course." Therefore, it should be reverse-coded. Thirty participants agreed with this statement to some extent, and twenty of them disagreed. This implies that 60% of the participants enjoyed writing on their blogs, and 40% of them did not.

Table11.1　I did NOT enjoy writing on a blog (%)

Strongly disagree	Disagree	Somewhat disagree	Somewhat agree	Agree	Strongly agree	Total
1	12	18	8	10	2	51
1.96	23.53	35.29	15.69	19.61	3.92	100.00

With the next statement, "I enjoyed reading my classmates' blogs.", forty-eight of the participants agreed. Only three of them disagreed. This result indicates that most of the participants, namely 94% of them, enjoyed reading. It was found that the participants enjoyed reading rather than writing on a blog.

Table11.2　I enjoyed reading my classmates' blogs (%)

Strongly disagree	Disagree	Somewhat disagree	Somewhat agree	Agree	Strongly agree	Total
1	1	1	20	22	6	51
1.96	1.96	1.96	39.22	43.14	11.76	100.00

Eight participants agreed with "This blog project was rather unpleasant.", and forty-three of them disagreed. In other words, 15% of the participants felt that this project was unpleasant. However, the majority, 85% of them, perceived this project positively.

Table11.3　I think that this project was rather unpleasant (%)

Strongly disagree	Disagree	Somewhat disagree	Somewhat agree	Agree	Strongly agree	Total
5	14	24	7	0	1	51
9.80	27.45	47.06	13.73	0.00	1.96	100.00

4.2 Interaction with Readers

Results representing the interaction with readers of the participants' blogs, as presented in the second research question, will be reported in this section. Although one of the beneficial characteristics of blogs to motivating students is that blogs can be read by unlimited numbers of people all over the world, there might be some students who feel uncomfortable to be read by people whom they do not know. Thus, the statement, "I feel embarrassed at being read by unlimited numbers of people.", was included. Ten participants agreed with this statement, and the rest of them, forty-one participants, did not feel embarrassed.

Table11.4　I feel embarrassed at being read by unlimited number of People (%)

Strongly disagree	Disagree	Somewhat disagree	Somewhat agree	Agree	Strongly agree	Total
4	21	16	8	2	0	51
7.84	41.18	31.37	15.69	3.92	0.00	100.00

The next statement, "I told my friends about my blog URL.", was intended to understand whether the participants tried to increase the number of readers of their blogs. Thirty-five of them responded "Yes", and the rest, sixteen, responded negatively. 68% of them told their friends about their blogs since they wanted to share their writings with others. On the other hand, 31% of them did not.

    1) Yes (35 participants, 68%):

      a) Share feeling.[1]

      b) 面白いし、経験もシェアできる。(Interesting and can share experiences[2])

      c) 初めて自分の日本語のブログがありますので、みんなに見せたいです。(Since this is the first time to have my own blog, I would like to show it to everybody.)

      d) Want to share my feeling with them.

      e) It's cool.

    2.No (16 participants, 31%)：

      a) 自分のことは他の人に見せたくないです。(I do not want to show my personal things.)

      b) 友達は日本語を話さないから。(Because my friends do not speak Japanese.)

      c) ちょっと恥ずかしい。(I am embarrassed a little bit.)

      d) I think blog is my place.

94% of the participants (48 students) answered "yes" to the question, "did you receive any comment from your readers?", and only 6% (3 students) responded negatively. Most of the participants did receive comments from their readers. Among those 48 students, 91% (44 students) of them replied to the comments that they received. Furthermore, 98% of the participants feel

---

[1] The open-ended responses were presented as they appeared on the questionnaire.

[2] The English translation in the parentheses was given by the researcher.

happy when they receive comments from readers of their blogs.

Table11.5   I feel happy to receive comments from readers of my blog(%)

Strongly disagree	Disagree	Somewhat disagree	Somewhat agree	Agree	Strongly agree	Total
0	1	0	6	28	16	51
0.00	1.96	0.00	11.76	54.90	31.37	100.00

4.3 Students' Perceptions of Education Effects of Blogs

Although previous studies (Campbell, 2005; Godwin-Jones, 2006; Huffaker, 2005; McIntosh, 2006) discussed educational effects of blogs on the improvement of reading and writing skills, how do students who actually write and read blogs perceive effects of blogs on the improvement of their reading and writing skills?   The results in this section will exhibit students' perceptions of educational effects of blogs that answer the third research question. The first statement asked the participants whether they think that the use of blogs is a good idea to learn Japanese. 98% of them agreed with it, and only one student had a doubt about it.

Table11.6   I believe that it is a good idea to use blogs to learn Japanese(%)

Strongly disagree	Disagree	Somewhat disagree	Somewhat agree	Agree	Strongly agree	Total
0	0	1	15	23	12	51
0.00	0.00	1.96	29.41	45.10	23.53	100.00

The participants were also asked to describe their reasons for their responses to the first statement in a few sentences. The reasons for the positive responses can be categorized into three advantages of blogs. First, the use of blogs provides students with more opportunities to practice writing in Japanese. Second, students can learn new grammar and vocabulary by using a dictionary or asking others when writing on their blogs. Third, blogs give them more opportunities to read in Japanese outside the classroom. On the other hand, the only student who responded negatively stated that he/she would like to write on paper as students do in the traditional writing class.

■ It is a good idea to learn Japanese:

◎日本語を書くとき、たくさんの文法や単語を使いますから。(Force us to use various grammar and vocabulary when writing in Japanese)

◎日本語のタイプを練習できるし、新しいことばも使うできます。(We can practice typing in Japanese and use new vocabulary.)

◎練習できるし、尊敬語とか謙譲語とか使わないし。(Good practice, and no need to use the honorific or humble forms)

◎分からない問題がある時、ほかの人に聞くとたくんさんのことと使い方を習えます。(If I ask others when I have a question, I can learn many things.)

◎自分の想法は日本語で書くのは難しいから、辞書とか使わなければなりません。文法とか新しい単語も勉強できます。(It is quite difficult to express my ideas, so I have to use a dictionary. I can, then, learn new vocabulary and grammar.)

◎It forced me to read Japanese.

◎inspire me thinking, another chance to contact Japanese.

◎Can learn and practice Japanese.

◎if you really want to write something, you have to check.

◎みんなにいい文が一緒に読めますから。(I can read many good

sentences from my classmates.)

◎I cannot deny it's a good way to practice.

■ It is not a good idea to learn Japanese:

◎I prefer to write compositions (traditional way); another reason is that I keep my diary everyday. Thus, somehow feel tired to write another "diary" again.

The following four statements were intended to collect information about what aspects of Japanese the participants think that they can learn through writing and reading blogs. 78% of the participants, that is 40 students, agreed with the statement that they can learn grammar and sentence structures.

Table11.7   It is useful to learn grammar/sentence structures (%)

Strongly disagree	Disagree	Somewhat disagree	Somewhat agree	Agree	Strongly agree	Total
1	3	7	16	17	7	51
1.96	5.88	13.73	31.37	33.33	13.73	100.00

With the statement, "It is useful to learn vocabulary.", even more students, 90% of them (46 students), agreed.

Table11.8   It is useful to learn vocabulary (%)

Strongly disagree	Disagree	Somewhat disagree	Somewhat agree	Agree	Strongly agree	Total
1	1	3	14	26	6	51
1.96	1.96	5.88	27.45	50.98	11.76	100.00

Comparing the improvement of writing skill with that of speaking skill,

72.5% of the participants (37 students) agreed with "My writing skill is improving.", while 82.3% (42 students) agreed with "My reading skill is improving.".

Table11.9 My writing skill is improving (%)

Strongly disagree	Disagree	Somewhat disagree	Somewhat agree	Agree	Strongly agree	Total
2	3	9	17	13	7	51
3.92	5.88	17.65	33.33	25.49	13.73	100.00

Table11.10 My reading skill is improving (%)

Strongly disagree	Disagree	Somewhat disagree	Somewhat agree	Agree	Strongly agree	Total
0	5	4	15	21	6	51
0.00	9.80	7.84	29.41	41.18	11.76	100.00

4.4 General Comments on the Blog Project

The last question, "what was the best/worst experience throughout the project?", was intended to explore what the participants favorable/ unfavorable things about the project were. The largest number of the participants, 5 students, answered that they liked about sharing pictures with readers. This may be because the participants can attract more readers with pictures and readers can better understand Japanese sentences with visual aids. Another point that the same number of the participants mentioned is that they can receive comments from real readers of their blogs. Other favorable things were "it was the first experience to write on a blog in Japanese, and that was fun. (4 students)", "I could change the background of my blog and modify it as I like. (4 students)", "I can write about anything that I like. (1 student)", and "I can read my friends' blogs. (1 student)".

■ What was the best experience throughout the project?

◎I like it when I post my article and click. And I got response from other people.

◎Pictures

◎Post photos

◎Putting picture on it.

◎Make a nihongo blog is a special experience in my life.

◎返事がもらえる。(I can receive comments)

◎色々なコメントが面白いです。(Various comments that I received are interesting.)

◎Comment

◎Real others' blog

◎The background that I could change regularly.

◎You can talk about whatever you want.

◎Post context & picture.

◎Choose the different background to the article.

◎decorizing my blog.

◎版面かわいい。(Pictures are cute.)

◎写真をシェアすること。(Sharing pictures is good.)

◎There was a girl gave me a comment from Japan. It was amazing.

Unfavorable things, in contrast, include technical problems (4 students), such as taking too much time to upload articles and complicated designs of the blog service to change settings, troublesome to write on a blog (2 students), and no time to write (2 students).

■ What was the worst experience throughout the project?

◎Mainly, it's because sometimes I don't have time to post an article. And I am afraid that teachers going to fail me.

◎Applied it, take a lot of time.

◎宿題だから、実は俺はブログが大好きなんだ。でも、面倒は怖いから。(Although I like blogs, but not as an assignment since it is troublesome.)

◎The personal settings, too complicated.

◎I don't know how to add friend's blog site in my blog.

◎Sometimes it will become "short" therefore the comment or the article will be posted repeatedly.

◎Hard to update ~ so slow.

◎It's the same as my Chinese blog. So I did not face any big trouble.

5. Discussion and Conclusion

In general, it seems that most of the participants perceived the blog project favorably. However, there is still room for improvement of the project. As to the students' enjoyment of the blog project, it was found that the participants enjoyed reading classmates' blogs rather than writing on their blogs. Judging from the participants' responses to the questionnaire, there are several reasons that possibly explain this participants' tendency.

One of the possible reasons is the difficulty finding interesting topics. Despite the fact that the participants were allowed to write about anything that they like or are interested in for the project, some of them actually had difficulty finding topics to write about. Many of the participants pointed out that interesting things that would be worth writing on their blogs did not happen frequently. In consequence, they could not write as much as they wish and disfavored writing on their blogs. Interestingly, some of the participants thought that it would be easier for them if the instructor decided topics on which they should write.

Although it is easy for teachers to choose topics for students, this does not substantially solve the problem that the participants encountered. Once students step out the classroom and face an occasion to write something, the behavior of writing is on his/her own initiative. For this reason, teachers should provide students with opportunities to practice finding topics on which they write. It is indeed difficult to find interesting topics. Nonetheless, it is readers who decide whether the topic is interesting. Students, as a writer, should rather try to include personal opinions and thoughts to make ordinary things more interesting to readers than make a judgment on interestingness of topics.

Another possible reason is concerning the openness of blogs. One of the characteristics of blogs, namely unlimited numbers of people accessing students' blogs, sometimes causes problems to students who feel embarrassed about being read or, on the other hand, who cannot have many readers. As the results demonstrated, some of the participants felt uncomfortable or uneasy about being read by unlimited numbers of people. There were a few participants who did not receive any comment. If students do not want others to read their blogs, as expected, they would not actively upload articles on their blogs. Similarly, they may get discouraged if they do not receive any comment after writing articles on their blogs. When students write on their blogs, they need to consider their potential readers. In order to attract more readers and receive comments, they need to write an article that interests potential readers and give an attention-grabbing title to it. This kind of writing strategies needs to be instructed to students before writing on the blog. In this sense, the use of blogs may draw students' attention to readers of their blogs when writing.

The participants think that their vocabulary is improving best, followed by reading skills, grammatical structures, and writing skills. Vocabulary plays an important role when students write on their blogs in terms of efficiency of writing. The participants of the present study were junior university students enrolled in the third-year Japanese reading and writing course. They should know basic structures of Japanese already. The project did not require the participants to use any specific grammatical structures in their writings. They could choose easy and simple structures if they wanted. However, if they do not know some words to express what they want to write, there were two options. One is that the participants explain the unknown words by phrases or sentences. The other is that they look them up in a dictionary. It seems that the participants chose the latter option because it is easier and they had the access to on-line dictionaries when writing on their blogs. This can be anther benefit of the use of blogs to students.

The next aspect of language that the participants perceived improving was reading skill. The results of students' enjoyment of blogs also indicated that the participants enjoyed reading more than writings. Since the contents of the participants' blogs included personal thoughts and feelings that all the participants had in their minds, such as future plan and current concerns about academic study and job-hunting, they truly enjoyed reading classmates' blogs. Another reason for this perception may be because it is hard for students to gauge the improvement of writing skill unless they receive constant feedback from an instructor. Writing skills involve various factors, for example, organization, rhetoric, genre-specific styles, and so forth. Consequently, it may be the case that the participants did not feel that they were improving writing skills. How to provide feedback on writings on students' blogs can be another issue that needs to be further explored.

To sum up, most of the participants positively perceived the blog project reported in the present study. However, it is hasty and dangerous to shift all reading and writing activities onto blogs. Individual differences, as the results implied, obviously affect the participants' preferences and perceptions of the project. Teachers have to carefully plan how to assign reading and writing on blogs to students in the reading and writing course. Furthermore, detailed instructions need to be given to students before a blog project integrated. Last, but not least, studies that examine educational effects of blogs by analyzing actual students' writing and reading activities on blogs from linguistic and SLA perspectives also need to be conducted (Huffaker, 2005).

List of References

Baoill, O. (2004). Conceptualizing The Weblog: Understanding What It Is In Order To Imagine What It Can Be. *A Journal of Contemporary Media Studies* Retrieved June 1, 2008, from http://www.comm.uiuc.edu/icr/interfacings/OBaoillWeblogs020805.pdf

Campbell, A. (2005). Weblog applications for EFL/ESL classroom, Blogging: A comparative review. *TESL-EJ*, 9(3).

Eda, S. (2006). Blogging: Not just a personal history. *Proceedings 18th Annual Conference Central Association of Teachers of Japanese*, 225-236.

Fukai, M & Nakazawa, K. (2007). Burogu wa kyooshitsu o koerareru ka?: Tekunorojii o tsukatta sanka ni yoru jissen. Conference paper presented at the Association of Teachers of Japanese 2007 Seminar, Boston, MA.

Godwin-Jones, R. (2003). Emerging technologies, Blogs and wikis: Environments for on-line collaboration. *Language Learning & Technology*, 7(2), 12-16.

Godwin-Jones, R. (2006). Emerging technologies, Tag clouds in the blogosphere: Electronic literacy and social networking. *Language Learning & Technology*, 10(2), 8-15.

Greenspan, R. (2003). Blogging by the numbers. *Cyber Atlas*. Retrieved March 5, 2005, from www.internetnews.com/stats/article.php/2238831

Harmer, J. (2001). *The Practice of English Language Teaching* (3rd edition). Harlow, England: Pearson Education Limited.

Hatakeyama, M. (2006). Blogs as a tool for achieving the 5Cs. *Proceedings 18th Annual Conference Central Association of Teachers of Japanese*,

209-224.

Henning, J. (2003). *The Blogging Iceberg: of 4.12 Million Weblogs, Most Little seen and Quickly Abandoned.* Braintree, MA: Perseus Development Corporation.

Huffaker, D. (2005). The educated blogger: Using weblogs to promote literacy in the classroom. *AACE Journal*, 13(2), 91-98.

Hyland, K. (2003). *Second Language Writing.* New York: Cambridge University Press.

Kennedy, K. (2003). Writing with web logs. Retrieved May 23, 2008, from http://www.techlearning.com/db_area/archives/TL/2003/02/blogs.html.

Kroll, B. (Ed.). (1990). *Second Language Writing: Research Insights for the Classroom.* New York: Cambridge University Press.

Lam, F. S., & Pennington, M. C. (1995). The computer vs. the pen: A comparative study of word-processing in a Hong Kong secondary classroom. *Computer-Assisted Language Learning, 8(1),* 75-92.

Levy, M. (1997). *Computer-Assisted Language Learning: Context and Conceptualization.* Oxford: Oxford University Press.

McIntosh, E. (2006). From learning logs to learning blogs. *Scottish Language Review,* 13, 1-10.

Nardi, B. A., Schiano, D. J., Gumbrecht, M., & Swartz, L. (2004). Why we blog. *Communications of the ACM,* 47(12), 41-46.

Pinkman, K (2005). Using blogs in the foreign language classroom: Encouraging learner independence. *The JALT CALL Journal*, 1(1). 12-24.

Silva, T. & Matsuda, P.K. (2002). Writing. In N. Schmitt. (Ed.), An introduction to applied linguistics (pp.251-266). London: Arnold.

Stevens, V. (2005). Multiliteracies for collaborative learning environments.

TESL-EJ, 9(2). Retrieved May 24th, 2008,

http://www-writing.berkeley.edu:16080/tesl-ej/ej34/int.html

Suzuki, R. (2004). Diaries as introspective research tools: From Ashton-Warner to blogs. *TESL-EJ*, 8(1). Retrieved May 24, 2008, http://www.tesl-ej.org/ej29/int.html

Thorne, S. L. & Black, R. W. (2007). Language and literacy development in computer-mediated contexts and communities. *Annual Review of Applied Linguistics*, 27, 133-160.

Umemura, O. (2002). Ryuugakusee no nihongo sakubun shidoo nit suite no oboegaki. *Teekyoo Daigaku Bungakubu Kiyoo Kyooikugaku*, 27, 93-118.

Ward, J. (2004). Blog assisted language learning (BALL): Push button publishing for the pupils. *TEFL Web Journal*, 3(1). Retrieved March 31, 2007, from http://www.teflweb-j.org/v3n1/v3n1.htm

Warschauer, M. (2000). The changing global economy and the future of English teaching. *TESOL Quarterly, 34(3),* 511-535.

Wu, W. (2005). Using blogs in an EFL writing class. *Proceedings 2005 Conference and Workshop on TEFL and Applied Linguistics,* pp.426-432.

12

日本社会における異文化共生—— 在日朝鮮人アイデンティティの近年の変化について

谷口一康　元智大學應用外語學系講師

摘　要

　　在日本國內，雖然表面上並沒有太大的社會融合問題，但從第二次大戰前一直到現在，都有韓國人、琉球人、阿伊奴族等少數族群被壓抑的現象。譬如，旅日韓國人已相當程度被日本社會所同化，但在日本社會中仍被區隔化。另外，尤其在近十年來，因為東北亞政治、經濟等因素變化，旅日韓國人有時跟韓國或北韓有密切來往，有時脫離祖國的政治影響。因此筆者所要探討的是，第二次世界大戰以前移民到日本的韓國人，以及其後裔的民族情感的問題。

　　在此採用訪談的方式訪問受過民族教育，民族意識較強的年輕一輩韓裔來探討：他們如何看待自己和日本社會的關係，一方面針對受訪者所受過的學校教育和生活環境及民族認同做初步的瞭解；一方面要瞭解近年來韓國和北韓對日本社會所帶來的影響和旅日韓國人社區的關係。

　　訪談結果發現：他們並不把自己當日本社會的成員，而把自己定位為外來者，是朝鮮半島韓民族也是朝鮮的海外公民。同時他們對日本政府的政策相當不滿，有時對日本人有感到恐懼之情緒。

關鍵詞：旅日韓國人，民族意識，民族認同，異文化，共生

1 はじめに

　日本も古代より移民から成り立ってきた社会である。しかし、現代の日本について言えば、言語・文化により日本文化が規定される。在日朝鮮人は見た目も言語も文化も日本人とほとんど変わらないが、それにも関わらず、在日朝鮮人は区別され差別を受けてきた。この点、民族教育を受けた在日朝鮮人の人々はどう捉えているであろうか。また、近年の東アジア情勢の変化やメディアの発達で、若い世代のアイデンティティに何か変化が起きているであろうか。本論ではこれらの点についてその概略を探っていきたい。

　本論を構成するにあたり、民族学校で学んだ経験を持つ在日朝鮮人3世の男女1名ずつ計2名に聞き取りを行い、考察の一助とした。現在日本語しか話せず、文化的にも日本人にほぼ同化してしまった在日朝鮮人が大多数を占める中、総連支持者の家庭に育つこの若い世代は、比較的民族的な独自性を保っている。

1.1 在日朝鮮人とは

　日本に住む朝鮮人、在日朝鮮・韓国人とは、日本の朝鮮半島植民統治の時期である 20 世紀前半の数十年間に、日本列島に移り住んだ朝鮮人、および、その子孫のことを指す。近年はニューカマーとして韓国本国から渡ってくる在日韓国人も増加中であり、すでに約30万人が滞在しているが、本論で取り上げようとする日本に戦前から住んでいる在日朝鮮人は約 60 万人いる。

　在日朝鮮人は、同じく日本社会のマイノリティーである華僑やアイヌ人、沖縄住民などと比較した場合、自分や祖先の出身地において民族国家が存在する点がアイヌ人や沖縄住民とは異なる。また、その大多数が日本名を

名乗り、日本人として振る舞い、自分の民族的な出自を表に出さないケースが目立つ点も、華僑や沖縄住民と異なった特徴である。さらに、戦後 60 数年が経ち、すでに第3〜4世の時代に入っており、朝鮮半島の本国ともほとんど縁のない人が多く、そのほとんどが朝鮮語・韓国語が話せなくなっている。このような状況の中、21 世紀に入った今日、彼らは日本の社会の中でどのようなアイデンティティを持ち、どのように周囲と関わり合っているのであろうか。

　1世や2世の時代には在日朝鮮人の朝鮮半島や朝鮮文化に対する帰属意識が極めて強かったという。しかし、戦後の混乱と貧困、朝鮮戦争の勃発により日本での定住を余儀なくされた。日本の主権回復後は日本国籍を失いつつも生活者として奮闘し、日本社会に大きく貢献している。だが、彼らへの風当たりは常に厳しく、朝鮮人アイデンティティを維持しながらも、ある時は身分を隠し、またある時は声をあげて、差別や偏見から身を守る努力が必要であった。

　しかしながら一方で、これまで国籍を日本国籍に変更する在日朝鮮人はほとんどいなかった。まず、1950 年代、戦後の混乱や日本への密航者の増加で帰化の条件は厳しかった。また、帰化する場合は、朝鮮人コミュニティの中で裏切り者扱いされかねなかった。これは当時、朝鮮半島の解放に希望を託す朝鮮の人々が多かったこと、また、朝鮮人が日本社会に対して不信を抱いている中で、同質性の高い日本社会における帰化が即、日本人への同化を意味するからであろう。そして仮に帰化した場合でも、就職や結婚などの問題が完全に解消されるとは限らなかった。

1.2　在日朝鮮人の歴史

　以下、在日朝鮮人の歴史を概観する。

明治維新以降、富国強兵・殖産興業を進める中、1875 年、日本は李氏朝鮮との間に江華島条約を結ぶ。日清戦争・日露戦争を経、朝鮮は事実上、日本の保護国となり、1910 年、日韓併合に至る。この頃から朝鮮人は日本に移民を始め、第二次世界大戦前までに数十万人が日本に移り住んだ。世界大恐慌の後、日中戦争・太平洋戦争が勃発、戦時体制下、台湾人や朝鮮人に対して皇民化政策が行われる。1940 年には朝鮮人に対し創氏改名令が出され、1944 年、徴兵・徴用が行われた。

　敗戦で日本はいったんアメリカ軍の占領下に置かれるが、1951 年のサンフランシスコ講和会議を受け、翌年主権を回復した。1945 年終戦当時、在日朝鮮人は約 236 万人いたと推定される。その後、104 万人が朝鮮半島南部に戻り、闇ルートで戻った人も 81 万人いたと推定されている。そのまま日本にとどまったのは 60 万人である[1]。

　アメリカとソ連が対立する中、1948 年、朝鮮半島の北部に朝鮮民主主義人民共和国、南部に大韓民国が成立、1950 年、朝鮮戦争が勃発した。1953 年のジュネーブ協定で休戦したが、地上での激しい戦闘で半島はひどく荒廃した。一方、後方基地としてアメリカ軍を支援した日本は特需景気に沸き、10 年足らずの間に戦後復興を成し遂げた。

　第二次大戦後しばらく、朝鮮人は日本国籍扱いのままであったが、1952 年の法務省通達により日本国籍を失い、朝鮮籍[2] となった。また、1950 年前後に民族団体の民団（在日本大韓民国（居留）民団）や総連（在日本朝鮮人総連合会）が成立、1960 年代には総連などによる「北朝鮮帰還事業」が盛んになり、9 万 3 千人が北朝鮮に渡った。さらに、1965 年の日韓国交正常化以降は、韓国籍を取得する朝鮮人が増えた。

---

[1] 原尻（1998）p.49、姜尚中（2005）p.195 などを参考にした。
[2] 朝鮮半島出身者であることを意味する身分。

1970〜80 年代には人権意識が高まり、在日社会では就職差別反対運動
や指紋押捺裁判が起こされ、中国・韓国では歴史教科書や靖国神社参拝
が問題となった。

　民主化を経た韓国では 1988 年、ソウル・オリンピックを開催、その後、冷
戦終結後の 1992 年、南北は国連同時加盟を果たし、2000 年 6 月、韓国の
金大中大統領と北朝鮮の金正日書記による初の南北首脳会談が行われ
た。また、2002 年 9 月には、小泉純一郎首相が日本の首相として初めて平
壌を訪れ、金正日総書記と会談を行った。

2　在日朝鮮人のアイデンティティ

　前章で述べたように、本論を構成するにあたっては、朝鮮総連系の民族
学校で学んだ経験を持つ韓国籍在日朝鮮人3世(祖父母は朝鮮半島南部
出身)の男女(以下、それぞれ回答者Aおよび回答者Bとする)に協力を得、
インタビューを試みたので、この聞き取りの内容にそってまとめていくことに
する。この章では、まず、在日朝鮮人の意識とアイデンティティの類型につ
いて考えてみる。

2.1　在日朝鮮人の意識

　広義の在日朝鮮人のグループは、(1)朝鮮半島における、自分もしくは家
族や祖先の出身地、(2)北朝鮮か韓国かあるいは日本かという国籍、(3)民
団(韓国系)か総連(北朝鮮系)かといった帰属する在日の民族団体、の3つ
の要素によって考えることができる。

　例えば、回答者Bは筆者に対し、「私は在日朝鮮人の3世、父は2世、祖
父は在日朝鮮人の1世で韓国慶尚北道の出身。時折、家族で墓参りに行っ

ていた。韓国籍なので台湾観光の際も入国は問題なかった」と語ってくれた。すなわち、彼女は（1）朝鮮半島南部を起源に持つ、(2)大韓民国国籍の、(3)朝鮮民主主義人民共和国とつながりのある朝鮮総連系、の在日朝鮮人であり、日本に特別永住者の認定を受けて住み続け、時折、家族とともに韓国へ渡り、小学校から高校まで北朝鮮政府の立場に立った教育を受けたというわけである。

　一見複雑だが、彼らはいったいどのような教育を受けてきたのか、また、今、社会をどのように見ているのか、次章より見ていくことにする。

2.2　在日朝鮮人アイデンティティの類型

　福岡（1993）では若い世代に対して行った聞き取り調査に基づき、在日韓国・朝鮮人のアイデンティティ構築の分類枠組を、ハトニックのイギリスへのインド人移民2世のエスニック・アイデンティティについての類型、すなわち、Ⅰ「文化触変（Acculturation）」、Ⅱ「分離（Dissociation）」、Ⅲ「周辺化（Marginality）」、Ⅳ「同化（Assimilation）」）を基にして、Ⅰ「共生志向」、Ⅱ「祖国志向」、Ⅲ「個人志向」、Ⅳ「帰化志向」の4つのタイプに類型化している。これは「朝鮮人の被抑圧の歴史への重視度」、「日本社会の成育地への愛着度」に基づき、同化や異化の傾向について類型化したイメージであり、それぞれのシンボルとなる言葉は、Ⅰ共生志向＝「共に生きる」、Ⅱ祖国志向＝「在外公民」、Ⅲ個人志向＝「自己実現」、Ⅳ帰化志向＝「日本人になる」とする。

　在日朝鮮人は、一般に、日本で抑圧的環境に置かれてきたという、その歴史的経緯から、Ⅳ「自分の国は韓国・朝鮮ではなく、日本だと言いきる」帰化志向タイプや、Ⅰ「本国の韓国人・朝鮮人に自己同一視するのでもなく、

日本人に自己同一視するのでもなく、彼ら／彼女ら自身が、在日韓国・朝鮮人としての新しい生き方を作り出そうとしている」共生志向タイプが目立つ[3]。

　これら大多数の在日朝鮮人の類型に対し、本論で取り上げるのは、幼少期から青少年期まで民族教育を受けた、II「日本に同化することなく、在外公民としての自覚を持ち、在日朝鮮人社会を維持していかなければならない」と考え、「日本への批判意識は強い」祖国志向、もしくは、祖国志向に近いタイプの例である。このタイプは現在少数派であるとは言え、在日朝鮮人社会や日本社会に一定の影響を与えてきたグループであることに変わりはない。

3　民族学校出身者のアイデンティティ
　　── インタビューをもとに

3.1 言語と民族アイデンティティ

3.1.1 「在日朝鮮語」

　ある人々が自分の民族的帰属や社会的帰属をどのように認定するかは、言語や文化によるところが大きいが、特に母語や民族語は重要な鍵となる。在日朝鮮人の場合、出身地言語である朝鮮語と、移住先社会の言語である

---

[3]福岡(1993)は民族(エスニシティ)と国籍(ナショナリティ)を、血統・文化・国籍という 3 つの要素からなる類型枠組により、正か負かの記号を用いて捉え直し、日本人から非日本人までの 8 類型を取り出している。この類型では、民族教育を受けていない在日韓国・朝鮮人の若者たちは、日本生まれであるため、日本文化を内面化してはいる(＋)が、血統的に他民族であり(－)、日本国籍を持たない(－)、というグループに分類されるとしている。

日本語を使用する。しかし、3世以降の若い在日朝鮮人、またその中でも日本の一般の学校に通った人だと、朝鮮語はまったく話せない場合が多い。

　今回の聞き取り調査に応じてくれた調査協力者は、日本で生れ育った朝鮮人で、いずれも 20 歳台の若い3世でありながら、韓国・北朝鮮の本国人とかなり自由に意思疎通ができるほど朝鮮語を操ることができる。これは朝鮮学校の幼稚部から高級中学まで、原則、すべて朝鮮語を使用するため、自然に身についたからだという。特に回答者Aは通った大学まで民族系であり、韓国・北朝鮮の本国人とは高度な議論から日常的な談笑にいたるまで対応できるという。在日朝鮮人の中には市販の教材を頼りに韓国語を独学する人も多いが、彼ら朝鮮学校出身者は学校生活の中で比較的十分な民族語の力を獲得している。

　在日朝鮮人が話す朝鮮語は、基本的には本国の韓国・北朝鮮で使用されているものと同じ言語であるが、本国を基準にすれば発音や語彙の違う変種であり、俗に、「在日朝鮮語」「在日語」などと呼ばれる。回答者らによると、特にイントネーションも朝鮮半島のウリマル（標準朝鮮語）とは異なり、日本社会に生活するが故に日本語に基づく造語もあって、話すスピードもやや遅めで、北や南の人にとっては聞き取りづらい言葉であるという。

　また、回答者Aは在日の間で用いられている朝鮮語について、在日朝鮮人同士を結びつけるものとしての役割を担っていると捉えている。

　回答者らの学んだ民族学校の小学校から高校までの教科書は、すべて朝鮮語で書かれており、朝鮮総連系の出版社が発行している。また、教科書だけでなく、朝鮮語で書かれた少年向け・青年向けの雑誌、読み物が準備されており、回答者Aは組織の朝鮮語機関紙にも物心ついた時から次第に関心を持つようになったという。

　異国で3代を経ながらも、民族教育によって高い民族語の力を維持させているわけであるが、その大多数が一生を日本で送る在日朝鮮人にとって、実質的な本国とのつながりや本国の人々とのコミュニケーションは副次的な

ものであり、朝鮮語はむしろ在日の人々にとっての民族アイデンティティの純粋な象徴であるとも考えられる。

3.1.2 本名と通名

　言語以外にも自分の民族的なルーツを象徴するものとして個人の名前がある。特に3世や4世のように言葉や文化を失っている場合には、名前がほとんど唯一のアイデンティティの拠り所となるであろう。にもかかわらず、在日朝鮮人はその民族名でさえ、出自を知られて不利になることを恐れ、通名（日本名）で暮らす人が多い[4][5]。

　朝鮮半島は古来より中国文化の影響が大きい地域であり、人名は通常、姓が1音節、名が2音節である。ハングル以外にも、原則、漢字での表記（例：「李明博」）が可能である。これを在日朝鮮人は日本語の中で表現する必要に迫られるが、その際、朝鮮語の原音をなぞった外来語のカタカナ表記（「イー・ミョンバク」）のほか、漢字表記で日本語音で読むもの（「李明博（り・めいはく）」）がある。後者の漢字音読みのままでそのままで日本でも通用するような場合もあるし、名の部分を訓読みしさえすれば日本人の名としても通用するものもある（「李明博（り・あきひろ）」）。日本名では姓を日本風に変える（「月山明博（つきやま・あきひろ）」）。したがって、在日朝鮮人の名前には大きく分けて全部で4種類あることになる。すなわち、 1) 民族名の外来

---

[4]福岡（1993）p.26 は、「現在、在日韓国・朝鮮人の大多数が、日常的な社会生活場面で、本名の民族名ではなく、日本名を通名として使っている」とし、この「通名」のいわば制度的な起源が 1939 年の「朝鮮民事令」改定による「創氏改名」にあるとする。

[5]原尻（1998）pp.170-176 では、在日の多い地区で民族名を使う児童が増えてきてはいるが、1986 年の 866 名をサンプルとする調査で、91％以上の在日朝鮮人が通名を使用している結果などについて、通名使用と差別問題などと関連の実態が明らかではない点を指摘している。

語読み、 2) 民族名の漢字音読み、 3) 民族名の漢字訓読み、 4) 日本的な氏名 である[6]。

　ふつうは 4) の日本名（通名）が一般的であるが、1980 年代頃には 3) や 2) の民族名の日本語漢字音がしばしば見られるようになり、民族的出自を隠すべきではないとする主張が目立ってきた。また、現在では 1) の民族名の朝鮮語読みも見られるようになった。これには、1980 年代中頃、韓国の事物は日本語の中でも原音で読むべきだとの韓国側の原音主義の主張を受けて、日本側が相互主義的な立場から、韓国・北朝鮮の人名・地名について、それまでの日本語漢字音から韓国語風の発音に切り替えたという経緯があり、このことが背景にあったと思われる。また、最近では韓国ブームの影響も手伝って在日の存在に対する違和感が薄らいだこと、海外渡航時の実用性などもあって、在日朝鮮人で民族名を原語風の発音で名乗ることが増えてきたのだと思われる。

3.1.3 家族の絆

　在日朝鮮人は日本人と同じく洋服を着、食生活も日本人とほぼ同じものを食べる。ただし、民族的な行事が行われる際は、晴れ着としての民族服を着用し、朝鮮伝統の料理が出される。回答者によると、家庭で朝鮮伝統の年中行事などは行われないものの、先祖を祭る法事、チェサ（祭祀）の際には一族が集まって祭事が盛大にとり行われるという。また、民族学校では季節に応じてキムチ作りや餅を食べる行事が催されるという。ほかにも家族や親戚など一族でまとまる場面は多く、秋の運動会など学校行事でも必ず一族が集うなど、今時の日本人社会では見られないような盛り上がりを見せるという。

---

[6]福岡（1993）pp.60-64 では、本名と通名、民族名と日本名をめぐる組み合わせは、現実には多様であるとし、本名の名前の部分自体がすでに日本的な名前であるかどうかを考慮に入れている。

チェサでは男女の役割分担が決まっており、しきたりにしたがって男性は先祖へ挨拶し酒を酌み、女性は法事の場に入ることは禁じられ、裏方に徹して料理を準備し運んだり並べたりするという。朝鮮人社会はもともと儒教的色彩が濃く、上下の秩序が重んじられる。また、教育熱心であり、1世の代からしつけは厳しく、言葉遣いや日常の作法など礼儀にうるさいという。

3.1.4　民族学校と民族団体

　在日朝鮮人の民族団体は、1948 年以降の朝鮮半島の南北分断という情勢を反映し、在日大韓民国民団（民団）と在日朝鮮人総連合会（総連）との2つに分かれている。前者「民団」は大韓民国系、後者「総連」は朝鮮民主主義人民共和国系の民族組織であり、ともに在日韓国・朝鮮人の権利擁護団体としての役割を果たしている。

　これらの団体は子弟に民族教育を施す目的で、民団は韓国学校、総連は日本各地に朝鮮学校を設置している。総連の朝鮮学校は幼稚部から高等部まであり、東京都には朝鮮大学が設立されている。教科書は朝鮮語で、学校内は原則、朝鮮語を使う。日本の歴史などについても習うが、日本の学校ほど時間をかけているとは言えない。朝鮮学校は北朝鮮の国民としての自覚を促す教育が行われており、本来は主に朝鮮籍の生徒が在籍していた。ただし、現在では韓国籍の生徒が多数を占めている。

　民族団体のうち、朝鮮総連は日本各地に支部を持ち、様々な活動を行っている。回答者によると、この中には民族意識を啓発する若者向けの活動もあるという。

　民族高校を卒業し、日本の学校に進学した在日朝鮮人の子弟のことを、リュハットン（留学童）と称するが、彼らが日本の学校にいても自分が在日であることを自覚して民族的なルーツを忘れないでいてもらえるよう、在日同士で集い、しばしば日本の政治や朝鮮半島問題について語り合う。また、このような生徒を対象とした歴史や言葉（朝鮮語）を教える活動もある。

このような在日朝鮮人の学生同士の集まりでは、このほかにも交流会や秋のバーベキューなど各種イベントを催し、活動を通して親睦を深め、朝鮮人としての民族的な意識と同胞間の連帯を強めるという。

　回答者の属する総連支部では、これらの活動の新規参加者を募るため、メンバーらが週に一度、放課後から数時間、リュハットンがいる家庭を一軒ずつ訪ね、中・高校生を対象にした活動やイベントについて案内する。しかし、門前払いされることが多く苦労するという。

　すでに日本の学校に通っている学生は、周りに多くの日本人の友人がおり、自分が在日朝鮮人・韓国人であることを隠したがる。日本人としての生活にすっかり馴染んでしまっているので、急に「在日なのだから在日の活動を」と言われても戸惑い、すんなり受け入れる人はあまりいない、と回答者は語る。

3.1.5　歴史観・世界観

①　民族学校での歴史教育

　回答者らは2000年前後の中学・高校の6年間、民族学校で朝鮮語や朝鮮の歴史について詳しく学び、北朝鮮独特の歴史観や世界観を身につけている。

　特に中学からは、歴史や思想について本格的に学習し、歴史の時間には、古朝鮮、三国時代、高麗、李氏朝鮮といった古代から近代まで、また、日帝支配、抗日闘争、光復、南北分断といった現代についてや、朝鮮独自の体制や思想について学ぶ。日本統治や戦後の反差別闘争だけでなく、朝鮮戦争について、祖国がアメリカやその追随者・日本や南朝鮮に対し、いかに勇敢に立ち向かったかを教えられるという。

　授業の中では国の指導者が讃えられ、模範的人物について学ぶ。これらは韓国の教育で扱われる偉人たちとは多少異なる。特に国家の指導者の偉業については、金日成の幼少期、抗日闘争、対米闘争、そして、金正日の

幼少期から現在までについて詳しく教わる。また、高校の体育祭では恒例として ヘンジン (行進) が行われ、行進しながら大きな声で北朝鮮の指導者を讃える。

② 在日朝鮮人にとっての歴史教育の意義

　朝鮮学校での教育では北朝鮮の立場に立った本国の歴史だけではなく、関東大震災での在日朝鮮人虐殺、戦時中の本国からの朝鮮人強制連行[7]や過酷な労働使役、戦後の貧困と差別や各種闘争についてなど、在日朝鮮人の先人たちの苦難の歴史についても詳しく紹介されるという。

　朝鮮戦争に関する教育については、超大国アメリカと戦った自分たちの国家や民族に誇りを持たせる一方、在日朝鮮人の日本定住の背景についての事情を次世代に受け継ぐことで、自己確認の一助としていると思われる。回答者らは、これら反米・反日的な教育内容を一部素直に受け入れていることがインタビューから度々うかがえたが、これは日本で生活している自分たち一族の出身地への思いや同胞の日本での努力と奮闘、差別体験や日本批判とが結びつき、これが民族アイデンティティの確認にもつながるからであろう。

③ 西側マスコミの北朝鮮批判に対する受け止め

　北朝鮮に対する国際的な非難は後を絶たない。電力難、食糧難、飢餓問題、脱北者問題などのほか、現在も日本のマスコミは拉致やミサイルや核兵器の問題など、北朝鮮の負の部分について連日報じている。また、在日朝鮮人の民族団体、朝鮮総連も相継ぐスキャンダルで警察の捜査があれば報道される。これに対し、民族学校や総連系の在日の人々はマスコミの言うことを鵜呑みにすべきではないと考え、そう主張してきた。

---

[7]鄭大均 (2004) では様々な朝鮮人強制連行論を取り上げ、日本人が加害者で朝鮮人が被害者であることを強調する「強制連行」という語の問題点について検討している。

しかし、2002 年、北朝鮮のトップが日本との首脳会談で、1970 年代末〜80 年代初めに起きた北朝鮮による日本人拉致を認めて謝罪したことから、それまで祖国を信じて拉致捏造を主張していた北支持の在日朝鮮人の間に動揺が走った。その後は、在日朝鮮人の北朝鮮離れ・総連離れが進み、国籍も韓国籍に変更する人が増加、朝鮮学校の生徒数は激減し廃校に追い込まれている。

④　北朝鮮や朝鮮総連の歴史観を素直に受け止めた子供時代
　回答者らによると、民族学校で習った歴史などの教育内容は、当時、そのまま素直に受け止めていたという。その後、日本の大学に進学したり、社会に出て行く過程で、思春期に培われた朝鮮人としての自覚や北朝鮮への忠誠心が客観化・相対化されるようである。朝鮮学校では中学校から朝鮮の歴史や思想について本格的に学ぶ。それらは侵略を受け続けてきた者の立場から、戦前の日本（1910 年の朝鮮侵略）、戦後のアメリカ（1950 年の朝鮮戦争）について厳しい姿勢を貫くものである。しかし、その批判のあり方や祖国についての過度な美化をめぐって、これを偏った教育であるとみなす在日朝鮮人も今では少なくない。
　回答者Bは、朝鮮の歴史を学んだ中学生の頃は、教えられるままを信じたという。とは言え、民族学校を卒業して進学し、就職して日本の社会に出ていく過程で、自分たちのコミュニティ固有の精神文化や、それまで受けてきた教育について客観視を行い、相対化が行われたと考えられる。特に回答者Bの場合、子供たちに広い視野を持たせたいとの母親の方針もあり、日本の大学に進学した。また、専攻の関係で英語に堪能なこともあり、文化や社会についての一層の相対化が進んだと思われる。

⑤　北朝鮮への修学旅行
　朝鮮高校では教育の一環として、北朝鮮への修学旅行が行われている。ここにも北朝鮮の在外公民としての自覚を高めようという姿勢が見られる。回

答者は国威発揚の色彩の強いマスゲームを参観し、平壌の豪華な地下鉄の駅や抗日武装闘争の闘士、金正淑女史の記念墓地などが印象に残ったという。

　旅行で北朝鮮との往来は、日本海を渡る北朝鮮の不定期船、万景峰号（マンギョンボン92）で行われていたが、拉致問題発覚で北朝鮮への修学旅行は一時中止となった。その後も万景峰号での修学旅行が続いたが、当時は拉致問題で新潟の港には大勢のマスコミが押しかけていたという。万景峰号が入港禁止となってからは、やむをえず中国経由で鉄道で平壌入りするようになったという。

　回答者Aは地方の民族学校を卒業した後も、日本国内唯一の民族系大学に進学、研修旅行では平壌に短期滞在した。彼は北朝鮮の高校生たちと交流する機会を持ったほか、大学でも教授たちとチュチェ（主体）思想などについて議論する機会を得たという。「現地の人々と話していても特にタブーのようなものは感じず、人間同士のつきあいを通し、北朝鮮がそれまでとは違って"人々の顔の見える国"として身近に感じることのできた意義深い滞在となった」とAは語る。

　回答者Aは北朝鮮に対し、以前は鎖国的なイメージを描いていたという。だが、実際に滞在してみて、商店へ行けば欧州からの輸入品など外国製品も多く見かけ、都市部を中心に物質的に豊かになってきていると感じたという。その一方、在日朝鮮人の立場から、本国国民の精神文化は注目に値するとする。

【回答者A】

　北朝鮮も物質的に豊かな面も出てきて、資本主義社会の文化にだんだん似てきている。その中で違うと思ったのは、人々の生き方。自分の目標をどこに置くか、その辺りが我々とは全然違うのではないかと気がついた。

　給料は月に1000〜3000円程度で、それでは生活できないのではない

かと驚いたが、医療と教育が無償で、服や食糧、住居については最低限の配給や配分がある。国民は自分の働きを国家と社会への恩返しであるという捉え方をしている。我々のように金儲けなど自分が得することばかりを考えているのではない。

　北朝鮮を誇りに思う人がどれだけいるかはわからないが、私自身は（北朝鮮の政治や外交のように）矛盾せず一貫した姿勢でいることは自分個人が生きていく中でも大事だと思っている。北朝鮮には北朝鮮の国の独自のカラーがあり、歴史的な沿革もある。独裁政治ではないかと言われてもしかたない。しかし、あそこまでアメリカとガッツリやっているのはやはり頼もしい。アメリカの言いなりになるのはよくないから。

　自国の発展は、在外外国人にとってのアイデンティティや誇りの拠り所となる。その意味で民族学校が行っている北朝鮮への修学旅行は、学生たちに実際に祖国の発展を見せて誇りを持たせ、民族的自覚を高めるという効果を上げていると言えよう[8]。

3.2 社会的アイデンティティ

　在日朝鮮人が通名を使用するなど民族的出自を隠そうとしてきた背景には、歴史的な経緯のほか、日本社会の特性も大きく関わっていると考えられ

---

[8]回答者らが自分が生活したことのある場所ではないにも関わらず、北朝鮮や韓国に対して親近感や誇りを抱いていることがインタビュー内容から感じ取れる。一方、原尻（1998）は、p.134「総連関係の人だからといってすべての人が北朝鮮を全面的に支持してはいない。むしろ懐疑的な人々が少なからずいるが、日本社会と日本人への不信感があるので、それを率直に表に出せない点もあるし、また組織の表向きの見解と齟齬を生むような発言は控えられている面もある」と、当時の総連支持者の発言の状況について指摘を加えている。

る。しばしば言われるのが、日本社会の同質性や抑圧性、外来者への隠れた排他性である。ここでは、回答者の体験を通して日本社会について考える糸口をつかむようにしたい。

3.2.1 日本人との関わり

①「周囲の日本人に知られるのが恐い」

　在日朝鮮人は民族名（本名）のほかに日本名（通名）を持っている。戦後の日本では、在日朝鮮人は正式な氏名である民族名のほか、公の場で日本名を使用して活動することが認められており、アイデンティティの如何に関わらず、出自を隠し、日本社会で起こりうる面倒を避けるために、日本名を名乗ってきた。これは創氏改名といわれる、日本風の名前に改める戦前の同化政策の名残りであるとも考えられる。

　この状況は基本的に今でも続いているが、1970〜80年代以降は、反差別運動や民族意識の高まりもあって、自ら積極的に民族名を名乗る人も増えてきた。また、以前はボク（朴）、キン（金）、リ（李）などの日本語漢字音による発音が普通だったが、現在はパク、キム、イー（リー）といった朝鮮語音による発音も一般的になってきた。

　日本社会において民族名を名乗ることには、不利を蒙るのではないかという危惧がつきまとっていた。しかし、人権意識の高まりや経済成長を背景に、民族名の使用が在日朝鮮人の間で盛んになり、さらに、一部日本人の間からも推奨されるようになった。民族名という本名の使用の最大のメリットは、自己の民族的帰属を確認し、自己の肯定につながるという自己アイデンティティの確立維持にあると思われる。また自己確認のみならず、在日同士や在日に関心を寄せる日本人に対して、自分が在日であることを告知するメリットもある。

とは言え、実際には日本名のほうを自然に使用しているケースも多い。在日朝鮮人が現在でも日本名を使用し続ける動機は様々であると思われるが、日本人社会との関わりに関して、回答者らは次のように述べている。

【回答者A】

子供の頃、習い事に通っていて、そこで朝鮮名（漢字音）で名乗っていたため、名前のことでからかわれたりした。また、中学校のスポーツの地区試合に朝鮮学校代表で出場した時は、日本の生徒に罵声を浴びせられ、こちらもチームのみんなで言い返してやった。

【回答者B】

アルバイトやお稽古事は日本名（通名）で通した。周囲に（自分が在日朝鮮人であることを）知られるのが怖かった。人に学校はどこか聞かれても近くの日本の小中学校の名前でごまかした。

焼き肉屋でアルバイトをしたことがある。履歴書に日本の学校の名前を書いたほうがいいのではないかと思いつつも、嘘は書けずに正直に民族学校と書いた。すると、店長さんが、ある日、みんなの前で「〇〇（回答者Bの日本姓）さんは韓国人なんだろ？」とおっしゃった。みんな「へえ、そうだったんだ」という反応で何事もなく、私は逆にほっとした。もしふつうの日本人だと避けた話題かもしれないが、この店長さんは在日の友人がいるそうで、私が自分から言いづらいのだろうと察してくれたのかもしれない。

大学は日本の学校だから通名で行くつもりでいた。周囲と違うのはよくないだろうと思った。ところが、在日の友人に聞いたら本名でないと受け付けてくれないのではないかという。そこで書類には民族名を用いた。

回答者Bは、日本人の前では常に日本名を用い、子供の頃は出身校を聞かれても自分は通ったこともない日本の学校の名前を答えたという。また、この談話の中でうかがえるように、就職に関わる履歴書であるからなおのこ

と、差別を恐れて自分の民族的出自を知られないようにすべきかどうか迷っている。

このように日本人の前で民族的出自が知られてしまうのを極度に恐れるようになったきっかけについて、回答者Bは次のような体験を語っている。

【回答者B】

小学6年生の時、友達といっしょに自転車で帰宅している途中、竹刀を持ったおじさんに出会い、「朝鮮人だろ！」と声を上げられた。私は大変ショックを受けた。

まだ小学生で、朝鮮から見た日本、日本人が朝鮮人をどう思っているかなど、難しい問題は全然意識していない時期で、その当時は自分たちがなぜそんな目で見られているのかわからずショックを受け、恐くてしかたがなかった。この事件で日本人の方と接することに関して恐怖心が芽生えてしまった。

中学に上がると朝鮮の歴史について習った。戦争が繰り返され、かつて日本が自国を美化していたことや、日本に住む私たちが差別を受ける背景などが少しずつわかってきた。

日本人が在日を目の仇にするのは、日本が戦争や朝鮮を植民地にした経緯があって、自分が上だと思っているからだろうかと思った。そして、日本人は今でも自分が上だという優越感があるからこそ朝鮮人が差別されるのかなと思うようになった。

回答者Bは、小学生の時のこのような体験が心理的に後々尾を引き、日本人と接触することに対する不安を覚えるようになる。そしてその成長過程で、日本人の在日朝鮮人蔑視について、学校で習った日朝間の歴史との関連づけを行っている。

その後、回答者が高校に上がる頃、北朝鮮の拉致問題がマスコミで騒がれるようになると、日本各地でチョゴリを着た民族学校の生徒に対する嫌がらせ事件があり、女子はチョゴリの制服以外に、第二制服と呼ばれる紺色のブレザーが準備され[9]、登下校の際はこちらのほうを着用することが多くなった。

　以上見てきたように、在日朝鮮人は日本社会に対して不信感を抱いているが、その主な原因は、(1)日本人や日本政府の朝鮮人蔑視や差別、(2)北朝鮮の影響下にある在日朝鮮人団体主導の日米に対する批判的な姿勢、にあると考えられる。民団系の在日韓国人の場合は、総連系のような系統だった教育体制はなく、むしろ日本社会との共生を目標にしている。

②「在日の存在に意外と寛容だった周囲の日本人」

　前項で見てきたように在日朝鮮人は日本社会に対して不信感を抱いている。それでは、日本人の側ではどうであろうか。

　表面的にはあからさまな蔑視や差別がまかりとおるということはない。ただし、在日朝鮮人の諸問題については扱いが控えめだった日本のメディアでも、2000 年前後の拉致事件発覚以降、様々な雑誌やインターネットで正面切って取り上げられるようになってきた。日本人の側でも長年にわたって在日朝鮮人や在日組織の行動に不信感を抱いており、最近はそれらの問題について議論されることも増えてきたようである。

【回答者B】

　大学に入ると異文化に関心の高い日本人の友人に恵まれ、逆に教えられ、学ぶことが多かった。「差別はいけない。日本人こそが何とかしなけれ

---

[9]民族学校の教育は閉じられた教育システムであるが、それゆえに成長段階の在日朝鮮人の子供たちを周囲の日本人社会の厳しい目や理不尽さから守っているともいえる。

ば」という姿勢がうれしかった。大学でのレポートを書く時など、自分自身
と向かい合う機会ができた。

　このような機会がない人、日本人と深くつき合う機会がない在日朝鮮人
は、日本の一般社会に出ても不適応を起こすことが多く、周りに溶け込めめ
ず仕事を辞めてしまう人もいる。

このような回答者の体験に見られる日本人の側の変化は、現在、日本が
現代の多元化社会に対して違和感がなくなり、異文化への寛容さが出てき
たからだと思われる。また、日本人の側は、在日朝鮮人を異文化の代表とみ
なしている向きもある。
　一方、回答者Aは確乎とした自己アイデンティティを民族的なものに求め
ることこそが自信につながり、周囲の尊敬も集めると考える。

【回答者A】

　私も日本の大学生の友達がいろいろいるし、彼らと政治的な話もする。
そういう人たちとの交流の際に、自分の国のことをちゃんと理解していて、
かつ、自国民としてのアイデンティティが確立されていないと、損をすると
いうより恥をかくと思う。ところが、ずっと日本で暮らしている在日朝鮮人
は、10人のうち9人が、あまり自分の民族的なルーツに関心を払っていな
い。嘆かわしいことだ。

3.2.2　就職状況の変化

　以上、在日朝鮮人の若い世代の成長期・教育内容を中心に、主に民族
アイデンティティと関連する部分について考えてみた。
　これら若い在日朝鮮人は、親や祖父母の世代から生活の基礎が日本に
ある以上、本国との接触がほとんどなく、あったとしても外国人並みの関係で
ある以上、いずれは日本社会の一員として他の成員と共生を図ることとなる

であろう。その将来を占うものとして、雇用の問題が考えられるが、この点、在日朝鮮人の若者はどう考えているのだろうか。

　まず、朝鮮学校卒業後の就職や進学について、回答者らは日本の学校を卒業した人の場合と大差ないと感じている。民族学校出身だからといって学力などの面で特に苦労することはないという。

　次に雇用の機会についてであるが、民族学校を出ると、以前なら民族学校での教職や、民族団体や在日朝鮮人系の企業などの仕事に就くことができた。在日のネットワークで雇用と人材を確保していたわけである。

　しかし、現在では在日朝鮮人社会における総連・北朝鮮離れ、朝鮮学校離れが進み、それに少子化が拍車をかけて民族学校の生徒は激減している。また、民族学校を出ても就職の機会が保障できるというわけにはいかなくなりつつある。たとえ朝鮮学校で教職につけるような場合でも、学校経営自体も危うくなっており、学校付属のコースで月謝が支給できなくなった例さえあるという。

　さらに、本当は民族系の職場を希望しつつも、将来への不安から民族系ではない日本の大学に進学する在日の若者は多いという。しかし、本人は不本意であったり、あるいは、日本の企業を避け、日本の大学卒業後は、やはり同胞が経営する民族系の職場を選ぼうとする。だが、現在、在日の職場では、その規模が縮小していることも手伝って、日本の大学出身者を採用したがらない。

　このように、在日朝鮮人ネットワークの中では人材流出と雇用機会の減少という悪循環が起きている。このような民族系企業の不振と民族教育離れの背景について、回答者Bは次のように述べている。

【回答者B】

　父の話では、今、在日の1世や2世が築きあげてきた職種がだんだん立ち行かなくなっているという。父は2世で自らも事業を立ち上げ、会社を

起こした。他の同世代の在日朝鮮人の人々も、パチンコや金融などの店を起こしてそれなりにやってこれていた[10]。しかし、今ではそれが通用しなくなってきているという。

　昔は小規模の自営業でもそれなりの収入があり、経営が成り立っていた。そして、その息子が民族学校を出て後を継いでいた。しかし、今は民族系の金融大手もなくなったし、自営業がうまく行くとは限らないという時代になった。

　だから、日本の社会に出て仕事を見つけるのが今の主流だ。

　現在は、民族高校を出たら大学は日本の大学へ行く、民族中学を出たら日本の高校へ行くというのが主流であるという。日本の一般の企業で働くためには、日本の大学へ行ったり、技能を身につけたり資格を取ったりするほうが有利だということがわかってきてしまっているのだという。

　一方、在日朝鮮人が日本の社会に出た時の適応にはまったく問題はないのだろうか。これについて、回答者Bは、「外に出て行った時に、日本人なら誰もが知っていること（常識やしつけ）について私たちは知らないことがある。例えば、日本の歴史について民族学校でも知識としては習うが、細かいところまでは知らない場合もある。日本人同士だとすぐわかりそうな、細かい笑いのニュアンスがわからないこともある」と述べる。

　日本の企業社会では、幼い時から家庭や社会や学校でしつけられた暗黙の約束事や価値観が大前提とされており、これらを知らないと、下手をすれば摩擦の原因となる。最近は社会の多様化が進んではいるものの、それ

---

[10]原尻（1998）p.54 では、「今日にいたるまで、『在日』の職業は中小規模経営の製造業や第三次産業のサービス業に集中している」とし、金融業、パチンコ店、ソープランド、風俗営業店、ラブホテル、飲み屋などを挙げている。

でも日本は、やはり一定の「物差し」で測ろうとする同質性の高い社会なのである。

4. 在日の若者から見た韓国と北朝鮮

　前章では、在日朝鮮人の祖父母・両親から3世へと受け継がれてきた民族アイデンティティ、社会的アイデンティティについて、言語や名前、家庭や在日コミュニティ、教育、歴史観や日本社会との関わりについて見てきた。

　一方、過去十年余りをふり返ると、東西冷戦終結後、韓国と北朝鮮を取り巻く環境は大きく変化し、日本および在日朝鮮人社会はその影響を受け続けてきた。特に2002年の小泉首相訪朝、韓国ドラマ「冬ソナ」の放送開始など韓国との交流活発化で、「拉致」と「韓流」が日本社会に大きなインパクトを与えた。在日朝鮮人の若い世代は、このような影響をどのように受け止めたのだろうか。

　本章ではこのような時代の変化について、回答者個人の考えや体験を通して考えていくことにする。なお、北朝鮮情勢をめぐる部分に関しては、この問題について熱心に学び、深い関心を持っている回答者Aを中心に話を聞いた。

4.1 拉致問題など北朝鮮情勢の影響

　1998年、北朝鮮は日本近海にミサイルを発射、大きな騒動となった。またこの事件と前後して、北朝鮮の不審工作船が日本近海に出没した。また、やはり同じ頃、1970年代に北朝鮮の工作員が日本の若者を拉致した疑惑が持ち上がり、北朝鮮は最初これを否定していたが、2002年、北朝鮮の指導者が事件を認めて謝罪、拉致被害者5人の帰国に応じた。さらに翌年、

北朝鮮に残されていた拉致被害者家族の子供たちや元アメリカ兵の夫も日本に渡った。拉致被害者はこのほかにも多数いると見られ、日本側は日朝間の懸案としている。一方、北朝鮮を「悪の枢軸」「テロ支援国家」としてきたアメリカを、北朝鮮は巧みに交渉のテーブルに誘い出し、強気の交渉を続けようとして今日に至っている。

4.1.1 韓国国籍への切り替え

朝鮮学校の生徒はもともとは圧倒的に朝鮮籍が多かったが、拉致疑惑が持ち上がった2000年頃から韓国籍に切り替える学生の数が徐々に増え、特に拉致被害者が帰国した翌年の 2003 年頃は急増したという。回答者の家族でもほとんどがこの頃一斉に韓国籍に切り替えたという。

これは様々なスキャンダルが表面化して、北朝鮮や総連への支持が失われたことが原因であろう。また、在日朝鮮人はほとんどが朝鮮半島南部の出身者であり、先祖の墓参りやビジネスで韓国に渡ることもある。国際化が進む中、海外渡航の機会も増え、韓国パスポートのほうが便利であるという理由も韓国籍への切り替えの動機となっている。

4.1.2 過熱するマスコミ報道

1990 年代、女性用民族衣装のチマチョゴリをデザインした女子高校生の制服が通学途中で切り裂かれるという事件があり、2000 年代に入って拉致事件などが明るみに出ると、脅迫電話など嫌がらせが増え、一部の朝鮮学校は一時休校に踏み切ったという。登下校時はチョゴリの制服ではなく、第二制服とよばれるブレザーの制服を着るよう指導された。

この頃、日本のマスコミは、それまで北朝鮮関連のニュースの冒頭で正式国名を必ず一度コールしていたのをやめて、単に「北朝鮮」と呼ぶようになった。また、報道の中では、北朝鮮の神秘的な独裁国家としての側面や、飢

餓や人権抑圧、軍事強化体制などが強調され、日本人のみならず在日朝鮮人自身も北朝鮮に対して不信感を抱くようになった。

　若い世代の在日朝鮮人はこのような中、それまで1世たちが忠誠をつくしていた北朝鮮から離れ、国籍を韓国に変更したり、朝鮮総連から離れたりする。あるいは朝鮮に自己のルーツを認めながらも、北朝鮮を批判的に見たり、あるいはまた、完全に北朝鮮の立場に立ち、責任を他者（日本やマスコミ）に求め、自己と自己の帰属先の正当性を得ようとする。

【回答者A】

　私は大学に入ってからマスコミについていろいろ考えるようになり、在日朝鮮人として、ニュースはちゃんと自分自身の目で見るよう努めている。

　我々にとっては悪い報道だが、日朝首脳会談で国防委員長（金正日）がじきじきに拉致を謝罪、大々的に報道され、日本人 5 人の帰国から日本のマスコミは大騒ぎをした。当初、この 5 人を一度北に返すと言っていた日本側は結局、約束を破った。

　私が朝鮮（北）に行った時に感じたのはどこの国も同じだという点。アメリカはイラク人解放を大義とした戦争で失敗し、かつても国内に黒人問題などを抱えてきた。日本も拉致では北朝鮮をとやかく言うが、植民地時代、日本に連れて来られた朝鮮人は多く、徴兵や徴用もあった。朝鮮も日本人を拉致したわけで、結局みな同じだと思う。

　私は日本が別に嫌いではないし、好きだが、朝鮮人としての教育を受けているので、政治的な面では日本の方々とは意見を異にするほかない。他方、メディアの一方的な報道ぶりをすべて真実だと思い込み、朝鮮総連から離れて行く在日朝鮮人も身近にいるが、それではいけないと思う。しかし、そういう人が多いのも実情だ。

回答者Aは、戦前の日本や最近のアメリカの他国への介入、北朝鮮の外国人拉致は、いずれも各国国策の一環に過ぎないととして相対化を図っているように見受けられる。

4.1.3 制度的差別への抗議行動

市民レベルで在日朝鮮人に対する嫌がらせ事件などが起きる一方、政府・地方自治体レベルでも政策面・公共サービス面で差別待遇がみられるとして、在日朝鮮・韓国人の団体は抗議の声を上げ、状況は徐々に改善され一定の成果を上げてきた[11]。

例えば、教育サービス面の問題としては、朝鮮学校や中華学校などのアジア系の民族学校は、公益性が認められないことを理由に日本側からは正式な教育機関としての扱いは受けていない。これにともない、私学助成金、生徒の国公立大学受験資格、定期券の学生割引などについて不当な扱いを受けてきた。ただし、大学受験資格や定期券学割問題については民族団体が署名活動を行い、1990 年代に解決をみた。

また、福祉面では高齢者の無年金問題がある。戦前の朝鮮人は日本国民として厚生年金が適用されていたが、1952 年、朝鮮人は日本国籍を失い、1959 年に始まった国民年金は、1982 年、年金の国籍条項がなくなるまでの期間に高齢を迎えたり障害を抱えたりした在日の人々には適用されず、年金は支給されない。この件では裁判も起こされたが敗訴した。これらについて、回答者Aは在日朝鮮人が不利益を蒙っていることと日本社会のアジア蔑視との関連を指摘する。

---

[11]福岡（1993）ではさらに、日本政府は、第二次大戦直後、すぐに朝鮮人の参政権を剥奪、その一方で戦争犯罪を問い、民族学校を弾圧したことなどを挙げ、日本国民の権利も外国人としての権利も否定し、在日朝鮮人に対して抑圧的な政策をとったとしている。

また、日本のマスコミによって頻繁に取り上げられたことで、北朝鮮の実態が日本人一般に広く知られるようになるにつれ、北朝鮮と深いつながりを持つ朝鮮総連や総連系在日朝鮮人への、日本人の側からの尊重や同情は得られにくくなり、総連自体の不祥事では警察の捜査も入った。その後、特別永住者としての在日朝鮮人の権利は全体として軽視されがちな傾向にあるという。

　かつては大使館並みの扱いを受け、民族アイデンティティの象徴でもある総連に日本の警察が入るようになったことは、在日の人々にとってはショッキングな事件であった。

　東京や大阪の一部の朝鮮学校では、地方自治体による土地回収問題で現在も裁判中である。事は民族教育の根幹に関わることから、在日朝鮮人は日本側・地方自治体に対して抗議活動を起こすなど、不信感をあらわにしている。

4.2. 韓流ブーム

　日本での韓国ブームは、これまでにも静かなブームとしては存在していた。戦後の米ソ冷戦下での南北分断の後、それまでクーデター続きだった軍事独裁国家の韓国も 1980 年以降は民主化が進み、香港・台湾・シンガポールと並ぶ「アジア4小竜」の1つとして目覚ましい経済成長を遂げていた。日本からは「近くて遠い国」韓国への旅行者が増加し、NHK ラジオ・テレビの「ハングル講座」テキストの販売部数は英語以外では最も多くなった。その後、1988 年のソウル・オリンピック、冷戦終結にともなう 1992 年の南北国連同時加盟、1994 年の中韓国交樹立、1997 年の「IMF」経済危機、2000 年の南北首脳会談など、韓国の動向は国際的にも注目を浴びた。

　そして今世紀初頭、日本での韓国ブームに火をつけたのが、2002 年のワールドカップ・サッカーの日韓共同開催や、『冬のソナタ』などの放送に始ま

る2004年以降の韓国ドラマ・ブームである。これらは、同じ民族からなる国家である北朝鮮の問題とは関連づけられることもなく、多くの日本人を夢中にさせた。在日朝鮮人の若い世代はこのような日本社会でどのような状況に遭遇し、何を感じたのであろうか。

4.2.1 韓国語学習熱

近年の韓国ブームで日本全体で韓国旅行や韓国料理に関心が集まり、経済文化交流が盛んになるとともに、韓国語学習熱にも火がついて、多様な教材や語学雑誌が出版され、熱心な日本人学習者も増えている。

北朝鮮系の民族学校にもこの影響は及んでおり、高校2年生からの選択科目の授業では韓国語の授業があり、韓国のドラマを見たり、ハングル検定を受けたりしたという。これは通常の授業で行われている本国・北朝鮮の言葉ではなく、本格的に韓国の言葉・南での言い回しを学ぶというもので、昔、アメリカの手先だと非難していた韓国の言語や文化を、同じ民族だと捉えた上で教育課程に含めているところが興味深い。将来、その語学力や知識を仕事に活かせるという実用性も兼ねているのであろう。

【回答者B】

私たちは朝鮮学校ですべて朝鮮語を使うので基礎はちゃんとできており、現地韓国に行けば、リスニングはひととおり大丈夫だ。ただ、現地の人と間での本格的なスピーキングはなかなか難しい。朝鮮学校では日本語を使わないというルールはあっても、休み時間や学生同士で話す時など、やはり日本語を使う人のほうが多かった。

回答者Bによると、同じ在日の友人の中には本国人並みの語学レベルに近づこうと韓国留学をした人もいるとのことである。韓国語と日本語の類似点

が多く、民族学校時代の基礎が十分であることが幸いして、その友人はわず
か1か月で韓国語をかなりブラッシュアップすることができたという。

　また、韓国語以外にも、韓国文化や朝鮮半島全般への関心が高まり、日
本の大学と民族大学とで相互交流が始まっている。

【回答者A】

　　日本の大学生との交流を通じて意識が変わってきたと感じる。徐々に
交流が始まり、今では朝鮮大学と日本の大学が提携し、日朝交流親善の
会や共同ゼミなども行われている。日本人の意識も開放的になってきたと
思う。

4.2.2　韓国ポップカルチャーの流入

　2002 年の韓国ドラマ放送開始以降、日本で「韓流ブーム」が起こった。こ
れは2000年以前すでに香港や台湾の若い世代に流行していた韓国ブーム
とは少し趣きが異なり、日本では韓国ドラマの物哀しいストーリーが中高年
女性の心を捉えて離さなかった。

　さらに、それまでは民族的出自を隠して日本名で活躍していた在日朝鮮
人のタレントは数多くいたものの、この頃から韓国本国から渡って来るアー
チスト、あるいは、最初から民族名で活動する在日朝鮮人タレントも出てくる
ようになった。

　一方、在日朝鮮人の社会では、インターネット使用の拡大やビデオなどの
韓国語コンテンツの増加で、祖国離れが進行してしまっていた若い世代にと
って、逆に韓国語や韓国文化にアクセスしやすくなったと言える。日本人側
にしても韓国本国への親しみから在日朝鮮人全体への抵抗感は薄らぎつ
つある。

【回答者A】

　韓流ブームでの変化は大きい。私の家でもドラマなどよくビデオにとったが、日本人の友人の母親も韓流ドラマに夢中だったらしい。私自身も韓国の映画を見るし、歌も聴く。どちらかと言えば共和国（北）の映画などは勉強目的以外ではあまり見ない。生活の中で聴く音楽は北のものはあまり聴かず、レンタルショップで借りたり、インターネットで探したりして韓国のものを聴く。

【回答者B】

　私の住む町には在日朝鮮人が多く、昔から朝鮮人の商店や市場などが多いが、以前の朝鮮市場は今は韓国ブームで「コリアタウン」などともてはやされている。韓流スターのポスターなども出ていて、韓国ドラマ・ファンの中高年の日本女性が集まってくる。昔はみんなに臭いなんて言われていた市場だったのに。

　また、ここ数年、在日朝鮮人の歴史を題材にした映画やドラマ、芝居が相継いで発表され、日本だけでなく、韓国ソウルで上映・上演された。在日朝鮮人の存在は韓国でも一部で関心を集め始めている。回答者Bが妹から聞いた話によると、最近では韓国人が日本の朝鮮学校を訪れ、授業参観や交流が行われているという。

5. おわりに

　インタビューで興味深かったのは、民族学校で勉強した回答者らが、日本で生まれ育ち、日本人とほとんど何一つ変わらない生活を送っていながら、自分のアイデンティティについて語る際、一貫して、自分が日本社会の一員

であるかどうかといった認識や基準はほとんど口にしなかったということである。日本社会マジョリティの自分たちマイノリティに対する抑圧的な部分を強く認識し、日本人とは結局のところ一線を画す存在であるという認識によって自己アイデンティティを確立維持しているのかもしれないし、あるいはまた、自分たちもまた日本社会の一員であることは自明の理であるという感覚からの、社会の内側からの日本批判であるようにも思える。

　筆者が長期滞在している台湾では、日本・朝鮮とは歴史的経緯がかなり異なっており、異なるエスニック・グループがそれぞれ、自分たちがこの社会におけるいかなる構成員であるのかを探るべく努力してきたという経緯がある。また、実際、民主化が進んだ後の台湾の中学や高校の教育では、エスニック・グループの融和を強調するようになり、特に今世紀に入ってからは台湾に渡って来る東南アジア諸国を主体とする外国人就労者や大陸の中国人花嫁を多元化社会の一員として捉えさせようと試みているようである。

　ここから見えてくるのは、日本社会では、台湾社会などに見られるような異質な者同士の緩やかな共生共存を志向するよりも、いったん自分の内側に入ってきたと認定した者に対して、より完全な同質性を求めるという点である。まさにこれこそが回答者らが自己を日本社会の一員とみなそうとはしない、もしくは、みなすことができない主因である、と筆者は考える。

　戦後の在日朝鮮人はこれまで一丸となって日本の政府などに対して教育や雇用の機会をはじめとする生活上の権利を要求してきた。しかし、現在は朝鮮学校に行く人が大幅に減り、全体的に朝鮮半島離れが進み、今世紀に入ってからは帰化を申請する人も増えている。朝鮮に思いを寄せつつ日本で長年奮闘してきた在日朝鮮人1、2世はこれを自分のルーツと誇りを捨てるものだとして大いに憂いている。

　ただ、回答者らの周囲では、過去から受け継ぐ信念を曲げない人々もいる一方で、幅広い視野を持つことを子弟の教育の主軸としている2世の人々もいる。また、闘争運動型の権利要求活動に対して、在日朝鮮人の若い世

代は冷めた目で見ている。例えば、回答者Bの友人の中には日本政府や地方自治体への抗議活動に積極的に参加する人も多い一方、こういった運動をばかげたことだと思っている人、嫌気がさしている人もいるという。

「自分の立場を表明できることももちろん大切だが、あまり度を過ぎると、在日朝鮮人は闘争好きであるなどと日本人に誤解されかねないので、もっと平和的な解決はないのかと思ってしまうし、日本に住んでいる限り日本人と共に生きていかなければならないのだから、在日の社会が在日だけで固まるのではなく、もっと別の連帯のあり方が問われているのではないかと思う」とBは語る。

以上、本論では祖国志向型の在日朝鮮人の若い世代の意識を中心に、在日朝鮮人の近年の状況を概観してみた。今回のインタビューでは異なる価値観を有する集団の共生と、正確で深い相互理解の難しさについて考えさせられた。とりわけ、日本社会の国際化が進んでいる中、現在でも自分を隠して生き続ける在日朝鮮・韓国人の問題を考えることもまた、異文化共生を考える一歩ではないかと筆者は考える。今後も機会を捉えて、様々な異文化共存の問題について考えていきたい。

参考書目

Marco Martiniello（著），宮島 喬（訳），2002,『エスニシティの社会学』（文庫クセジュ） 白水社

Richard Jenkins（著），王志弘, 許妍飛（訳）, 1996, 2006,《社會認同》巨流圖書公司

朴一(編), 在日本大韓民国民団中央民族教育委員会 企画, 2006,『歴史教科書 在日コリアンの歴史』明石書店

朴一, 2005,『「在日コリアン」ってなんでんねん？』講談社

金敬得（編）, 2006,『わが家の民族教育─在日コリアンの親の思い』新幹社

姜尚中, 2005,『在日 ふたつの「祖国」への思い』講談社

原尻英樹, 1989,『在日朝鮮人の生活世界』弘文堂

原尻英樹, 1998,『「在日」としてのコリアン』講談社

高木栄作, 2005,「マスコミの視点から考える異文化理解」『多文化と自文化』森話社

福岡安則, 1993,『在日韓国・朝鮮人─若い世代のアイデンティティ』（中公新書） 中央公論社

鄭大均, 2001,『在日韓国人の終焉』（文春新書） 文藝春秋

鄭大均, 2004,『在日・強制連行の神話』（文春新書） 文藝春秋

亞太文學、語言與社會

主　　　編／劉阿榮

著　　　者／劉阿榮等

出　版　者／揚智文化事業股份有限公司

發　行　人／葉忠賢

總　編　輯／閻富萍

地　　　址／台北縣深坑鄉北深路三段 260 號 8 樓

電　　　話／(02)8662-6826　(02)8662-6810

傳　　　真／(02)2664-7633

　E-mail　／service@ycrc.com.tw

印　　　刷／鼎易印刷事業股份有限公司

　I S B N　／978-957-818-900-3

初版一刷／2008 年 7 月

定　　　價／新台幣 400 元

國家圖書館出版品預行編目資料

亞太文學、語言與社會 / 劉阿榮等著. -- 初
　版. -- 臺北縣深坑鄉：揚智文化, 2008. 07
　　面；　公分
　部分內容為英、日文
　ISBN　978-957-818-900-3 (平裝)

　1. 亞洲文學 2. 語言學 3. 社會 4. 亞太地
區 5. 文集
860.7　　　　　　　　　　　　97022839